Das
Haus
aus
Perlmutt

Das Buch
»Ich will mit leichtem Gepäck nach Irland reisen. Und alles Materielle, was wir haben, ist sowieso nur eine Leihgabe im Leben«.
Giovannas Leben liegt in Trümmern. Ihre Tochter studiert in den USA, ihr Mann hat sie verlassen, sie hat ihr Haus verloren. Doch als sie am Tiefpunkt angekommen scheint, erinnert sie sich an einen Jugendtraum: nach Irland zu gehen. Schon bald lassen Landschaft und Menschen auf der grünen Insel sie ihren Kummer vergessen – allen voran der schüchterne Lichttechniker Shane.
Als sie Monica kennenlernt, die wie eine Einsiedlerin in ihrem ehemaligen Bed & Breakfast haust, kommt Giovanna einem Geheimnis auf die Spur. Legenden ranken sich um Monicas *Haus aus Perlmutt*. Sind die Gerüchte wahr, dass Monica ihre Familie auf dem Gewissen hat? Kann Giovanna Monica zusammen mit Liam helfen, ihr Schicksal wieder in die Hand zu nehmen? Zwei Frauen, zwei miteinander verwobene Schicksale und der Wunsch nach einem glücklichen Leben.

Die Autorin
Mit einem neuen Job kam plötzlich ganz viel Zeit, die mit Pendeln verbracht wurde. Esther nutzte diese Zeit, um dieses Buch zu schreiben. Die Idee dazu kam ihr während eines Urlaubs in Irland. Esther lebt mit ihrem Mann und zwei Katzen in der Nähe von Zürich.

Esther Destratis

Das Haus aus Perlmutt

Roman

© 2019 Esther Destratis
1. Auflage 2019
Alle Rechte vorbehalten.
Esther Destratis, Ringstraße 52, CH-5620 Bremgarten, Aargau
Lektorat und Korrektorat: Anke Höhl-Kayser
Covergestaltung: Casandra Krammer – www.casandrakrammer.de
Covermotiv: © Shutterstock.com
Buch-Innengestaltung: buchseitendesign by ira wundram, www.buchseiten-design.de
Zierelemente Innenteil: © EVA105/Shutterstock.com; © Khabarushka/Shutterstock.com

Das Werk, einschließlich seiner Teile, ist urheberrechtlich geschützt. Jede Verwertung ist ohne Zustimmung der Autorin unzulässig. Dies gilt insbesondere für die elektronische oder sonstige Vervielfältigung, Übersetzung, Verbreitung und öffentliche Zugänglichmachung.

Esther Destratis

Das Haus aus Perlmutt

Roman

© 2019 Esther Destratis
1. Auflage 2019
Alle Rechte vorbehalten.
Esther Destratis, Ringstraße 52, CH-5620 Bremgarten, Aargau
Lektorat und Korrektorat: Anke Höhl-Kayser
Covergestaltung: Casandra Krammer – www.casandrakrammer.de
Covermotiv: © Shutterstock.com
Buch-Innengestaltung: buchseitendesign by ira wundram,
www.buchseiten-design.de
Zierelemente Innenteil: © EVA105/Shutterstock.com;
© Khabarushka/Shutterstock.com

Das Werk, einschließlich seiner Teile, ist urheberrechtlich geschützt. Jede Verwertung ist ohne Zustimmung der Autorin unzulässig. Dies gilt insbesondere für die elektronische oder sonstige Vervielfältigung, Übersetzung, Verbreitung und öffentliche Zugänglichmachung.

*Für die Frauen in meinem Leben,
die ich viel zu früh verloren habe.*

Prolog

*Zürich, 1990
Henry*

»Was für ein Hundewetter aber auch«, fluchte Henry Wagner, als er aus seinem Haus trat. Der Fußweg zur Arbeit war nicht weit, aber bei diesem Regen konnte selbst der große Schirm, den er mitgenommen hatte, nicht viel ausrichten.

Bereits nach wenigen Metern klebte der Bund seiner Bügelfaltenhose an seinen Beinen und die Socken in seinen italienischen Lederschuhen hatten sich an seinen Füßen festgesaugt. Henry begann zu frösteln.

Und damit muss ich nun den ganzen Tag lang arbeiten! Als Bankberater kann ich schlecht die Strümpfe zum Trocknen über die Heizung hängen und meine Kunden in Anzug und Sandalen begrüßen!

»Wenn nur der Wind nicht so eisig wäre!«, entfuhr es ihm, während er mit einer Hand sein Gesicht in dem Aufschlag des warmen Wollmantels verbarg und er sich, mit der anderen im Griff des Regenschirms verkrallt, gegen den peitschenden Regen vorankämpfte.

Die dünnen Metallspeichen des Schirms verbogen sich gefährlich, hielten jedoch der Attacke des Windes stand. Das Laub hing auf dem vom Regen glänzend gewaschenen Bürgersteig fest, während das Wasser sich seinen Weg durch Dachrinnen hin zu den übersprudelnden Abwasserkanälen suchte. Henry lief auf einen Fußgängerüberweg zu und sah eine junge Frau, die es gerade noch schlimmer erwischte als ihn. Sie hatte nichts, was den Regen abhalten konnte. Ihre dünne Lederjacke triefte vor Nässe genauso wie ihre schwarzen Locken.

»Ich wollte hier keine Wurzeln schlagen, du elende Ampel!«, hörte Henry sie schimpfen. Die Art und Weise, wie sie vor sich hin fluchte und die Ampel mit Blicken tötete, machte sie für Henry auf Anhieb sympathisch. Er konnte einfach nicht widerstehen, er hielt den Regenschirm über sich und den nassen Lockenkopf der jungen Frau.

Sie schaute verdutzt nach oben. Sie schien sich zu wundern, warum es rund um sie herum noch regnete, aber das Wasser nicht mehr auf sie einprasselte.

Ihre Blicke trafen sich und sie schenkte ihm das schönste Lächeln, das er je gesehen hatte. *Hätte jeder Mensch solche Zähne wären Zahnärzte arbeitslos,* dachte Henry. Ihre Wangen hatten die Farbe von reifen Sommeräpfeln und ihre Augen strahlten ihn dankbar an.

»Vielen Dank, dass Sie Ihren Regenschirm mit mir teilen. Darf ich wissen, welch edler Ritter mich hier todesmutig vor den Himmelsfluten gerettet hat?«, sagte sie, während sie einen kleinen Knicks andeutete.

»Ach nein, kein Ritter, ich bin nur ein kleiner Bankangestellter. Henry Wagner mein Name, sehr erfreut. Ich konnte einfach nicht zusehen, wie Sie sich hier den Tod holen.«

Die Frau reichte Henry die Hand: »Giovanna Ricca, auch bekannt als die junge Dame, die heute Morgen zu faul war, einen Regenschirm mitzunehmen. Oh, es ist grün, wollen wir dann mal?«

Sie hakte sich bei Henry unter, während sie die Straße überquerten. Eine wohlige Wärme machte sich in seinem Bauch breit.

»Das trifft sich gut, dass Sie Bankangestellter sind. Ich bin gerade auf dem Weg zur Stadtbank am Paradeplatz. Vielleicht können Sie mir ein paar Tipps verraten, wie ich die Bank überzeuge, mir ein kleines Darlehen zu gewähren?«

Henry horchte auf.

»Zufälligerweise arbeite ich bei der Stadtbank. Haben Sie einen Termin vereinbart?«

»Nein, muss man das denn für ein Darlehen?«

»Eigentlich schon, aber heute ist Ihr Glückstag. Zufälligerweise ist mein Terminkalender heute Morgen frei, also kann ich mich Ihrer Sache mit dem Darlehen gerne persönlich annehmen«, erwiderte Henry stolz.

»Das ist ja nett von Ihnen!«

Giovanna schien begeistert und Henry beobachtete fasziniert die Grübchen, die jedes Mal sichtbar wurden, wenn sie lächelte.

»Keine Ursache.«

Solange sie so lächelte und strahlte, hätte er auch gerne seine private Zeit für sie geopfert.

Einige Minuten später betrat Henry zusammen mit Giovanna sein Büro. Er ließ sie Platz nehmen und gab seiner herbeigerufenen Assistentin Anweisungen:

»Marietta, könnten Sie uns bitte zwei Tassen Kaffee in mein Büro bringen? Und wenn Sie irgendwo noch ein sauberes Handtuch für meine Kundin auftreiben könnten, wäre ich Ihnen sehr dankbar.«

Marietta nickte und verschwand wieder. Kaum hatte Giovanna ihre durchnässte Lederjacke ausgezogen, beanspruchte das blumige Bouquet ihres Duftes den Raum für sich. Henry versuchte, ihn zu ignorieren und den Arbeitstag so normal wie möglich zu beginnen, indem er seinen Computer und seine Stereoanlage einschaltete, Schreibblock, Taschenrechner und Stifte richtete.

Ein trauriges und langsames Klavierstück erfüllte das Büro.

»Mögen Sie Musik?«, wollte Henry von Giovanna wissen, die ihre Augen geschlossen hielt und das Stück sichtlich genoss.

»Ja. Wie kann man Musik nicht mögen? Wobei ich für gewöhnlich keine Klassik höre. Was ist das für ein Stück? Es ist wunderbar.«

»Die Mondscheinsonate von Beethoven. Ein außergewöhnliches Stück. Ich liebe es, während meiner Beratungsgespräche klassische Musik zu hören. Es entspannt mich und fördert meine Konzentration. Es sei denn, es stört meine Kunden, dann schalte ich die Musik natürlich aus.«

Giovanna öffnete ihre Augen wieder. »Nein, lassen Sie es gerne weiterlaufen. Es gefällt mir.«

Giovannas Hand griff nach seiner. Sie fühlte sich eiskalt an, während er in seiner Magengegend ein seltsames Kitzeln empfand, das er sonst nur vom Achterbahnfahren kannte. Er vernahm das Geräusch klackernder Absätze, Giovanna zog ihre Hand rasch zurück und wenige Sekunden später stellte Marietta zwei Tassen Kaffee auf den Schreibtisch. Giovanna drückte sie ein Handtuch in die Hand, und die junge Frau fing sogleich an, ihre Locken damit trocken zu tupfen.

Henry räusperte sich und versuchte wieder, der professionelle Kundenberater zu sein, der er sonst war.

Er starrte auf den Bildschirm seines Computers, als würde er dort die Antwort darauf finden, was da gerade in ihm vorging.

»Also, Frau Ricca, wofür benötigen Sie ein Darlehen? Möchten Sie sich Ihr erstes Auto kaufen? Oder darf es sogar schon eine eigene Wohnung sein?«

Giovanna nahm die Tasse in ihre beiden Hände, als

würde sie sich daran festhalten wollen und schlürfte vorsichtig vom Wachmacher, bevor sie Henry antwortete:

»Nein, ich möchte gerne ein Jahr in Irland studieren. Das Stipendium haben leider andere Studenten bekommen und meine Eltern können mich bei dem Auslandsjahr nicht finanziell unterstützen.«

»So, so eine Studentin«, stellte Henry wohlwollend fest, »was studieren Sie denn?«

»Englisch und Literatur.«

Das passt perfekt zu Ihnen, hätte Henry am liebsten ausgerufen, doch er besann sich eines Besseren und antwortete stattdessen: »Wir haben doch fantastische Universitäten von Weltrang hier in Zürich, weshalb zieht es Sie ausgerechnet nach Irland? Herrscht da nicht gerade dieser Nordirland-Konflikt?«

Giovanna krallte sich noch fester an ihre Tasse. Sie erinnerte ihn an eine Ertrinkende an einem Rettungsring.

»Ja, doch, aber na ja, Sie wissen schon. Auf den Spuren irischer Dichter unterwegs sein. Schlösser und Meer, soweit das Auge reicht. Grüne Landschaften mit Schafen. Englische Konversation betreiben.«

Wort für Wort konnte Henry Begeisterung und Träumerei in Giovannas Augen lesen, doch in seinem Kopf führte er die Liste einfach weiter: *Pubtouren mit Livemusik. Mit irgendeinem gutaussehenden Musiker im Bett landen und sich schwängern lassen. Heiraten und für immer in Irland bleiben.* Ungewollt musste er schlucken. Nach außen hin blieb er kompetent und emotionslos, während in ihm Kriege gefochten wurden.

»Ich verstehe. Na, dann wollen wir einmal schauen, was ich für Sie tun kann.«

Henry überprüfte Giovannas mickrige Ersparnisse und noch mickrigere Garantien. In seiner Karriere hatte er durchaus verzweifeltere Fälle gesehen, bei denen er Kunden im Namen der Bank Geld geliehen und nicht gewusst hatte, ob sie es je wiedersehen würden. Wenn er nur wollte, konnte er. Wenn er denn wollte. Giovannas Lächeln wirkte auf Henry freundlich, aber unsicher, während er einige Zahlen in seinen Taschenrechner tippte. Er rang mit sich. Sollte er dieser schönen jungen Frau wirklich das Darlehen geben und zusehen, wie sie, kaum dass er sie kennengelernt hatte, wieder aus seinem Leben verschwand?

Andererseits: Sollte er ihr das Darlehen verweigern und ihr vielleicht so Zukunftschancen verbauen?

»Können Sie einige Minuten draußen warten, während ich mit meinem Vorgesetzten telefoniere?«, bat Henry sie.

»Natürlich«, antwortete Giovanna und verließ den Raum, der immer noch nach ihrem Parfum roch.

Statt mit seinem Vorgesetzten diesen Härtefall zu eruieren, starrte Henry minutenlang auf Giovannas noch volle Kaffeetasse, auf der sie einen roten Lippenstiftabdruck hinterlassen hatte.

Beethovens Meisterwerk war schon lange verklungen, als Henry endlich eine Entscheidung traf und Giovanna wieder in sein Büro hineinbat.

Kapitel 1

2016, September
Giovanna

Giovanna musste schmunzeln. Ihre Tochter Ophelia rutschte auf dem Rücksitz hin und her.

»Mama, Papa, ich bin so aufgeregt. Ich bin so aufgeregt! Was mache ich, wenn die Stevens mich nicht mögen? Wenn ihre Kinder unausstehlich sind?«

Während der ganzen Fahrt zum Flughafen hatte Ophelia ununterbrochen geplappert und Horrorszenarien zum Besten gegeben.

»Es wird schon alles gut werden«, brummte Henry vor sich hin, während er den Wagen im Flughafenparkhaus einparkte und den Motor abstellte.

Giovanna versuchte, mehr sich selbst als ihre Tochter zu beruhigen, als sie sagte: »Wir haben die Familie Stevens in der besten Au-Pair-Agentur der Stadt ausgesucht, mehrmals mit ihnen telefoniert und geschrieben. Sie haben einen einwandfreien Leumund und du fandest ihre Kinder doch reizend, weißt du noch?«

»Ja, ich weiß«, antwortete Ophelia, während sie ihre Reisetaschen auf einen Gepäckwagen hievte, den Henry besorgt hatte, »aber ich habe von schrecklichen Geschichten gehört, bei denen Au-Pairs als Putzfrauen missbraucht wurden und …«

Henry unterbrach sie: »Jetzt genug der Schwarzmalerei. Deine Mutter wollte vor über 20 Jahren auch gerne ein Austauschjahr in Irland machen, hatte aber keine finanziellen Mittel dafür.«

»Wenigstens habe ich stattdessen einen Ehemann bekommen!«, zwinkerte Giovanna Henry zu.

Henry lächelte: »Na immerhin!«

Er nahm Ophelias Hände in seine: »Ophi, du wolltest dieses Jahr in den USA haben, damit du perfekt für dein Englischstudium vorbereitet bist. Du wolltest nach New England gehen, weil der Indian Summer dort so wunderschön ist, und wir haben es dir ermöglicht. Du wolltest eine nette Gastfamilie haben und noch genügend Zeit für deine Englischkurse. Ich bin mir sicher, Familie Stevens ist die Richtige für dich, wir haben sie haargenau unter die Lupe genommen. Die beste Familie ist gerade so gut genug für meine Tochter.«

Giovanna sah, wie Henrys Augen feucht wurden. Sie konnte so viel Liebe aus ihnen herauslesen.

»Nun mache das Beste aus der Möglichkeit, die wir dir geben und wenn es wirklich Probleme geben sollte, hole ich dich persönlich aus den USA wieder ab, Indianerehrenwort.« Henry fasste sich an die Brust und hob die Hand, als würde er einen Eid schwören. Giovanna lächelte und fühlte sich durch Henrys Worte etwas beruhigter, während Ophelia nickte und ihren Gepäckwagen in Richtung Eingang schob.

Im Flughafen war das übliche Treiben im Gange. Giovanna liebte es, die Passagiere zu beobachten und sich den Grund ihrer Reise zusammenzureimen.

Während Ophelia kurz vor den Sicherheitskontrollen ihren Reisepass und ihre Bordkarte aus ihrer Tasche fischte, sah Giovanna, wie ein Pärchen sich weinend in den Armen lag und ein junger Mann von seinen Verwandten in einer fremden Sprache lautstark und mit Küssen und Umarmungen verabschiedet wurde.

Jemanden lieben und von ihm Abschied nehmen bedarf keiner Übersetzung, es klingt in jeder Sprache gleich, dachte Giovanna mit einem Knoten im Hals und Tränen in den Augen, während sich Ophelia von Henry verabschiedete.

»Pass gut auf dich auf, mein großes, kleines Mädchen. Melde dich regelmäßig, heute haben wir ja alle denkbaren Kommunikationsmöglichkeiten«, sagte Henry und strich seiner Tochter über die Locken.

»Ich werde dich stolz machen, Mama, indem ich irgendwann eine noch bessere Englischlehrerin werde, als du es bist«, versprach Ophelia Giovanna, als sie an der Reihe war.

Giovanna atmete den Duft von Ophelias Haaren ein und versuchte, diesen Augenblick festzuhalten.

»Du hast mich immer nur stolz gemacht, mein Kind. Lerne viel, finde neue Freunde und lass auch den Spaß nicht zu kurz kommen. Und komme gesund wieder zu uns zurück. Ich liebe dich.«

»Ja, das verspreche ich dir. Ich liebe dich auch, Mama.«

Ophelia scannte ihre Bordkarte ein und ging durch die elektronische Schleuse.

Ein paar Minuten blieben Henry und Giovanna stehen und winkten Ophelia zu, bis sie sie nicht mehr sehen konnten.

»Komm, es ist Zeit. Du weißt ja, wie unverschämt teuer das Parkhaus hier ist«, drängte Henry Giovanna.

Im Wagen fummelte Henry am Radio herum, bevor er losfuhr:

»So, neumodisches Gedudel aus, Klassik an!«

Sogleich erklang *Beethovens Mondscheinsonate.* Das gefühlvolle Stück passte zum Abschied von ihrer Tochter, aber unweigerlich musste Giovanna daran denken, wie sie

Henry kennengelernt hatte. Sie hatte ihr jüngeres Ich vor Augen, durchnässt bis auf die Unterwäsche, voller Hoffnungen und Wünschen, die Henry innerhalb von Sekunden zerstört hatte:

»Ich habe mit meinem Vorgesetzten telefoniert, bedauerlicherweise ist hier nichts zu machen. Wir können Ihnen leider kein Darlehen für Ihr Auslandsjahr in Irland geben.«

Henrys Worte schlugen ihr wie eine Faust in den Magen. Verzweifelt versuchte sie Argumente vorzubringen: »Ich weiß, auf dem Sparbuch ist nicht viel, aber ich werde mir in Irland einen kleinen Nebenjob suchen und jeden Monat den Kredit abbezahlen, ehrlich!«

Henry presste die Lippen aufeinander und schüttelte mit dem Kopf.

»Gut, dann spreche ich mit einer anderen Bank, Sie sind ja nicht die Einzige hier in Zürich«, sagte Giovanna trotzig.

»Das stimmt natürlich, aber ich rate Ihnen davon ab. Die Stadtbank ist bereits die kulanteste Bank auf dem Markt, mit den anderen Banken würden Sie nur Ihre Zeit verschwenden.«

Wieder machte dieser Kundenberater Giovannas Hoffnung zunichte, dabei konnte sie ihm nicht einmal böse sein, sie wusste ja, dass ihre finanzielle Situation nicht gut war. Giovanna dachte an die Worte ihrer Eltern. *Das wird sowieso nichts! Schlag es dir aus dem Kopf!* Sie konnte sich schon vorstellen was sie sagen würden, wenn sie nach Hause kam: *Wir hatten es dir ja gleich gesagt!*

Giovanna konnte die Tränen der Wut und Enttäuschung nicht zurückhalten. Sofort zückte Herr Wagner ein Taschentuch und reichte es ihr.

»Was ist denn an unseren Universitäten hier in Zürich nicht gut?«, fragte er sanft.

Oh nein wie peinlich, jetzt heulst du auch noch vor ihm wie ein kleines Mädchen, dachte Giovanna und trocknete rasch ihre Tränen.

»Mit den Unis hier ist alles bestens, aber seitdem ich denken kann möchte ich nach Irland! Die grünen Landschaften mit meinen eigenen Augen sehen!«

Beruhigend tätschelte er ihre Hand: »Ich bin mir sicher, Sie werden nach Ihrem Studium einen guten Job finden und dann werden Sie sich diesen Traum von der Reise nach Irland verwirklichen können und zwar ganz ohne unsere Hilfe.«

Ein kleiner Lichtschimmer am Ende des Tunnels.

»Denken Sie das wirklich?«

»Da habe ich keine Zweifel!«

Giovanna beruhigte sich, die Tränen versiegten. Seine Hand lag noch immer auf ihrer und sie fand es nicht unangenehm.

Er zeigte auf ihre noch volle Tasse.

»Darf ich Sie zum Trost auf einen guten Kaffee einladen? Ich fürchte, Marietta kann mit unserer alten Kaffeemaschine einfach nichts Besseres hinbekommen.«

Warum eigentlich nicht? Er ist sympathisch und gutaussehend.

Es war nicht nur bei diesem Kaffee geblieben.

So hatte ihre Liebesgeschichte begonnen. Mit einem abgelehnten Darlehen und einer starken Schulter zum Ausheulen.

Das Hupen eines Autos brachte Giovanna wieder in die Gegenwart zurück.

»Zu Hause wird es jetzt ziemlich still ohne Ophelia sein«, sagte Giovanna.

»Hmmm«, brummte Henry.

»Aber wer weiß, vielleicht erleben wir jetzt unseren zweiten Frühling. In letzter Zeit warst du immer bis spät im Büro oder wochenweise auf Konferenzen. Wir sollten mehr

Zeit miteinander verbringen, ich kann mich gar nicht daran erinnern, wann wir das letzte Mal ausgegangen sind oder ein Wochenende in einem Wellnesshotel verbracht haben.«

»So ist das nun einmal als Präsident der Stadtbank. Man muss rund um die Uhr arbeiten, präsent sein, Leistung erbringen. Wie sollten wir uns unser schönes Haus sonst leisten? Von deinem Lehrergehalt könnten wir höchstens die Garage abbezahlen.«

Giovanna schmerzte diese Wahrheit.

»Immerhin unterrichte ich am Gymnasium. Und du weißt, wie das ist. Mehr als Rektorin kann eine Lehrerin nicht werden, und bis Magda in Rente gehen wird, kann das noch Jahre dauern.«

»Ich weiß, ich weiß«, beschwichtige Henry, »entschuldige, ich habe es nicht so gemeint.«

Nachdem Henry das Tor zu ihrer eleganten Villa mit Garten geöffnet hatte, parkte er das Auto vor dem Haus. Im Wohnzimmer schimmerte Licht durch die Gardinen.

»Seltsam, ich hatte doch alle Lichter gelöscht, bevor wir Ophi zum Flughafen gefahren haben.«

Henry hielt das Lenkrad so verkrampft fest, dass die Knöchel ganz weiß wurden.

Kapitel 2

*Zwei Wochen vorher
Elaine*

Nach dem Liebesspiel lag Elaine bäuchlings auf dem Bett und zog an einer Zigarette.

»Elaine! Ich mag es nicht, wenn du nach dem Sex rauchst. Ich mag es eigentlich überhaupt nicht, dass du rauchst. Das ist nicht gut für dich«, tadelte eine Stimme aus dem Bad.

»Dass du weiterhin mit Giovanna verheiratet bist, obwohl wir schon ein Jahr lang zusammen sind, ist auch nicht gut für dich«, konterte Elaine, während sie Ringe in die Luft blies.

Henry kam mit einem Handtuch um seine rundlich werdenden Hüften aus der Dusche. Dampf entwich aus dem kleinen Badezimmer, das Henry regelmäßig in einen Hamam verwandelte.

»Giovanna und ich sind 26 Jahre lang zusammen, davon 25 Jahre verheiratet. Ophelia fliegt in zwei Wochen für ein Jahr als Au-Pair in die USA, ich kann ihr das jetzt nicht antun.«

Elaine drückte die Zigarette aus und wickelte sich in ein Laken.

»Erst war es ihr Geburtstag, dann war es dein Geburtstag, dann eure Silberhochzeit und jetzt ist der Auszug deiner

Tochter die perfekte Ausrede für dich. Ich bin es leid, nur deine Geliebte zu sein, die du in deinem Büro zwischen zwei Meetings vögelst. Ich bin es leid, mich verstecken zu müssen wie eine Verbrecherin, ich bin es leid, alle Wochenenden und Feiertage alleine verbringen zu müssen.«

»Jetzt bist du unfair, an unserem 25. Hochzeitstag war ich mit dir in Paris in diesem wundervollen Boutiquehotel, weißt du das nicht mehr? Ich musste lügen, dass sich die Balken biegen, um diese vier Tage mit dir verbringen zu können.«

Elaine griff nach einer neuen Zigarette, zündete sie an und blies den Rauch in Henrys Gesicht, der sogleich nach ihrem Knöchel griff.

»Als Kind musste ich mich vor der Wut meiner Mutter verstecken. Wie du weißt, bin ich das Ergebnis einer Vergewaltigung. Sie hat keine Gelegenheit ausgelassen, mich zu schlagen, sie hat mich gehasst. Dann musste ich mich vor meinem Stiefvater verstecken, er fand Gefallen an mir. Das machte wiederum meine Mutter rasend. Meine Großmutter hat mich gerettet und mich hierhergebracht, damit ich ein halbwegs normales Leben führen kann. Hier hat sie mich vor ihnen versteckt. Nun bin ich erwachsen und – dreimal darfst du raten – ich muss mich wieder verstecken, vor unseren Arbeitskollegen und deiner Ehefrau, nur, weil ich dich liebe.«

Henry nahm Elaines Gesicht in seine Hände und küsste sie, obwohl Elaine wusste, dass der Geruch und Geschmack von Tabak ihm zuwider war.

»Ich kenne deine Kindheitsgeschichte und sie schockiert mich jedes Mal von Neuem. Kein Kind dieser Welt sollte so etwas erleben, niemand sollte sich so verstecken müssen.«

Henrys Mobiltelefon klingelte. Ohne seinen Blick von Elaine abzuwenden, nahm er ab.

»Hallo, Schatz. Nein, du brauchst mit dem Abendessen nicht auf mich zu warten. Ich habe noch ein Geschäftsessen mit einem potenziellen neuen Investor aus Japan. Du weißt ja, wie lange sich solche Geschäftsessen ziehen können. Wie das Restaurant heißt? Das weiß ich nicht, ich muss meine Sekretärin fragen.«

Elaine schnaubte. Henry führte seinen Zeigefinger an seine Lippen.

»Warte am besten gar nicht auf mich, es wird sicherlich spät. Grüß Ophelia von mir, ja? – Ich dich auch.«

»Aha, du musst deine Sekretärin fragen. Genau das bin ich für dich, nur deine Sekretärin.«

Elaine spie die Worte aus, als seien sie Gift.

»Denkst du nicht, ein wenig Dankbarkeit wäre jetzt angebracht? Ich habe uns gerade den ganzen Abend freigeschaufelt. Ich kann ihr nicht die Wahrheit sagen – noch nicht.« Henry versuchte, Elaine zu besänftigen, indem er ihre Schulter massierte.

»Sobald Ophelia in die USA geflogen ist und sich Giovanna daran gewöhnt hat, werde ich es ihr sagen, ich schwöre es dir. Es ist nur noch eine Frage von ein paar Wochen.«

Elaine drückte ihre Zigarette aus und schwieg.

Henry küsste Elaines Nacken, er wusste, was er damit bei ihr bewirkte.

»Elaine, ich liebe dich. Du weißt, dass ich dir verfallen bin. Darf ich dich trotzdem um noch ein klein wenig Geduld bitten?«

Elaine antwortete nicht, sondern küsste Henry innig.

Kapitel 3

Giovanna

»Vielleicht ist es die neue Haushälterin«, vermutete Henry, während Giovanna die Eingangstür aufschloss.

»Edita? Nein, die hat heute frei. Unser Gärtner Pablo kann es auch nicht sein, der war erst gestern da. Denkst du, es sind Einbrecher?«

»Das kann nicht sein, dann wäre die Alarmanlage losgegangen und innerhalb von Minuten würde es hier von Polizisten nur so wimmeln.«

Schweißperlen standen auf Henrys Stirn.

Der lange Flur war hell erleuchtet. Aus dem Wohnzimmer drang leise Musik. Je näher Giovanna und Henry kamen, desto deutlicher erkannte Giovanna die Melodie.

Wer treibt hier Scherze mit uns und hört Mozarts Arie der Königin der Nacht?

Henry blieb wie angewurzelt stehen, während Giovannas Atem stocke, als sie erkannte, dass eine fremde Frau auf ihrer Couch saß.

Sie hatte sich eine der besten Weinflaschen aus Henrys Sammlung ausgesucht. Er hatte die Farbe von Rubinen und leuchtete im Kristallglas. Erst letzte Woche hatte Edita die Gläser auf Hochglanz poliert.

»Wer sind Sie?« schrie Giovanna aufgebracht, »wie sind

Sie in unser Haus gekommen? Henry, ruf sofort die Polizei!«

Herrgott, warum rührt er sich nicht? Vielleicht ist diese Frau eine Psychopatin!

Die Frau, die mit einer blonden Lockenpracht gesegnet war, antwortete:

»Die Terrassentür stand offen. Da habe ich es mir hier bequem gemacht, während ich auf euch gewartet habe. Ist Ophelia gut am Flughafen angekommen?«

Moment mal, ich kenne diese Stimme doch!

»Elaine, sind Sie es? Was wollen Sie von uns? Benötigen Sie Hilfe?«

Es muss eine Erklärung geben! Bestimmt eine simple, banale Erklärung!

»Ja, die bin ich. Die persönliche Assistentin deines Mannes. Nur, dass seit längerer Zeit die Assistenz, die dein Mann benötigt, noch *persönlicher* geworden ist.«

Was soll das bedeuten, persönlichere Assistenz? Mir gefällt dieser Unterton überhaupt nicht.

»Henry!«, rief Giovanna verzweifelt, »was will diese Frau von uns?«

Henry sagte nichts und starrte zu Boden. Stattdessen ergriff wieder Elaine das Wort.

»Ach, Mozarts Arie, die *Königin der Nacht,* aus die *Zauberflöte,* ein wundervolles Stück. Ich habe mich schon immer gefragt, was für einen langen Atem die Opernsängerin haben muss, um dieses komplizierte Stück zu singen. Dabei habe auch ich einen langen Atem, wenn auch nicht beim Singen, nicht wahr, Henry?«

Sämtliche Alarmglocken in Giovannas Kopf schrillten.

»Was wollen Sie damit andeuten?«, fragte Giovanna in einem fast hysterischen Ton.

Henry ergriff Elaines Schulter, um sie zum Aufstehen zu bewegen.

23

»Elaine, das reicht jetzt! Du bist betrunken! Ich fahre dich nach Hause!«

Die Alarmglocken schrillten noch lauter.

»Wieso weißt du, wo Elaine wohnt? Henry, was hat das alles zu bedeuten?«

Giovannas Puls raste, während ihr Verstand auf Hochtouren lief.

Es muss eine Erklärung dafür geben! Es kann nicht sein, es kann nicht sein. Nicht Henry!

Elaine verschränkte ihre Arme und wippte mit dem rechten Fuß.

»Ja genau, Henry. Sag Giovanna, weshalb du weißt, wo ich wohne. Sag ihr doch endlich, was das alles zu bedeuten hat.«

Oh Gott, bitte, lass es nicht das sein was ich denke!

Giovanna blickte in Henrys Augen, die Augen, die zu dem Menschen gehörten, den sie schon so lange liebte.

Es kann nicht sein, sowas machen nur andere Ehemänner, doch nicht mein Henry!

Henry erwiderte den Blick nicht. Giovanna wurde der Boden unter den Füßen weggezerrt.

Elaine reichte Henry das Glas Wein, das er nicht antastete.

»Giovanna, ich … ich … ich. Elaine und ich … wir …«

Nennen wir das Kind doch einfach mal beim Namen und sehen dann was passiert!

»Vögelst du sie?«, wollte Giovanna wissen. Henrys Schultern krümmten sich, als müsste er die Last der ganzen Welt darauf tragen.

So muss es sich anfühlen, wenn man von einem Flugzeug springt und zu spät merkt, dass man den Fallschirm vergessen hat.

Giovanna redete langsam, als müsste sie einem Erstklässler etwas erklären:

»Sieh mir in die Augen und beantworte die Frage.«

Henry erwiderte ihre Blicke nicht.
Das kann doch nicht wahr sein!
Giovanna atmete tief ein. »Wie lange geht das schon?«
Henry räusperte sich: »Seit etwas mehr als einem Jahr.«
Giovannas Beine gaben nach, sie musste sich setzen. *Es ist kein Missverständnis! Er betrügt dich seit einem ganzen Jahr! DEIN Henry!*

Giovanna zog die Hand von seinem Kinn, als hätte sie sich verbrannt.

Und jetzt rechne mal eins und eins zusammen …

»Jetzt verstehe ich, an welchen wichtigen Projekten du bis spätabends arbeiten musstest, welche Geschäftsessen du immer hattest und weshalb du mich zu unserer Silberhochzeit hast sitzen lassen! Ich wette, die Messe in Paris gab es nicht.«

Henrys Gesicht sprach Bände.

And the Oscar goes to …

Einem Impuls folgend applaudierte Giovanna ihrem Ehemann.

Henry sah sie irritiert an: »Was um Himmels Willen machst du da? Wieso klatschst du?«

»Ich bewundere deine fantastische, schauspielerische Leistung. Ein Jahr geht das schon so und ich habe absolut nichts bemerkt. Ich wette, liebe Elaine, Ihnen hat er erzählt, dass unsere Ehe sowieso fast am Ende ist.«

Elaine schwieg.

»Oh Henry, ich hätte nie gedacht, dass du das typische Klischee des Ehemanns erfüllst, der mit der jüngeren Sekretärin ins Bett geht und einfach beide Frauen hinhält.«

Giovannas Gedanken kreisten in einer Spirale aus Wut und Enttäuschung bis sie schrie: »Geht. Verlasst sofort dieses Haus, alle beide!«

Schluchzer brachten ihren Körper zum Zittern. Sie spürte die Röte in ihrem Gesicht aufsteigen, kalter Schweiß floss über ihren Rücken. Ihre Atmung ging wie vor einer Panikattacke.

Henry versuchte, nach Giovannas Hand zu greifen, die sie ihm entzog.

Er funkelte Elaine an, ohne etwas zu sagen.

»Es tut mir leid, Giovanna. Ich wollte nicht, dass du es heute und auf diese Weise erfährst.«

»Dir muss nicht leidtun, dass ich es heute und auf diese Weise erfahren habe, sondern, dass ich überhaupt etwas zu erfahren hatte. Nimm diese Frau jetzt mit und lasst mich alleine.«

Giovanna fiel kraftlos auf das Sofa. Das Polster war noch ganz warm von ihrer Rivalin.

Henry bedeutete Elaine mit einer Kopfbewegung, mitzukommen.

Giovanna konnte hören, wie Henry in der Küche zischte: »So, bist du jetzt zufrieden? Ich hatte dich um ein wenig Geduld gebeten und was machst du?«

»Ich nehme die Dinge nun mal gerne selbst in die Hand. Jetzt ist es endlich raus und deine Frau weiß Bescheid. Du solltest mir danken!«

»Danken?«

»Ja, danken! Ich verstehe nicht, weshalb du so ein Fass aufmachst? Seit einem Jahr nimmst du mich wann und wie du mich brauchst und jetzt spielst du dich als Moralist auf?«

Bittere Tränen der Enttäuschung rollten Giovannas Wange herab.

Wie konnte ich nur so blind sein. Habe ich es nicht gesehen oder wollte ich es nicht sehen?

Elaine und Henry stritten weiter im Nebenraum.

Plötzlich drohte Elaine: »Du hast die Wahl, komm mit mir mit oder bleibe hier. Aber eins muss dir klar, sein, wenn du hierbleibst, dann …«

Giovanna konnte nicht verstehen, wie der Satz endete. In der Küche blieb es still.

Minuten später ging die Türe auf und Giovanna hörte Henry und Elaine ins obere Stockwerk laufen.

Sie starrte auf das Glas Wein, das unangetastet auf dem Tisch stand. Wie viele Male hatten Henry und sie angestoßen und auf ihr gemeinsames Wohl getrunken?

Am vorigen Abend hatten sie es das letzte Mal getan, als sie mit Ophelia Abschied gefeiert hatten.

Henry hatte sie geküsst und ihr gesagt, dass er sie liebte.

Sie lief zur Haustüre, wo sie Henry und Elaine mit jeweils einer Reisetasche in der Hand antraf.

Ich muss etwas tun! Ich kann ihn doch nicht einfach so kampflos aufgeben!

Giovanna versperrte ihnen den Weg. Unter Tränen fragte sie Henry:

»Vögelst du sie nur oder liebst du sie auch?«

»Ja, wir lieben uns, und …«, setzte Elaine an.

»Dich hat niemand gefragt!«, unterbrach sie Giovanna. Sie versuchte, ihre Mordgedanken in Schach zu halten. Sie blickte Henry in die Augen und sagte verzweifelt: »Henry, ich möchte von dir wissen, ob du mich noch liebst.«

Giovanna konnte Tränen in seinen Augen glitzern sehen.

»Natürlich liebe ich dich noch.« Giovanna fühlte Erleichterung.

»So, wie man eine Schwester liebt«, beendete Henry den Satz.

Kapitel 4

Giovanna

Giovanna wusste nicht, wie lange sie auf dem Boden, mit dem Rücken gegen die Haustür gelehnt gesessen und geweint hatte, als es plötzlich klingelte.

Mit einem Satz sprang sie auf die Füße, Hoffnung keimte in ihr auf.

Hat es sich Henry anders überlegt?

Mit dem Handrücken wischte sie sich die Tränen vom Gesicht.

Vor der Tür stand ihre beste Freundin Jasmina mit einer Magnumflasche Champagner in der Hand.

»Überraschung! Ich dachte, nachdem Ophelia heute für ein Jahr in die Staaten geflogen ist, brauchst du sicherlich ein wenig Aufheiterung. Ich wusste ja, dass dich der Abschied von ihr mitnehmen würde, aber verdammt, du siehst richtig scheußlich aus!«

Giovanna antwortete nicht, sondern umarmte Jasmina und ließ ihren Gefühlen freien Lauf.

Jasmina schob sie vorsichtig auf Abstand und zückte ihr Mobiltelefon: »Till? Heute Abend kümmerst du dich um die Mädchen, bei Giovanna scheint Notstand zu sein. Nein, ich weiß nicht was passiert ist. Ja, ich bringe morgen früh die Brötchen mit.«

Jasmina schob Giovanna ins Wohnzimmer, verschwand in die Küche und kam mit einer Rolle Küchenpapier und einem Glas Wasser zurück.

»Ich habe mein Handy abgeschaltet, damit mich niemand mehr stören kann. Du setzt dich jetzt hier hin und erzählst mir was passiert ist.«

Das soeben Erlebte sprudelte nur so aus Giovanna heraus. Nur Schluchzer, Naseschnäuzen und Jasminas Versuche, sie zu trösten, unterbrachen ihren Erzählfluss.

»Unglaublich. Und du hast wirklich nichts gemerkt?«, fragte Jasmina.

»Nein, gar nichts. Nur jetzt im Nachhinein fällt mir auf, wie häufig er von zu Hause weg gewesen ist.«

So vieles macht jetzt plötzlich Sinn.

»Und im Bett?«

»Na ja, wie das so ist nach 26 Jahren Beziehung.«

»Da kann nicht mitreden. Ich bin erst fünf Jahre mit Till verheiratet. Aber meine Arbeit als Hochzeitsfotografin, die Renovierung des alten Bauernhofes und die Zwillinge halten uns auf Trab. Da habe ich abends oft keine Lust mehr, zur Sexgöttin zu mutieren. Gott sei Dank liebt mich Till auch mit meinem schlabbrigsten Schlafanzug!«

»Na ja, die Leidenschaft ist mit den Jahren schon auf der Strecke geblieben.«

Eine Ahnung bohrte sich durch Giovannas Gedanken:

»Zu unserer Silberhochzeit musste Henry auf eine wichtige Konferenz in Paris.«

»Angeblich«, warf Jasmina ein.

»Angeblich. Jedenfalls wartete ich zu seiner Rückkehr in Unterwäsche samt Strapsen auf ihn. Ich hatte mir dieses teure Set gegönnt, um unser Liebesleben wieder etwas anzukurbeln. Als er ankam, pfiff er zwar anerkennend, doch er wimmelte mich ab und ging sofort duschen. Als er aus der Dusche kam, passte ich ihn ab und versuchte, ihn zu stimulieren. Doch da passierte nichts. Einfach gar nichts. Ich war richtig perplex. Er schob es auf die Müdigkeit und ging sofort schlafen.«

»Wenn er die Affäre mit Elaine schon seit über einem Jahr hat, wäre es ja möglich, dass da gar keine Konferenz war, sondern, dass er die Tage in Paris mit Elaine verbracht hat.«

Jasmina sprach die Gedanken aus, die erneut in Giovannas Kopf herumschwirrten.

»Mein Mann als Lügner und Betrüger, das hätte ich niemals geglaubt.«

»Auf den Schrecken ein Schluck Champagner?«, fragte Jasmina vorsichtig.

»Ich bitte darum!«

Einige Augenblicke später prosteten sich die Frauen zu.

»Was hast du als Nächstes vor?«, wollte Jasmina wissen.

»Ich weiß es nicht. Bis vor ein paar Stunden war ich davon überzeugt, dass Henry und ich glücklich miteinander seien. Ich dachte, durch Ophelias Auszug könnten wir wieder mehr Zeit miteinander verbringen, verreisen, die Zweisamkeit genießen. Und dann sagte er, er liebt mich nur noch wie eine Schwester.«

Kann man eigentlich an gebrochenem Herzen sterben? Es tut so unerträglich weh!

»Willst du Henry zurück?«

»Er hat mir den Boden unter den Füßen weggerissen, mich belogen und betrogen, aber trotzdem liebe ich ihn noch immer. Er ist mein Ehemann und Vater meiner Tochter. Ja, ich möchte ihn zurück. Aber ich werde keinen Kreuzzug gegen diese Frau beginnen. Ich werde einfach warten. Wenn er diese Midlife-Crisis überwunden haben wird, werde ich für ihn da sein und wir können wieder von vorne anfangen.«

»Was, wenn er die Krise aber nicht überwindet?«, warf Jasmina ein.

»Ich glaube, es gibt nur zwei Möglichkeiten. Entweder er kommt zu mir zurück, oder ich habe ihn verloren.«

Diese Weggabelungen erweckten in Giovanna Zukunftsängste, die sie bis dahin nicht gekannt hatte.

Der Alkohol entspannte sie, daher lehnte sie nicht ab, als Jasmina ihr noch ein Glas Champagner anbot.

Am nächsten Tag erwachte Giovanna im Wohnzimmer, von höllischen Kopfschmerzen geplagt.

Also habe ich die Erlebnisse von gestern Abend nicht einfach nur geträumt, dachte sie verbittert.

Es war nicht nur beim Champagner geblieben. Mit Mitte vierzig vertrug sie Alkohol nicht mehr so gut wie einst.

Jasmina schnarchte auf dem Sofa vor sich hin. Giovanna deckte sie zu und verließ das Wohnzimmer auf Zehenspitzen. Bestimmt hatte Jasmina seit der Geburt der Zwillinge vor drei Jahren nicht mehr richtig ausschlafen können.

Im Bad spritzte sie sich kaltes Wasser ins Gesicht.

Gott sei Dank ist heute Samstag und ich muss nicht vor meine Schulklasse treten!

Ein kurzer Blick auf ihrem Mobiltelefon sagte ihr, dass ihr der Strom ausgegangen war. Kaum hatte sie es zum Laden angesteckt trudelten mehrere Nachrichten der verpassten Anrufe von Ophelia ein.

Ach Mist!

Giovanna rief sie sofort zurück.

»Mama, da bist du ja endlich, ich habe so oft angerufen, aber weder du noch Papa habt abgenommen. Was ist denn passiert?«

»Ach Liebling. Erzähl du doch erst einmal. Wie war dein Flug? Bist du gut angekommen? Sind die Stevens auch nett zu dir?«

Wie sehr hätte Giovanna nun Ophelias Umarmung gebraucht, doch sie war auf der anderen Seite des Atlantiks.

31

»Der Flug war super, Papa hat ja Businessclass für mich gebucht, ich wurde von allen Seiten mit Essen, Trinken und den neuesten Filmen verwöhnt. Die Stevens haben mich wie abgemacht vom Flughafen abgeholt. Ich habe ein riesiges Zimmer mit Balkon mit Blick auf einen See bekommen, es ist richtig toll. Die Kinder sind etwas zurückhaltend, aber ich bin ihnen ja auch noch fremd. Ich sollte mich jetzt eigentlich ausruhen, aber ich bin so aufgeregt, dass ich nicht schlafen kann. Wie geht es dir und Papa?«

Giovanna atmete tief ein. Für einen Moment spielte sie mit dem Gedanken, Ophelia zu verschweigen, was passiert war, doch dann erzählte sie ihr von den Ereignissen am Vorabend.

Ophelia weinte am Telefon:

»Oh Mama, das tut mir so leid! Kannst du mir ein Rückflugticket buchen? Dann bin ich bei dir und du musst das nicht alleine durchstehen.«

»Dich hier zu haben, wäre wundervoll, aber jetzt musst du an dich denken und das Jahr in den USA durchziehen. Dein Vater und ich sind erwachsene Menschen und werden die Situation für uns bereinigen.«

»Ist Jasmina schon eingeweiht?«

»Oh ja, das ist sie. Kaum war dein Vater aus dem Haus gegangen, stand sie wie gerufen mit einer Champagnerflasche vor der Tür, so als hätte sie geahnt, dass ich sie brauche. Nachdem wir den Champagner geleert hatten, hat sie sich auch noch einen großen Spaß daraus gemacht, aus ein paar Fotos deines Vaters eine Dartscheibe zu basteln und mit Pfeilen darauf zu werfen. Papas Gesicht ist nun zerlöchert wie ein Schweizer Käse.«

Ophelia atmete tief ein:

»Mama, hast du vielleicht auch jemand anderen?«

»Nein, wie kommst du darauf? Ich bin deinem Vater immer treu gewesen.«

Ophelia druckste ein wenig herum:

»Na ja, mir war schon aufgefallen, dass ihr euch in letzter Zeit auseinandergelebt hattet.«

»Also überrascht es dich nicht, dass dein Vater eine Geliebte hat?«

»Ehrlich gesagt, nein, es überrascht mich nicht. Ich wollte euch schon einige Male darauf ansprechen, aber ich habe mich nicht getraut.«

Giovanna liefen Tränen über die Wangen.

»Mein Kind, ich muss blind gewesen sein. Wenn dein Vater spät nach Hause kam und sagte, dass er bei der Arbeit gewesen sei, habe ich ihm einfach geglaubt.«

»Vielleicht, weil du es glauben wolltest?«

»Gut möglich. Wie spät ist es jetzt bei dir?«

»Drei Uhr morgens. Mama, denkst du von mir, dass ich dich im Stich lasse, wenn ich hierbleibe?«

»Nein. Ich könnte mir nicht verzeihen, wenn ich dich bitten würde, wieder nach Hause zurückzukehren.«

Giovanna hörte Ophelia herzhaft gähnen.

»Ich glaube, ich werde langsam doch müde. Telefonieren wir morgen wieder?«

»Ja, mein Schatz. Ab ins Bett mit dir und mache dir keine Sorgen um mich.«

»Ich liebe dich.«

»Ich liebe dich auch.«

Kaum hatte Giovanna das Telefon weggelegt, stand Jasmina vor ihr.

»Ich sollte jetzt langsam wieder nach Hause fahren, aber du weißt, dass ich jederzeit für dich da bin.«

Nachdem Jasmina gegangen war, räumte Giovanna das Wohnzimmer auf und putzte jeden Winkel.

Alles ist mir Recht, wenn ich nur aufhören kann nachzudenken.

Edita würde am nächsten Tag schimpfen, weil sie nichts zu tun hatte.

Erst, als es Abend geworden war, legte sich Giovanna erschöpft auf die Couch und lauschte der ungewohnten Stille im Haus.

Kapitel 5

20. Dezember
Henry

Die warmen Septembertage waren zunächst einem goldenen Oktober und dann einem kalt-verregneten November gewichen. Nun war Dezember und die Tage waren deutlich kürzer geworden. Gegen 17 Uhr war es draußen bereits stockdunkel. Die Weihnachtsdekorationen an den Fenstern erhellten diese Finsternis. In den Erkern mancher Häuser standen schon Weihnachtsbäume. In der Innenstadt Zürichs waren die Gassen schön geschmückt worden und die Weihnachtsmärkte waren eröffnet. Überall roch es nach Glühwein, Bratwurst, Zimt und jenen Leckereien, die es nur zur Weihnachtszeit gab und denen man nach der Weihnachtszeit überdrüssig sein würde. Dann würde im Januar der übliche nachweihnachtliche Diätwahnsinn wieder losgehen.

Während Henry vor Giovannas Schule auf das Ende des Unterrichts wartete, bemerkte er, wie sehr auch sein Hemd und die Winterjacke vom letzten Jahr spannten.

Das tägliche Essengehen in Restaurants machte sich auf der Waage und im Portemonnaie bemerkbar.

»Ich arbeite genauso lange wie du, warum sollte ich mich abends auch noch vor den Herd stellen und kochen? Ich heiße schließlich nicht Giovanna«, klang Elaines Stimme in Henrys Ohren.

Wie recht sie mit ihrer Aussage hatte.

Das Herz hämmerte in seiner Brust, wie damals, als er Giovanna das erste Mal ausgeführt hatte oder wie an jenem Abend im September, an dem Elaine gedroht hatte:

»*Du hast die Wahl, komm mit mir oder bleib hier. Aber eins muss dir klar sein, wenn du hierbleibst, dann …*«

Die Schulglocke war kaum verklungen, als die ersten Schüler das Gebäude verließen. Nach einer weiteren Viertelstunde erspähte Henry auch Giovanna. Aus dem bunt gemischten Haufen aus Kindern mit Rucksäcken und Schulranzen stach sie in ihrem weißen Mantel hervor. Henry wurde flau im Magen.

Seit September hatte es nur ein Lebenszeichen von Giovanna gegeben. Einen handgeschriebenen Brief, den er immer bei sich trug und den er mittlerweile auswendig kannte.

Henry,
zu erfahren, dass du mich schon so lange mit Elaine betrügst, war eines der schmerzhaftesten Dinge, die ich je erlebt habe. Es steht auf derselben Stufe wie der Tod meiner Eltern. Niemals hätte ich geglaubt, dass uns so etwas passieren könnte. Aber vielleicht habe ich dich gerade wegen dieser Naivität in Elaines Arme gestoßen. Wir haben uns beide gegenseitig als Selbstverständlichkeit erachtet und uns mit der Zeit so auseinandergelebt, dass wir vom Ehepaar zu Mitbewohnern mutiert sind. Ich bemühe mich sehr, dich zu hassen, doch es gelingt mir nicht. Auch ich muss einen Anteil dazu geleistet haben, dass du 25 Jahre Ehe gegen eine Affäre eingetauscht hast.
Ich möchte nicht betteln, doch ich möchte, dass du weißt: Ich bin bereit, dir zuzuhören und zu verzeihen. Ich gebe dir die Zeit, die du brauchst, um dir darüber klar zu werden, was du wirklich möchtest.
In Liebe, deine Giovanna.

Gib dir einen Ruck, forderte Henry sich in Gedanken auf, während er Giovanna abpasste.

»Henry?« fragte Giovanna ungläubig. Sie musste einiges abgenommen haben. Ihre Wangenknochen traten ungewöhnlich aus ihrem Gesicht heraus.

Was für ein elendiger Wurm er doch war.

»Giovanna. Können wir miteinander reden?«

»Hier?«

»Nein, lass uns nach Hause fahren.»

»Nach Hause«, wiederholte Giovanna.

Während der Fahrt hüllten sich beide in Schweigen.

Früher passte kein Blatt zwischen uns, nun ist es ein Ozean, dachte Henry während er sein Auto in der Einfahrt abstellte.

»Es hat sich nichts geändert«, sagte Henry, während er vom Eingang ins Wohnzimmer lief und sich umsah.

»Eigentlich hat sich alles geändert«, korrigierte ihn Giovanna.

Hitze durchflutete ihn.

»Was möchtest du mir sagen?«

Ihre Augen blickten ihn durchdringend an.

Henry atmete tief ein und aus. In seinen Gedanken hatte er dieses Gespräch hunderte Male geführt. Es wirklich zu tun, war etwas ganz anderes. Sein Mund fühlte sich staubtrocken an.

»Weißt du noch, als du zur Bank kamst, um nach einem Darlehen für ein Auslandsjahr in Irland zu fragen?«

»Natürlich. Wie könnte ich das vergessen?«

»Ich habe dir das Darlehen absichtlich verweigert«, gestand Henry.

Giovanna schaute ihn fassungslos an: »Wieso hast du das getan?«

»Ich wollte dich besser kennenlernen. Ich wollte nicht, dass du nach Irland gehst, ich wollte dich hier haben.«

»Du hast also meinen damaligen Traum aus rein egoistischen Gründen zunichtegemacht. Warum erzählst du mir das jetzt?«

»Weil ich möchte, dass du die Gelegenheit ergreifst und jetzt hinfährst.«

»Ich verstehe das nicht. Ich verstehe dich nicht.«

Henry stand auf und begann im Wohnzimmer auf und ab zu laufen.

Bringe es so schnell wie möglich hinter dich.

»Elaine ist schwanger. Im vierten Monat.«

Sämtliche Farbe wich aus Giovannas Gesicht.

Endlich ist es raus!

»Das hat sie mir an dem Abend gesagt, als Ophelia in die Staaten geflogen ist. Ich wollte, dass du es von mir erfährst und nicht von einem meiner Arbeitskollegen. Ihr Zustand lässt sich kaum mehr verbergen.«

Giovanna schüttelte den Kopf leicht, ihr Halsschlagader pulsierte.

»Ich möchte dir eine große Geldsumme geben, damit du nach Irland gehst und mir dafür das Haus überlässt.«

Giovanna sackte in sich zusammen.

»Ich soll unser Zuhause verlassen, damit du mit Elaine und dem Baby hier einziehen kannst?«

Ich bin ein Monster!

Henry fiel auf seine Knie und nahm Giovannas eiskalte Hände in seine.

»Elaine ist eine Frau, die niemals etwas besessen hat außer ihrem Verstand. Sie stellt Forderungen.«

»Sie hat dich doch mit dem Kind an sich gebunden, was will sie denn noch?«

Henry schämte sich, die Wahrheit auszusprechen:

»Dummerweise habe ich ihr einige Geschäftsgeheimnisse anvertraut, die in der Stadtbank einige Köpfe zum Rollen bringen könnten, meinen inklusive. Elaine hat sich in dieses Haus verliebt und hat sich klar ausgedrückt. Entweder sie zieht hier mit mir ein, oder sie wird mich verraten.«

»Und sie will das Haus?«

»Richtig. Und mir zur Not auch das Kind vorenthalten.«

»Henry«, sagte Giovanna unter Tränen, »wie ist es nur so weit gekommen?«

Sie hat die Wahrheit verdient.

»Du hast nichts falsch gemacht. Unser Leben war perfekt, zu perfekt. Als klar wurde, dass Ophelia ausziehen würde, habe ich begonnen, mich alt zu fühlen. Der Gedanke, dass das Leben nur so an mir vorbeizieht, keimte in mir auf. Ich schäme mich, das zu sagen, doch ich habe Ophelia um ihre Jugend und ihre unendlichen Möglichkeiten beneidet. Unser komfortables Leben kam mir auf einmal so langweilig vor. Nie hatten wir zwei Streit, noch nicht einmal eine Meinungsverschiedenheit. Alles ist immer wie am Schnürchen gelaufen, ich habe mich hochgearbeitet von der bodenständigen Bankkauflehre, zum Sachbearbeiter, zum Direktor. Es haben sich mir kaum Herausforderungen in den Weg gestellt. Ich habe nach dem Drama gesucht, das in unserem Leben fehlte, Giovanna.«

Giovanna klatschte einmal energisch in die Hände: »Deshalb hast du dir letztes Jahr zu Weihnachten den Tandemsprung aus dem Flugzeug gewünscht. Und zum Geburtstag eine Harley-Davidson gekauft!«, begriff Giovanna.

»Ja«, gestand Henry, »eine Zeitlang bin ich ins Casino gegangen, dann habe ich Wettbüros ausprobiert, habe an der Börse spekuliert. Ich war immer auf der Suche nach einem neuen Nervenkitzel, um mich lebendig zu fühlen.«

»Wieso hast du mit mir nicht darüber geredet? Wir hätten uns eine Auszeit vom Alltag nehmen können, wir hätten auf Weltreise gehen können. Wir hätten so viel machen können, wenn du dich mir anvertraut hättest.«

»Du wirktest glücklich auf mich. Ich wollte deine Seligkeit nicht zerstören.«

»Dafür hast du jetzt unsere Ehe zerstört. Ich war glücklich, weil ich mir stets vor Augen gehalten habe, was ich hatte, nicht, was ich nicht hatte.«

Henry konnte Giovannas Enttäuschung kaum ertragen.

»Lass mich raten. Mitten in deiner Suche nach Adrenalin hat dir deine neue Sekretärin schöne Augen gemacht«, schlussfolgerte Giovanna.

Henry blickte zu Boden.

Hättest du der Versuchung doch nur widerstanden, dann würdest du dich jetzt nicht in dieser Lage befinden.

»Zu Beginn war ich einfach nur geschmeichelt, dass eine jüngere Frau mich attraktiv fand. Dann fand ich es aufregend, mich heimlich mit ihr zum Abendessen zu treffen, immer in der Gefahr, von dir oder Bekannten ertappt zu werden. Irgendwann ist alles außer Kontrolle geraten …«

Giovanna machte eine unmissverständliche Geste, die ihm sagte, dass sie keine weiteren Details hören wollte.

»Ich hoffe, du hast jetzt das Drama in deinem Leben, das du dir so sehr herbeigesehnt hast«.

Henry hörte Sarkasmus aus ihrer Stimme heraus.

»Allerdings. Bitte überleg es dir mit dem Haus. Du weißt, was es wert ist, es springt eine sechsstellige Summe für dich heraus.«

»Wie viel Zeit habe ich denn?«

»Elaine wünscht sich noch in diesem Jahr eine Silvesterfeier in diesem Haus«, sagte Henry, ohne Giovanna anzusehen.

»Ich verstehe.«

Kapitel 6

21. Dezember

Giovanna lief auf einer Wiese. Der Morgentau fühlte sich feucht unter ihren Fußsohlen an. Der Duft der Gräser kroch in ihre Nase, während die Vögel um die Wette zwitscherten und Eichhörnchen zwischen Bäumen und Sträuchern Verfolgungsjagd spielten.

Löwenzahnblumen erstreckten sich, soweit das Auge reichte.

Manche sahen wie kleine Sonnen aus, während sich andere bereits in Köpfchen mit unzähligen Flugschirmchen verwandelt hatten, bereit, beim nächsten Windstoß den Pflanzensamen hinauszutragen und für die nächste Generation gelber Blüten zu sorgen.

Eine Pusteblume war besonders groß. Die gefiederten Samen standen in Reih und Glied und bildeten zusammen eine perfekte Kugel. Aus einem Impuls heraus pflückte Giovanna diese Blume und pustete sie an. Sofort verließen die Flugschirmchen ihre Formation und verteilten sich in alle Richtungen. Giovannas Atem wollte nicht ausgehen, sie blies und blies, ohne Luft holen zu müssen. Plötzlich tauchte ein seltsam aussehenden Flugschirmchen vor ihr auf: Es funkelte in der Sonne wie ein Diamant und machte Geräusche wie Glöckchen im Wind. Es hatte etwas

Magisches an sich. Neugierig verfolgte Giovanna es, weiter, immer weiter, über die schier unendliche Wiese, bis auch sie plötzlich abheben und fliegen konnte.

Vom Wind getragen, überquerten Giovanna und das Flugschirmchen Felder, Berge und Seen, bis Giovanna keinen festen Boden mehr unter den Füßen sehen konnte, sondern das Meer seinen Raum beanspruchte. Sie hatte keine Angst vor den tosenden Wellen unter ihr, sondern fühlte sich so frei wie noch nie in ihrem Leben.

Sie flog an Möwen, Schiffen und Leuchttürmen vorbei, ohne den Samen des Löwenzahns aus den Augen zu verlieren, der sich verspielt in der Luft drehte.

Nach einiger Zeit steuerte der Samen eine Insel an, die von einem so intensiven Grün bedeckt war, wie Giovanna es noch nie zuvor gesehen hatte.

Der Samenflieger umrundete die Insel und landete auf einer Wiese in der Nähe eines Strandes. In dem Moment, als er den Grund berührte, schlug Giovanna die Augen auf.

Ohne jemals dort gewesen zu sein, wusste sie, von welcher Insel sie gerade geträumt hatte.

Giovanna rekelte sich im Bett, als ihr Mobiltelefon klingelte. Jasminas Bild tauchte auf dem Bildschirm auf.

»Hmmm«, antwortete Giovanna schlaftrunken.

»Giovanna, ich muss … ich muss dir etwas sagen. Bitte hasse mich nicht dafür«, stammelte Jasmina.

»Schieß los, im Moment kann mich nichts mehr vom Hocker reißen«, sagte Giovanna mit einer Gleichgültigkeit, die ihr selbst Angst machte.

»Ich hatte heute Morgen einen Termin beim Frauenarzt. Da kam mir Elaine entgegen, mit … mit einem verräterisch gewölbten Bauch.«

»Lass mich raten, du willst mir sagen, dass Elaine schwanger ist, richtig?«

»Wo… woher weißt du das?«

»Henry hat gestern nach der Schule auf mich gewartet und mir die frohe Botschaft überbracht.«

»Du weißt es seit gestern Mittag und du hast mir nichts davon erzählt?«

Enttäuschung schwang in Jasminas Stimme mit.

»Tut mir leid, ich konnte und wollte gestern mit niemandem mehr reden. Erst erfahre ich, dass mein Mann mich betrogen hat, weil unser Leben ihm schier zu perfekt und langweilig war, dann, dass er Elaine geschwängert hat und zu guter Letzt hat er mich darüber in Kenntnis gesetzt, dass ich doch bitte noch vor Silvester ausziehen soll, weil unser Haus Elaine so gut gefällt und sie droht, Geschäftsgeheimnisse auszuplappern, wenn sie nicht bekommt, was sie will. Das musste ich alles erst einmal für mich verdauen.«

»Oh Gott«, japste Jasmina ins Telefon.

»Du sagst es, den könnte ich jetzt gebrauchen.«

»Und was hast du nun vor? Hat Henry dir wenigstens eine ordentliche Summe Geld für das Haus geboten?«

»Ja natürlich, die Hälfte des Wertes und du weißt ja, was Häuser am See so kosten.«

»Aber du hast doch so viel Arbeit und Zeit in das Haus investiert! Du hast jeden Raum selbst gestrichen, eingerichtet, dekoriert. Dein Herzschlag ist in diesem Haus. Und diese Tussi setzt sich einfach ins gemachte Nest, weil sie Henry mit dem ältesten und miesesten Trick der Welt an sich gebunden hat.«

»Jassi, was soll ich dir sagen, ich habe keine Tränen mehr, die ich weinen könnte.«

»Was hast du vor, zu tun?«, wollte Jasmina wissen.

»Wir haben vereinbart, dass ich mich nach Heiligabend melde. Bis dahin soll ich mich entscheiden.«

»Denkst du, es gibt eine Möglichkeit, das Haus zu halten?«

»Ganz ehrlich, ich habe gestern viel darüber nachgedacht. Ich weiß nicht, ob ich es überhaupt behalten will. Ich habe nun drei Monate lang alleine hier gelebt. Es ist viel zu groß für mich. Die Ruhe und Einsamkeit bringen mich fast um. Überall lauern Erinnerungen. Ich dachte, Henry überwindet irgendwann seine Midlife-Crisis und kommt zu mir zurück, ich habe falsch gedacht. Vielleicht sollte ich ihm das Haus einfach überlassen, mich aus dem Staub machen und woanders neu beginnen, wo er und Elaine mir nie wieder unter die Augen treten können.«

»Wow. Ein Neuanfang? Und wie sollte dieser genau aussehen? Wo willst du neu beginnen? Moment kurz ...«

Giovanna hörte ohrenbetäubendes Kindergeschrei im Hintergrund.

»Entschuldige, Giovanna, Moira hat sich gerade ziemlich stark den Kopf angestoßen, ich muss nach ihr sehen. Komm Heiligabend zu uns, erzähle mir alles. Wenn ich dir helfen kann, werde ich das«, verabschiedete sich Jasmina hektisch und beendete das Telefonat.

Heiligabend alleine zu Haus. Daran hatte ich noch gar nicht gedacht.

Sie hatte bislang keine einzige weihnachtliche Dekoration angebracht und war überhaupt nicht in der Stimmung für Tannenbäume und Geschenke.

Am Nachmittag hatte Giovanna ein Telefonat mit Ophelia geplant.

Mein Herz fühlt sich an, als würde es eine Tonne wiegen.

Giovanna kaute an ihrer Lippe, als sie mit Headset vor dem Laptop saß und auf sie wartete.

»Hallo, mein Schatz«, begrüßte sie ihre Tochter und sah ihre geröteten Augen.

»Mein Vater ist ein Schwein!«, schluchzte Ophelia ins Telefon, ohne den Gruß zu erwidern.

»Du weißt also, dass noch ein Geschwister auf dich wartet«, stellte Giovanna überrascht fest.
Immerhin war er Manns genug Ophelia einzuweihen.
»Halbgeschwister!«, korrigierte sie Ophelia empört.
»Halbgeschwister, natürlich. Weißt du auch schon das mit dem Haus?«
»Ja, deshalb bin ich auch unfassbar wütend auf Papa. Erst vögelt er eine Andere, dann ist er zu blöd, zu verhüten und jetzt sollst du auch noch das Haus hergeben? Falls ich aus den USA zurückkomme, habe ich kein Zuhause mehr, zu dem ich zurückkehren kann!« Ophelia putzte sich die Nase.
»Moment mal, wieso *falls* und nicht, *wenn* du zurückkommst.«
»Mama, ich ... ich«, stotterte Ophelia.
»Musst du mir etwas sagen?«, fragte Giovanna, »hat es mit diesem jungen Mann zu tun, den du neulich erwähnt hast?«
Ophelia errötete: »Ja, Jake. Unser Nachbar. Wir sind seit kurzem zusammen«.
»Das ist doch toll! Du hast so sehr von ihm geschwärmt!«
»Ja schon», setze Ophelia fort, »aber, was wenn wir uns so sehr verlieben, dass ich in den USA bleiben möchte und nicht, wie geplant, in Zürich studieren werde?«
»Dann werde ich das akzeptieren, auch wenn ich dich sehr vermissen werde.«
»Ach Mama, das tut mir einfach leid.«
»Ich verstehe dich nicht. Du bist verliebt, dieser junge Mann erwidert deine Liebe. Weshalb tut es dir leid?«
»Ich bedaure, dass ich nicht für dich da sein kann. Dass ich so egoistisch bin und in den Staaten bleiben möchte, statt dir beizustehen. Du musst dieses Weihnachten alleine verbringen. Ich bin so eine schlechte Tochter. Du warst immer für mich da und wie danke ich es dir?«, sagte Ophelia unter Tränen.

»Du schuldest mir nichts, Kind, deine Liebe reicht mir vollkommen. Ich habe mein Leben und meine Päckchen alleine zu tragen. Und mach dir keine Sorgen wegen Weihnachten: Jasmina, Till und die Zwillinge werden mich schon auf Trab halten. Vielmehr danke ich dir, denn du hast mir gerade geholfen, du ahnst ja gar nicht wie sehr. Ich habe dir etwas zu sagen.«

Giovanna erzählte von ihren Plänen und nach und nach versiegten Ophelias Tränen.

Kapitel 7

24.12.
Giovanna

In Tills und Jasminas Garten sah es wie immer nach einem kreativen Chaos aus.

Allerlei Container, Baumaterialien und Gerätschaften standen herum.

Pünktlich um 18 Uhr klingelte Giovanna an der Tür.

Der schrille Ton der alten Klingel schlug eine Katze in die Flucht und ließ Giovanna zusammenzucken.

Jasmina öffnete die Türe und sah gestresst aus. Mehrere Strähnen hatten sich aus ihrem Dutt gelöst und auf ihrem T-Shirt waren noch Breireste zu sehen.

Noch vor einer Begrüßung hatte Giovanna den Anflug eines schlechten Gewissens: »Und du bist ganz sicher, dass es keine Umstände macht, dass ich da bin? Du hast doch sicher alle Hände voll zu tun!«

»Ich habe Zwillinge in der Trotzphase und mein Haus ist eine ewig währende Baustelle! Wenn du nicht da wärst, würde ich vollends durchdrehen. Nimm mir diesen Lichtblick nicht! Ich habe das Essen beim Caterer bestellt, um mir so wenig Arbeit wie möglich zu machen. Du kennst ja Tills Kochkünste, der schafft es sogar, einen Topf mit Wasser anbrennen zu lassen. Und nun hinein mit dir, aber bitte übersieh das Chaos hier einfach. Gerade spielt sich unser gesamtes Leben im ersten Stock des Hauses ab, da die Räume oben fertig sind, während hier Land unter ist.«

Ein Blick genügte, um zu erkennen, was Jasmina meinte.

Im ganzen Erdgeschoss hingen Plastikvorhänge an den Wänden, hier und da lugte ein Kabel hervor und Giovanna musste aufpassen, wo sie hintrat, um nicht in einem Loch im Boden stecken zu bleiben oder über Baumaterialien zu stolpern.

»Sei geduldig, ihr wohnt gerade nun einmal auf einer Baustelle«, versuchte Giovanna Jasmina zu trösten.

Jasmina blickte gen Himmel: »Wenn ich das nur vorher gewusst hätte, hätte ich mich doch für den Neubau entschieden, dieser ewige Dreck ist auch für die Mädchen nicht gut, die fangen schon an zu husten und ständig muss man sie davon abhalten, herumliegende Nägel zu essen oder mit dem Staub Burgen zu bauen.«

»Im Moment siehst du nur eine Werkstatt vor dir, aber stell dir mal vor, wie toll das aussieht, wenn ihr mit den ganzen Arbeiten fertig sein werdet«, ermunterte sie Giovanna, während sie ihre Jacke auszog.

»Ja, ich weiß, leider gehört Geduld nicht zu meinen Stärken. Am besten behältst du die Jacke im Erdgeschoss an. Wie du sicherlich bemerkt hast, ist es genauso warm und einladend wie im Kühlhaus einer Großschlachterei. Die Heizungen funktionieren noch nicht. Wir gehen aber gleich nach oben, Till hat den Kamin angemacht.«

Die Treppenstufen knarrten, als Giovanna Jasmina nach oben folgte. Die Temperaturen im Wohnzimmer fühlten sich gleich besser an, da wie versprochen ein munteres Feuer im Kamin flackerte.

»Hi Till. Wie ich sehe, trägst du auch heute ein Band-T-Shirt? Wer sind denn die schrägen Typen mit den grauenhaften Masken?«, fragte Giovanna, während sie ihm eine Flasche Whisky in die Hand drückte.

»Ich dachte mir, zur Feier des Tages trage ich heute ein Shirt mit *Slipknot* drauf. Danke für den edlen Tropfen. Na, wie gefällt dir das Wohnzimmer? Sieht es nicht hinreißend aus? Sag deiner Freundin, dass sie sich nur zu gedulden braucht, dann wird aus dieser alten Bauernkaschemme ein hochmodernes Schloss.«

Giovanna nickte anerkennend: »Ja, ich muss zugeben das Wohnzimmer ist dir gelungen, es sieht hier sehr gemütlich und einladend aus.«

»Siehst du! Giovanna sieht das Kunstwerk hinter dem Chaos!«

Jasmina knuffte Till in die Seite und verschwand in Richtung Küche.

»Tante Giovanna, Tante Giovanna! Hast du uns Geschenke mitgebracht?«

Mit Gebrüll stürmten die blonden und lockenköpfigen Zwillinge Moira und Orphea das Wohnzimmer und stießen Giovanna fast um.

»Ja, ich habe euch etwas mitgebracht«, sagte sie und stellte die verpackten Geschenke unter den Weihnachtsbaum, der mit silbernen Kugeln und Lichterketten dekoriert war.

Die Mädchen rannten sofort hin und rissen das Papier auf.

»Ich habe aus meinen Fehlern gelernt und den Mädchen jeweils das gleiche Plüscheinhorn gekauft«, flüsterte Giovanna in Tills Ohr. Till lachte auf. Er erinnerte sich wohl auch an den letzten Geburtstag, der mit Tränen und Tritten geendet hatte, weil die zwei Schwestern jeweils das Geschenk der anderen haben wollten.

»Till, Giovanna, Kinder, Hände waschen! Das Essen ist fertig!«, rief Jasmina aus der Küche.

Eine halbe Stunde später saßen alle am Tisch und genossen das Weihnachtsessen.

»Wirklich nicht schlecht, der Caterer, an so gutes Essen könnte ich mich glatt gewöhnen«, sagte Till, während er sich erneut eine Ladung Kartoffelsalat aus der Schüssel schöpfte und sich duckte, um nicht von Jasminas Serviette erwischt zu werden.

»Hach, tut mir leid, Schatz. Ich dachte, da wäre eine Fliege gewesen«, grinste Jasmina.

»Ja, ja. Eine Fliege im tiefsten Winter!«, konterte Till.

»Apropos die Fliege machen, ich will jetzt alles über deinen Neuanfang hören, Giovanna«, sagte Jasmin.

»Das ist relativ einfach. Am 30. Dezember übergebe ich Henry das Haus und wandere nach Irland aus!«

Der Gedanke gefiel Giovanna immer besser, je länger sie darüber nachdachte.

»Nach Irland? Wow. Da wolltest du doch damals als Studentin hin, richtig?«

»Richtig«, bestätigte Giovanna, »und da mich nichts mehr hier hält, werde ich den Traum nun, fast dreißig Jahre später, verwirklichen.«

»Was soll das heißen? Ophelia kommt doch in ein paar Monaten wieder zurück.«

»Ophelia hat sich in einen Amerikaner verliebt, er heißt Jake. Sie zieht es in Erwägung in den Staaten zu bleiben um zu studieren.«

»Aber sie ist doch erst seit drei Monaten in Amerika und wir wissen ja, wie Beziehungen in dem Alter meistens ausgehen«, gab Jasmina zu bedenken.

»Das stimmt, aber sollte sich doch etwas an der Situation ändern, kann sie ja auch in Irland studieren.«

»Und was ... was ist mit mir? Ist unsere Freundschaft nicht Grund genug, hierzubleiben?«, fragte Jasmina traurig, während sie sich noch ein Stück Baguette abschnitt.

»Natürlich ist sie das. Der Abschied von dir geht mir auch sehr nahe. Aber versetz dich einmal in meine Lage,

Wenn ich hier in Zürich bleibe, besteht immer die Gefahr, Henry mit neuer Frau und Baby im Kinderwagen anzutreffen. Und wenn ich erst an die mitfühlenden Blicke von Nachbarn und Bekannten denke wird mir schlecht. Ich möchte so viele Kilometer wie möglich zwischen uns bringen und ich denke, mit meinen Sprachkenntnissen, den Ersparnissen und meinem Anteil am Haus habe ich Auswanderungsbedingungen, von denen andere nur träumen können.«

»Das ist wahr«, pflichtete Till bei.

Jasmina nickte: »Ja, ich verstehe dich ja. Und wie sehen deine Pläne aus? Hast du dir schon Gedanken über die Umsetzung gemacht?«

»Seit zwei Tagen arbeite ich intensiv an der Planung. Zunächst möchte ich die Insel kreuz und quer bereisen. Ich möchte einfach mal Touristin sein und auf niemand anderen Rücksicht nehmen müssen. Ich werde die Zeit brauchen, um das Geschehene zu verdauen. Nach ein paar Monaten werde ich mir eine feste Bleibe und Arbeit suchen. Und da wären wir auch schon bei eurem Weihnachtsgeschenk angelangt.«

Giovanna überreichte Jasmina einen großen, verzierten Umschlag. Jasmina öffnete ihn und zog eine Karte heraus. Darauf zu sehen war ein Kleinwagen, der von hunderten von Schafen umringt war. Die Landschaft drum herum war grün und saftig. Jasmina klappte die Karte auf und las:

»Gutschein für einen Besuch in Irland, sobald ich mich wiedergefunden habe!«

Jasmina lächelte und weinte gleichzeitig und drückte Giovanna an sich.

»Sobald ich mich irgendwo auf der Grünen Insel eingerichtet habe, seid ihr herzlich bei mir eingeladen.«

»Ich werde dich beim Wort nehmen, meine Liebe«,

versprach Jasmina, »aber bis es soweit ist, haben wir wohl noch viel zu tun. Du möchtest wirklich in fünf Tagen auswandern?«

»Ja, bis dahin muss ich alles gepackt und weggeschafft haben, was mir wichtig ist. Ich glaube nicht, dass ich Gegenstände wiederbekommen werde, wenn Elaine diese erst einmal an sich gerafft hat«, antwortete Giovanna.

»Ab dem 27. Dezember wird im Erdgeschoss der Estrich verlegt, Till hat noch ein paar Holzarbeiten für einen Kunden zu erledigen, ich habe gerade keine Hochzeitstermine in meinem Kalender und die Mädchen verbringen einige Tage bei meinen Eltern. Ich kann dir drei Tage lang helfen, auch wenn es mir das Herz bricht, dass ich selbst dazu beitragen werde, dass du Zürich verlässt. Aber wenn es dazu führt, dass es dir bessergeht, werde ich es tun.«

»Danke, Jassi. Ich weiß deine Hilfe sehr zu schätzen.«

Nach dem Essen waren die Mädchen schon bald mit ihren Plüscheinhörnern im Arm eingeschlafen. Till hatte sie ins Bett gebracht und war mit zwei Gläsern Sekt zurückgekommen.

»Ladies, ich lasse euch noch ein wenig allein. Wenn ihr mich braucht, ich bin im Schlafzimmer und höre Musik.«

Jasmina und Giovanna prosteten einander zu, zu allen Schandtaten bereit.

Kapitel 8

25.12.

»Ich werde langsam, aber sicher zu alt für solche Nächte!«, seufzte Giovanna, als Jasmina ihr einen neuen Drink servierte.

Sie waren gerade mit dem Abwasch fertiggeworden und machten es sich auf dem Sofa gemütlich.

Jasmina gähnte: »Es ist unglaublich! Es ist kurz nach Mitternacht und alles in uns schreit danach, uns einfach aufs Ohr zu hauen. Als Kind bettelst du darum, möglichst lange aufzubleiben, und wenn du einmal selbst Kinder hast, ist dein einziges Begehr früh schlafen zu gehen.«

»So ist der Lauf des Lebens. Was wir haben, schätzen wir nicht, was wir schätzen, haben wir nicht. Gestern bist du glücklich vergeben und morgen bist du plötzlich wieder Single. Wer weiß, ob ich noch einmal eine große Liebe erleben darf«, sagte Giovanna.

»So ein Unfug, du bist doch erst 44 Jahre alt! So knackig, wie du bist, werden die Iren ihre Finger nicht von dir lassen können, davon bin ich überzeugt. Ich an deiner Stelle würde mich so richtig ausleben und es mir gut gehen lassen. Die nächste große Liebe folgt dann bestimmt irgendwann.«

»Danke für deine ermutigenden Worte!«

»Gern geschehen, dafür sind echte Freundinnen da. Auch wenn du bald mehrere tausend Kilometer entfernt sein wirst. Daran wird sich nichts ändern«, versprach Jasmina.

»Ich werde dich sehr vermissen in Irland«, gab Giovanna zu.

»Ich dich auch, aber ich werde dir trotzdem helfen, alles zu packen«, entgegnete Jasmina und hielt Giovannas Hand.

»Ich danke dir für diesen wundervollen Abend, ich habe tatsächlich für einige Stunden nicht mehr an Henry und mein neues Leben ohne ihn denken müssen.«

»Es wird einige Arbeit auf uns warten, bevor du dich auf den Weg nach Irland machen kannst. Hast du dein Ticket bereits gebucht?«, wollte Jasmina wissen.

»Kein Flugticket, ich fahre mit meinem Auto. Ich brauche schließlich einen fahrbaren Untersatz, wenn ich das Land erkunden möchte.«

»Das macht Sinn. Aber passen all deine Habseligkeiten in deinen SUV?«

»Ich reise mit leichtem Gepäck, mit höchstens zwei Koffern. Alles, was Henry gehört, rühre ich nicht an. Alles, was Ophelia gehört und alles, was ich wirklich noch einmal brauchen werde, lasse ich einlagern. Der Rest bleibt im Haus, wird verschenkt, gespendet oder wird entsorgt. Du weißt ja, dass ich kein großer Freund von Staubfängern und Nippes bin, das sollte es uns einfach machen.«

»Wie fühlst du dich, so kurz vor deinem Neuanfang?«

»Beflügelt«, antwortete Giovanna, ohne lange zu überlegen.

Am nächsten Morgen stand Giovanna vor ihrem Haus. In Gedanken ging sie jeden Raum durch und verabschiedete sich im Geiste.

Sie wählte Henrys Nummer. Er machte einen verschlafenen Eindruck, als er abhob. »Wir machen den Deal. Hol dir die Schlüssel am 30.12. um 12 Uhr ab.«

Kapitel 9

Nach dem Telefonanruf trank Giovanna einen doppelten Espresso, krempelte ihre Ärmel hoch und begann auf dem Dachboden mit ihrer Arbeit. Dort hatte sie immer die Schätze der Vergangenheit aufbewahrt. In einigen Holztruhen und alten Schränken verwahrte sie alle Gegenstände, die vor dem Zahn der Zeit beschützt werden sollten.

In einer Truhe fanden sich Kinderkleidung und Spielzeug. Sie notierte *Für Jasmina* auf einem selbstklebenden Zettel.

Henrys neues Kind trägt keine Schuld an der Situation. Trotzdem möchte ich nicht, dass es diese Dinge bekommt, erklärte sich Giovanna ihre eigene Entscheidung.

In einem Bauernschrank hing, unter einer Zellophanschicht, ihr Hochzeitskleid.

Du bist ganz schön aus der Mode gekommen, dachte sie und hielt es sich an den Körper, um die schönen Erinnerungen an das letzte Mal, als sie es getragen hatte, heraufzubeschwören.

Wir waren so glücklich und nun sieh einer an, wie die Reise geendet ist.

Giovanna warf das Kleid mitsamt Bügel in den *zu verschenken* Stapel.

Traurigkeit keimte langsam in ihr auf.

Einfach nicht nachdenken, nur ausmisten, sagte sie sich wie bei einem Mantra.

Die nächste Truhe, die sich Giovanna vornahm, enthielt alle ihre Tagebücher, die sie seit ihrem zehnten Geburtstag führte. Das erste Tagebuch war dunkelblau und mit rosa Rosen verziert. Ihre Großmutter hatte es ihr zu Weihnachten geschenkt. Ein Schloss verbarg die Geheimnisse, die sie als Heranwachsende gehabt hatte.

Zum Einlagern, schrieb Giovanna auf einen weiteren Haftzettel. Sie war gerade dabei, den Deckel der Truhe zu verschließen, als ihr Blick auf ein besonders dekoratives Notizbuch fiel.

Das Cover war wie eine antike Weltkarte gestaltet. Sie wusste auch ganz genau, wann sie es sich angeschafft hatte: kurz vor dem Termin bei der Bank, als sie sich erträumt hatte, mit einem Darlehen in Irland studieren zu können.

Eigentlich hätte das Tagebuch Notizen über ihre Zeit in Irland enthalten sollen. Als ihr damals das Darlehen verwehrt worden hatte, hatte sie es wütend in eine Schublade gepfeffert. Wie einen alten Schatz nahm sie es an sich und befreite es vom Staub.

Sie klappte es auf und ließ behutsam ihre Finger durch die unbeschrifteten Seiten gleiten.

Giovanna legte es auf den Stapel der Dinge, die sie mitnehmen wollte.

Nun findest du doch wieder zu deiner Bestimmung zurück.

Stunden später fand sie in der letzten Truhe ihre alte CD-Sammlung wieder.

Wie hatte sie Rockmusik geliebt! Je länger und zotteliger die Mähnen der Sänger gewesen waren, je mehr sie ihre konservativen Eltern schocken konnte, umso besser hatte sie sich gefühlt.

Als sie begann, mit Henry auszugehen, hatte er sie nach

und nach für die Klassik und die Oper begeistern können und die CDs hatten sich immer mehr im Speicher gesammelt.

»Musikalisch gesehen lebe ich einfach in der falschen Zeit«, hatte Henry immer gesagt, um seine Abneigung gegen moderne Musik zu erklären.

Mit unserer gescheiterten Ehe und deiner neuen Patchworkfamilie liegst du ja nun voll im Trend, dachte Giovanna.

Sie suchte sich ihre liebsten Rock-CDs aus der Sammlung heraus.

Im Keller beließ Giovanna alles beim Alten. Bis auf ein paar Lebensmittelreserven und ein paar einsamen Weberknechten gab es hier nichts weiter.

Nach einer kurzen Stärkung beschloss Giovanna, sich Henrys Büro vorzunehmen. Dort lagerten noch einige wichtige Dokumente, die sie mitnehmen musste, und sie konnte dies nicht länger hinauszögern.

Das Büro war wie immer feinsäuberlich aufgeräumt. Sie hatte es seit Henrys Auszug nicht mehr betreten. Einzig auf dem Mahagoni-Schreibtisch lag ein Papierstapel, den Henry noch nicht abgeheftet hatte. Giovanna knipste eine Schreibtischlampe an und suchte in einem der schicken Designerregale nach den Dokumenten.

Als sie den Ordner mit ihren Unterlagen endlich gefunden hatte hievte sie ihn auf den Schreibtisch.

Dabei verrutschten einige Briefe im Stapel und Giovanna sah aus dem Augenwinkel eine rosarote Rechnung hervorlugen.

Hotel Mon Amour, Quartier Latin, Paris. Rechnung für drei Übernachtungen, Arrangement Luxe pour deux inklusive Whirlpool im Zimmer, Champagner sowie privatem Butler und Chauffeur.

»Es tut mir leid, Schatz, aber an dieser Bankkonferenz muss ich unbedingt teilnehmen«, hallte Henrys Stimme in Giovannas Erinnerungen nach.

»Aber es ist unsere Silberhochzeit! Die gibt es nur einmal im Leben! Du setzt deine Prioritäten nicht richtig«, hatte Giovanna protestiert.

»Mein Chef hat mir die Pistole auf die Brust gesetzt – entweder, ich repräsentiere unsere Bank in Paris oder ich kann meine Sachen packen und gehen. Ich verspreche dir, wir holen unsere Silberhochzeit nach. Wir machen uns ein richtig schönes Wochenende zu zweit.«

Giovanna kehrte mit einem Ruck in die Gegenwart zurück. Sie empfand den Impuls, etwas zu zerstören und zwar sofort.

Auf dem Schreibtisch stand ein gerahmtes Hochzeitsfoto von Henry und ihr. Sein Lächeln schien sie zu verhöhnen.

Mit Wucht schleuderte sie den Rahmen auf den Boden und warf die Hotelrechnung hinterher. Die konnte er ruhig finden.

»Elender Lügner. Eines Tages wirst du das alles bereuen!«, schrie Giovanna. Obwohl sie es nicht wollte, brach sie in Tränen aus.

Nachdem sie sich beruhigt hatte, wollte sie das Büro verlassen. Sie beugte sich vor, um die Schreibtischlampe auszuknipsen.

Im Lichtschein fiel ihr Blick auf ihren glänzenden Ehering. Über die Jahre hatte sie ihn nie abgelegt. Drei große Diamanten funkelten auf dem mehrere zehntausend Franken wertvollen Ring eines der berühmtesten Diamantenhäuser weltweit. Jeder Diamant stand für ein Familienmitglied. Einer für Henry, einer für Ophelia, einer für sie. Sie nahm den Ring ab. Ihr Finger sah so ungewohnt aus.

Und was mache ich jetzt mit dir?

Kapitel 10

27.12.

Die Weihnachtsfeiertage waren vorbei und zögerlich erwachte Zürich wieder zum Leben. Die Angestellten der großen Geschäftshäuser in der Bahnhofstraße trotteten etwas verschlafen an ihre Arbeitsstellen zurück. Hier und da wurden Markisen hochgeschoben, Stahlrollos geräuschvoll nach oben gezogen, Crêpestände aufgebaut, kurz mit einem Besen vor dem Eingang des Gebäudes gekehrt und hier und da ein kleines Schwätzchen gehalten. Dekorationen, die vor Heiligabend noch für teures Geld verkauft worden waren, wurden nun mit orangefarbenen Ausverkauf-Aufklebern versehen.

Mitten in diesem Treiben betrat Giovanna das Gebäude des Juweliers »Mayrhofer & Söhne«.

»Und Sie sind ganz sicher, dass Sie alles, was Sie von Ihrem Mann im Laufe der Zeit geschenkt bekommen haben, wieder an uns zurückverkaufen wollen?«, fragte die Juwelierin, während sie Giovannas Kostbarkeiten begutachtete.

»Absolut, ja. Aber machen Sie sich keine Sorgen, mein Mann wird Ihnen als guter Kunde sicher erhalten bleiben, nur werden die Schmuckgeschenke nicht mehr mir gelten.«

»Es tut mir leid, das zu hören«, sagte die junge Frau

mitfühlend, »was ist mit Ihrem Ehering, wollen Sie den auch versetzen?«

Mit einem gierigen Blick betrachtete sie die Diamantentrilogie an Giovannas Hand.

»Eigentlich hatte ich vor, ihn im See zu ertränken …«

Die Juwelierin nickte verständnisvoll: »Es ist nicht so, dass ich Sie nicht verstehe. Aber der Ring ist 50.000 Schweizer Franken wert. Bitte, bevor Sie ihn in den See werfen, verkaufen Sie ihn uns bitte. Den Erlös können Sie ja spenden, wenn Sie das Geld nicht behalten wollen. Aber so ein schönes Schmuckstück hat nichts auf dem Grund des Sees zwischen Algen und Fischen zu suchen.«

»Ich werde es mir überlegen«, erwiderte Giovanna. Nachdem sie 25 Jahre Erinnerungen, die in Schmuckstücken gefasst waren, verkauft hatte, verließ sie das Juweliergeschäft.

Eine halbe Stunde später schmerzte Giovannas Arm von den ganzen Landkarten und Reiseführern über Irland, die sie zur Kasse ihres Lieblingsbuchladens schleppte, um sie zu bezahlen.

»Aber Sie wissen, dass es das alles auch in digitaler Form gibt?«, belehrte eine kaum volljährige Verkäuferin Giovanna.

»Ich weiß, aber ich stehe nun mal auf Papier«, antwortete Giovanna, während sie das Wechselgeld und ihre neuen Schätze einpackte.

»Oh nein, da kommt ja schon wieder diese Bettlerin! Wenn sie nicht auch noch jedes Mal diesen verflohten Köter mitbringen würde!«, raunte die Verkäuferin, als eine junge Frau mit blonden Rastalocken und ein schwarzer Labrador die Buchhandlung betraten.

Ihre Kleidung sah ausgeblichen und abgewetzt aus. Sie hatte zwei verschiedene Stiefel an und wirkte unendlich müde, obwohl ihr Gesicht darauf schließen ließ, dass sie keine 30 Jahre alt war. Ein Schlafsack lugte aus einer zerrissenen Plastiktüte hervor.

»Dürfte ich bitte Münzgeld haben? Nur etwas von Ihrem Wechselgeld?«, fragte die Frau einen Kunden, der gerade dabei war, die Buchhandlung zu verlassen.

»Damit du dir Bier und Zigaretten kaufen kannst? Sicher nicht!«, entgegnete der Mann barsch und rempelte die Frau beiseite.

»Du bist doch noch jung und stark, wieso gehst du nicht einfach arbeiten?«, antwortete eine Rentnerin.

»Sich selbst nicht versorgen können, aber Hauptsache, noch einen Hund haben, wie unverantwortlich!«, spuckte ihre Enkelin aus. Es klang, als hätte sie Gift im Mund.

Ich kann das nicht mehr länger mit ansehen, dachte Giovanna.

Giovanna hakte sich bei der Frau unter und rief: »Kommen Sie, ich gebe Ihnen etwas zu essen und zu trinken aus. Sie alle sollten sich schämen, bei einem wehrlosen Menschen, der am Boden liegt, auch noch nachzutreten! Lassen Sie sich bei Ihrem nachweihnachtlichen Konsumrausch bloß nicht stören!«

Giovanna zog die Frau und ihren Hund aus der Buchhandlung.

»Das hätten Sie nicht für mich machen dürfen! Niemand macht so etwas für eine Obdachlose!«, rief die Frau entsetzt.

»Ich schon!«, antwortete Giovanna und bog in eine Seitenstraße ab, in der ein kleines Café lag.

Die junge Frau wirkte verunsichert und distanziert, nahm am Ende jedoch am Bistrotisch Platz.

»Bitte bestellen Sie sich, was immer Sie möchten«, forderte sie Giovanna auf.

Sie spielte mit einer ihrer Rastalocken, während sie die Speisekarte studierte, sie dann weglegte und sich verunsichert umsah.

»Sind Sie sich denn ganz sicher? Die Leute sehen Sie schon ganz schief an.«

Giovanna zuckte mit den Schultern.

»Und wenn schon? Solange ich danach Speis und Trank bezahle, ist doch alles gut.«

Als die Kellnerin einige Minuten später fragte: »Was darf ich Ihnen bringen?«, antwortete die junge Frau: »Nur ein Glas Leitungswasser für mich und wenn Sie noch etwas Wasser für den Hund übrig haben …«

Giovanna räusperte sich und stieß sie leicht in die Rippen.

»… dann noch gerne das Schinken-Käse-Sandwich, eine Coca-Cola, ein Stück vom Marmorkuchen und dazu noch eine heiße Schokolade … mit Sahne bitte.«

»Und was darf ich Ihnen bringen?«, erkundigte sich die Kellnerin bei Giovanna.

»Genau das Gleiche für mich bitte! Und das Wasser für den Hund nicht vergessen, dankeschön!«

»Natürlich!«, antwortete die Kellnerin und stakste in die Küche.

»Darf ich den Namen meiner Mildtäterin erfahren?«

»Ich bin Giovanna … und nur eine ganz normale Frau«, stellte sich Giovanna vor und hielt Marlene ihre Hand hin.

Zögerlich ergriff die Obdachlose Giovannas Hand: »Mein Name ist Marlene. Wollen wir uns einfach duzen?«

Giovanna nickte: »Und wie heißt dein hinreißender Begleiter?«

Marlene lachte: »Ja, das ist er wirklich. Das ist Pablo.«

Der Hund bellte kurz auf, als er seinen Namen hörte.

Die Kellnerin kam mit vollbepackten Tabletts: »Vorsicht, bitte Platz auf dem Tisch machen.«

Giovanna hörte Marlenes Magen knurren, als die Leckereien serviert wurden.

Als auch Giovannas Bauch miteinstimmte lachten beide Frauen.

Zufrieden strich sich Marlene über den vollen Bauch, nachdem sie den letzten Bissen vertilgt hatte: »Du hast mehr für mich getan als jeder andere Mensch, seitdem ich auf der Straße lebe! Habe vielen Dank, das werde ich dir nicht vergessen!«

»Wie lange lebst du denn schon auf der Straße?«, fragte Giovanna, während sie die letzten Krümel Marmorkuchen auf ihre Gabel pikste.

»Dies ist unser drittes Jahr ohne feste Bleibe.«

»Wie ist es denn dazu gekommen? Möchtest du mir erzählen was passiert ist?«

»Wenn du Zeit und Lust hast dir die Geschichte anzuhören? Aber ich warne dich, es ist eine traurige Geschichte.«

»Nur zu«, ermunterte sie Giovanna.

»Ich bin das Kind zweier äußerst erfolgreicher Schönheitschirurgen. Mir hat es niemals an etwas gefehlt, weder an Materiellem noch an Liebe. Nach der Schule ging ich mit kaum zwanzig Jahren an die Universität, hier in Zürich. Mein Ziel war es, ein Doktorstudium mit den besten Noten hinzulegen und mich wie meine Eltern auf die Schönheitschirurgie zu spezialisieren, aber nicht, um VIPs eine neue Nase zu gestalten, sondern um Menschen, die durch Krankheit oder Unfall entstellt worden sind, zu neuem Selbstbewusstsein zu verhelfen. Ich studierte ehrgeizig und fleißig, bis meinem Kurs eines Tages eine Gruppe Erasmusstudenten aus dem Ausland zugewiesen wurde. Raoul, einer dieser Studenten, kam aus Barcelona ... und ... nun, wir haben uns innerhalb kürzester Zeit ineinander verliebt, haben praktisch sofort geheiratet und ein Jahr, nachdem Raoul unser Auditorium betreten hatte, hielten wir schon unsere Tochter Sophia im Arm, eine echte südliche Schönheit. Sieh her, hier ist ein Bild von ihr.«

Giovanna betrachtete das Bild eines Babys, das mit

schwarzen Haaren und dichten Wimpern gesegnet war: »Ein wirklich bildschönes Mädchen. Wer kümmert sich jetzt um sie?«

Marlene schluckte: »Dazu kommen wir noch, Giovanna. Als Sophia zwei Jahre alt war, luden uns Raouls Eltern für den Sommer nach Barcelona ein. Sie wollten gerne Zeit mit ihrer Enkelin verbringen und wir freuten uns auf einige unbeschwerte Tage, fernab von Studium und Praktikum. Es war eine herrliche Zeit. Sophia planschte vergnügt im Meer, Raoul und ich schlugen uns die Bäuche mit Tapas und Wein voll. Raouls Familie vergötterte die Kleine. Wir genossen die Wärme und sahen uns abends Flamencoshows an. Ich war dankbar, für die Menschen in meinem Leben, verstehst du?«

Giovanna nickte: »Natürlich verstehe ich das. Möchtest du noch etwas zu trinken haben?«

Marlene verneinte: »Ich möchte nur zu Ende erzählen. Am letzten Abend vor unserer Rückreise in die Schweiz beschlossen wir, noch einen letzten Spaziergang an der Standpromenade zu machen. Die Luft war lau, die Zikaden zirpten und die Sonne ging in einem farbenfrohen Spektakel unter. Raoul schob Sophia in ihrem Kinderwagen, in dem sie vergnügt quietschte, weil sie ein Hündchen gesehen hatte. Auf dem Rückweg mussten wir einen Fußgängerweg überqueren. Die Schuhbändel einer meiner Turnschuhe hatte sich gelöst und so blieb ich einige Meter hinter Raoul und Sophia, um sie wieder zuzubinden. Plötzlich hörte ich das heftige Quietschen von Reifen, dann einen Aufprall und zuletzt Stille.«

»Oh nein!«, rief Giovanna aus und hielt sich ihre Hand vor dem Mund.

Hoffentlich ist nicht das passiert wonach es klingt.

Giovanna wagte es nicht zu atmen. Tränen liefen Marlene über die Wangen:

»Irgendwann hörte ich Schreie. Es dauerte eine Weile, bis ich bemerkte, dass es sich um meine eigenen handelte. Raoul und Sophia waren auf der Stelle tot gewesen. Dies teilte mir der Gerichtsmediziner mit, als ob das jemals ein Trost sein könnte. Ob sofort tot oder nicht, mein Mann und meine kleine Tochter waren für immer fort und ich noch am Leben.«

Auch Giovanna brach in Tränen aus: »Ich habe auch eine Tochter. Alleine die Vorstellung daran, dass ihr etwas passieren könnte … Es tut mir leid, Marlene. Niemand sollte solch einen Verlust erleiden.«

Die Frauen verbrachten einige Minuten damit ihre Tränen zu trocknen und sich wieder zu fassen.

»Wie konnte es zu diesem schrecklichen Unfall kommen?«, fragte Giovanna geschockt und streichelte Marlenes Hand.

»Ein volltrunkener Tourist hatte sich ans Steuer seines Mietwagens gesetzt und am Fußgängerweg Bremse und Gas miteinander verwechselt. Mit hundert Sachen ist er in Raoul und meine kleine Sophia gerast. Er wurde noch an Ort und Stelle festgenommen. Vom Gefängnis aus hat er mir ein Entschuldigungsschreiben geschrieben, später hat er Selbstmord begangen. Aber nichts konnte mir meine Lieben zurückbringen.«

Marlene weinte und Giovanna bedrängte sie nicht. Sie war fassungslos über das, was ihr die junge Frau berichtet hatte. Als Marlenes Tränen versiegt waren, erzählte sie weiter: »Ich kehrte in die Schweiz zurück und begrub meine Lieben. Am liebsten hätte ich mich mit ihnen begraben lassen. Ich war innerlich tot. Mitten in einer Vorlesung sah ich Sophia und Raoul auf den Autopsietischen liegen. Ich verließ den Saal und kehrte nie wieder zur Universität zurück. Meinen kleinen Nebenjob als Kellnerin in einem Kaffeehaus verlor ich auch. Meine Vorgesetzte erklärte mir die Kündigung so: *Wir verstehen deine Situation, doch das Leben muss weitergehen. Wir können keine weitere Krankmeldung von dir akzeptieren.* Ich kam mit dem Leben nicht mehr klar, überwies keine Rechnungen mehr, den Briefkasten ließ ich überquellen. Aufgrund der vielen Rückstände setzte mich unser ehemaliger Vermieter vor die Tür. Meine Eltern empfingen mich mit offenen Armen, bezahlten meine ganzen Mahnungen. Sie machten viel mit mir durch. Unzählige Male musste mich meine Mutter vom Friedhof aufsammeln, da ich auf den Gräbern meiner Liebsten schlief, um ihnen nahe zu sein. An manchen Tagen war ich so zerfressen vom Schmerz, dass meine Eltern mich duschen und ins Bett bringen mussten, als sei ich noch ein kleines Kind. Sie brachten mich zum Psychologen, doch der faselte immer etwas von *den typischen Phasen der Trauer* und dass ich es irgendwann überwinden würde, doch ich konnte und wollte ihren Tod einfach nicht verarbeiten.

Eines Tages stand eine ehemalige Kommilitonin vor unserer Tür.

Komm, wir gehen mal wieder so richtig schön aus, lockte sie mich. Meine Eltern linsten hoffnungsvoll hinter den Gardinen hervor, während ich das erste Mal seit einem Jahr das Haus verließ, um so etwas wie Spaß zu haben. An diesem Abend merkte ich, dass ich durch laute Musik, genug Alkohol und Gras wenigstens für einige Zeit mein Leid vergessen konnte. Meine Mutter sagte nichts, als ich schwankend und lallend nach Hause zurückkam. Sie hielt mir liebevoll die Haare zurück, während ich mich übergab und strich mir tröstend über den Rücken. Schon bald wollte ich mehr haben. Mehr Party, mehr Ablenkung, mehr high sein. Sophia und Raoul für einige Stunden vergessen. Ich lernte in dieser Zeit viele Menschen mit noch mehr Pülverchen, Pilzen, Spritzen und Pillen kennen. Und niemals konnte ich nein sagen. Ich lernte, hoch zu fliegen, nur um jedes Mal tiefer abzustürzen.

Meine Eltern suchten das Gespräch mit mir, boten mir ihre Hilfe an, doch ich weigerte mich, auf sie zu hören, und bat sie im nächsten Augenblick um Geld, um mir den nächsten Kick zu verschaffen. Sie sperrten mich im Haus ein und ließen mich einen Entzug machen. Mit ihnen befreundete Ärzte betreuten mich. Als es mir besserging, schenkten sie mir Pablo. Er war noch ein Welpe, als ich ihn bekam. Ich fing an, mit ihm spazieren zu gehen, mich um ihn zu kümmern und meine Eltern fassten Hoffnung, dass ich die Depressionen und Drogen hinter mich gelassen hatte. Dann kam der Jahrestag von Raoul und Sophias Tod. Ein Bekannter passte mich auf dem Friedhof ab. *Ich habe neues Zeug für dich, damit fliegst du so hoch wie die Sterne,* versprach er mir. Und ich flog. Drei Tage und drei Nächte lang.

Als ich nach Hause kam, saßen meine Eltern am Tisch im Wohnzimmer und weinten.

Wir sind gestorben vor Sorge! Wir haben Anzeigen bei der Polizei aufgegeben, haben ganz Zürich nach dir durchkämmt!

Ich versuchte, mich herauszuwinden, sagte, dass es mir leidtue und dass es nie wieder vorkäme.

Ich ging in mein Zimmer, nahm Pablo mit ins Bett und schlief erschöpft ein.

Als ich aufwachte und wieder bei klarem Verstand war, quälten mich die Schuldgefühle. Der Gedanke, dass meine Eltern ohne mich besser dran seien, keimte in mir auf. Aus dem Gedanken wurde Überzeugung, aus der Überzeugung Gewissheit.

Und so packte ich eines Tages nur etwas Kleidung für mich und Hundefutter für Pablo zusammen und verließ meine Eltern.

Ich hinterließ ihnen einen Zettel, auf dem ich ihnen erklärte, dass es besser sei, und damals fing mein und Pablos

Leben auf der Straße an. Schon bald ging mir das Geld aus. Es gab Frauen, die sich für Rauschmittel prostituierten, doch ich war nicht dafür geschaffen. Dies war mein Glück, denn nach einigen Wochen war ich sauber und hatte kein Verlangen mehr nach dem Zeug. Ich war viel zu sehr damit beschäftigt, mir einen sicheren Schlafplatz, uns Mahlzeiten und ein wenig Geld zu organisieren. Der Kampf ums Überleben hat mich geheilt. Meine ehemaligen Drogenkumpane ignorierten mich, wenn sie mich betteln sahen.«

Diese Geschichte geht einem wirklich nah, dachte Giovanna. *Wenn ihr doch nur irgendwie helfen könnte?*

»Was war mit deinen Eltern? Zürich ist nicht sehr groß, du musst sie doch ständig gesehen haben«, vermutete Giovanna.

»Natürlich, am Anfang habe ich mich ständig vor ihnen und ihren Bekannten verstecken müssen. Außerdem hatten sie die ganze Stadt mit Vermisstenmeldungen von mir zugepflastert. Ich ging für einige Monate in andere Städte innerhalb der Schweiz betteln, damit ich nicht der Versuchung nachgab nach Hause zu gehen. Als ich zurückkehrte waren die Plakate mit Bildern von mir verschwunden und so beschloss ich wieder Kontakt zu meinen Eltern zu suchen.

Ich wollte ihnen zeigen, dass ich keine Drogen mehr anrührte, war stolz darauf, dass ich auf der Straße überleben und mich auch um Pablo kümmern konnte. Ich hatte den sinnlosen Tod von Raoul und Sophia zumindest akzeptiert und vermisste meine Eltern. Doch es war ein großes *Verkauft* Schild im Vorgarten und ein neuer Name auf der Klingel. Sie waren weggezogen. Ich war traurig, aber gleichzeitig auch froh. Sie lebten ihr Leben weiter.

Seitdem schlage ich mich mit Pablo so durch. Im Sommer schlafen wir in einem der Parks und baden im See. Im Winter, wenn es wirklich kalt ist, suchen wir uns eine Obdachlosenunterkunft, wo wir ein Bett und eine warme

Mahlzeit bekommen. Wir haben immer wieder versucht, in ein geregeltes Leben zurückzufinden. Ich habe die Schule fertiggemacht, aber ich habe keine Ausbildung und habe mein Medizinstudium abgebrochen. Ohne Job bekomme ich keine Wohnung und ohne Wohnung keinen Job. Man sieht mir einfach an, dass ich auf der Straße schlafe und so werde ich immer weggeschickt. So ist es nun einmal, wenn man der Abschaum der Gesellschaft ist, einmal aus dem Zug ausgestiegen, gibt es keinen Zug, der einen zurückbringen kann.«

Marlene hielt inne.

»Hast du dir überlegt, woanders neu zu beginnen?«

»Ja, natürlich habe ich das. Aber ich kann das nicht. Raoul und Sophia sind hier begraben, hier gehöre ich her.«

»Wenn Geld keine Rolle spielen würde, was würdest du tun?«, wollte Giovanna wissen.

Marlene kramte etwas aus ihrer Hosentasche hervor und drückte Giovanna einen Zettel in die Hand. Giovanna las laut vor:

»Die Kosmetikfachschule Zürich hat noch offene Plätze für motivierte Schülerinnen und Schüler, die ab Mitte Januar im Bereich der Kosmetik ausgebildet werden und sich selbstständig machen möchten. Lernen Sie in weniger als einem Jahr alles im Bereich der Kosmetik, von Massagen über Schminktechniken bis zur Apparatekosmetik im Ganztagsstudium, inklusive fundierter medizinischer Grundausbildung. Es erinnert dich an deinen ursprünglichen Berufswunsch, nicht wahr?«, schlussfolgerte Giovanna.

»Ja. Mein Medizinstudium werde ich nie wiederaufnehmen können, doch diese Ausbildung kommt dem, was ich eigentlich werden wollte, sehr nah. Ich habe sie am schwarzen Brett der Stadtbücherei gefunden. Dort gehe ich ab und zu hin, wenn mir nach einem guten Buch ist und ich keine Gratiszeitungen mehr ertrage. Aber ich mache mir keine Illusionen, die Teilnahmegebühr des Kurses ist fünfstellig. Die würden mich im hohen Bogen hinauswerfen, wenn sie mich nur sehen.«

»Aber trotzdem hast du den Zettel mitgenommen«, bemerkte Giovanna.

Vielleicht besteht Hoffnung.

»Träumen ist immer erlaubt, selbst in meiner Lage«, rechtfertigte sich Marlene mit einem Anflug Stolz in ihrer Stimme.

Das klingt zuversichtlich!

»Einmal rein hypothetisch. Angenommen, du hättest genügend Geld, damit du dich in eine kleine Wohnung einmieten, dich komplett neu einkleiden und den Kurs machen könntest. Würdest du es dann tun? Den Kurs durchziehen und dich danach mit einem eigenen Kosmetikstudio selbstständig machen? Möchtest du wieder auf die Beine kommen?«

Marlenes Blick wurde glasig, sie blickte Giovanna direkt in die Augen, bis tief in die Seele: »Alles! Ich würde alles daran setzen dafür.«

Ich weiß was zu tun ist.

Giovanna nickte, zückte zwei Visitenkarten aus ihrer Handtasche und streifte sich den Ehering vom Finger, der sich ungewöhnlich nackt anfühlte.

»Höre mir gut zu, Marlene. Dies ist mein Ehering. Ich benötige ihn nicht mehr. Er ist etwa 50.000 Schweizer Franken wert. Die blaue Visitenkarte ist von meiner Juwelierin, sie wollte ihn mir unbedingt abkaufen. Ich wollte ihn eigentlich in den See werfen, aber du benötigst ihn viel dringender, als mein verletzter Stolz. Sag der Juwelierin, dass ich dir diese Kostbarkeit gespendet habe, sie wird schon verstehen. Dann nimm das Geld, schneide dir die Rastalocken ab, kleide dich neu ein und melde dich schnellstmöglich zum

Kurs an. Auf der rosa Visitenkarte findest du die Adresse meiner ehemaligen Kosmetikerin Isabella. Sie sucht immer nach auszubildenden Kosmetikerinnen aus dieser Schule. Melde dich bei ihr. Du wirst hart arbeiten müssen, um dir ein kleines Geschäft leisten zu können, doch mit diesen Startbedingungen kannst du es schaffen!«

Giovanna drückte Marlene die Visitenkarten und den Ehering in die Hände.

Marlene betrachtete sie ungläubig und schüttelte den Kopf: »Bist du übergeschnappt? Ich kann das unmöglich annehmen!«

Giovanna schloss Marlenes Hände um die Gegenstände, die sie gerade übergeben hatte:

»Du kannst nicht nur, du musst das annehmen. Für Pablo, für Raoul und Sophia und für deine Eltern.«

»Man wird mich für eine Diebin halten«, versuchte Marlene, zu widersprechen.

»Ich werde die Juwelierin und die Kosmetikerin vorab informieren.«

Marlene wirkte ungläubig: »Warum tust du das für mich?«

»Weil ich mir wünsche, dass dies dein letztes Weihnachten auf der Straße gewesen ist.«

Kapitel 11

»Ich kann nicht glauben, dass du deinen wundervollen Ehering an eine Obdachlose verschenkt hast!«, tadelte Jasmina, während sie einen neuen Umzugskarton beschriftete.

»Ich habe dir doch ihre Geschichte erzählt. Marlene brauchte Hilfe!«, verteidigte sich Giovanna.

»Und du bist dir ganz sicher, dass sie dich nicht angeflunkert hat? Dass sie deinen Ring nicht für Alkohol verprasst und gerade in einem Straßengraben an einer Leberzirrhose stirbt?«

»Nein, ihre Geschichte war authentisch, genauso wie sie. Diese Frau brauchte lediglich eine zweite Chance im Leben und ich habe sie ihr gegeben. Möchtest du diesen Fummel haben?«

Jasminas Augen weiteten sich, als sie das mit Pailletten bestickte Kleid sah: »Du ... du willst mir auch noch dein Lieblingskleid schenken?«

Glücklich hielt sich Jasmina das Kleid an den Körper und bewunderte sich vor dem Spiegel. Dabei fragte sie: »Wie schaffst du es nur, so selbstlos zu sein und Materielles so einfach herzugeben?«

»Ich will mit leichtem Gepäck nach Irland reisen. Und

alles Materielle, was wir haben, ist sowieso nur eine Leihgabe im Leben«, philosophierte Giovanna.

»Wie meinst du das?«, fragte Jasmina, während sie Kleidung sortierte und zusammenlegte.

»Erinnerst du dich, als ich vor ein paar Jahren nach dem Tod meiner Mutter ihr Haus leerräumen musste?«

»Wie könnte ich das vergessen, das war eine furchtbare Zeit!«

»Ja, die schlimmste meines Lebens. Ich habe ständig damit gerechnet, dass meine Mutter plötzlich lächelnd um die Ecke biegt oder doch wieder in der Küche steht und das Abendessen kocht, mich in den Arm nimmt und mir sagt, dass ihr Tod nur ein böser Traum gewesen sei. Der Anblick ihrer persönlichen Sachen war mir damals unerträglich. Der Gedanke daran, dass sie ihre Pantoffeln, ihren Einkaufskorb oder ihr Fahrrad nie wieder gebrauchen würde, traf mich immer wieder wie ein Schlag. Sogar über den arbeitslos gewordenen Putzlappen in der Küche musste ich weinen wie ein Kind. Während des Ausräumens meines Elternhauses wurde mir klar, wie unwichtig Materielles eigentlich ist. Das Materielle war im Haus geblieben und würde auch weiterhin dort liegen, wenn ich mich seiner nicht annahm. Es würde geduldig darauf warten, wieder benutzt oder entsorgt zu werden. Es war leb- und gefühllos und wieder zu beschaffen, sollte es den Geist aufgeben, während meine einzigartige Mutter nie wieder zurückkommen würde und ich nie wieder das Wort Mama aussprechen konnte, um sie zu rufen. In diesem Moment fiel es mir wie Schuppen von den Augen: Alles Materielle, alle Gegenstände, die man besitzt, sind eigentlich nur eine Leihgabe, solange das Leben andauert. Alles landet irgendwann auf dem Müll, bei einem neuen Besitzer oder im besten Fall im Museum. Also bringt es gar nichts, so sehr daran zu hängen oder es anzuhäufen. Mein Ehering war demnach nur eine Leihgabe, also konnte ich ihn fortgeben.«

Jasmina umarmte ihre Freundin. »Dein Wort in Gottes Ohr! Auf jeden Fall danke ich dir für die tollen Leihgaben, ich werde sie in Ehre halten. Aber wenn ich mir den Stapel neuer Bücher und Landkarten im Wohnzimmer so anschaue, denke ich, dass du dennoch keine Asketin bist, die Materiellem komplett entsagen kann.«

Giovanna warf mit einer Seidenbluse nach Jasmina.

Nachdem Jasmina abends wieder zu ihrer Familie zurückgekehrt war, verspürte Giovanna eine große Freude beim Durchblättern ihrer neuen Errungenschaften.

Nein, ich bin keine Asketin, zitierte sie ihre Freundin in Gedanken. Mehrere Stunden lang stellte sie sich Routen und Sehenswürdigkeiten Irlands zusammen.

Giovanna schlief so zufrieden ein wie schon lange nicht mehr. Ihr letzter Gedanke galt Marlene und Pablo.

Kapitel 12

30.12.

Der Möbelpacker hielt Giovanna Papier und Stift hin: »Frau Wagner, darf ich Sie um eine Unterschrift hier bitten?«

Kurz darauf sah sie die Rücklichter des letzten Lieferwagens verschwinden, der ihre Habseligkeiten zur Einlagerung abgeholt hatte.

Giovanna ging noch einmal durch das Haus und verabschiedete sich von jedem Raum.

Die Erinnerungen sind nicht weg, nur weil du das Haus verlässt. Sie sind Teil von dir, niemand wird sie dir je nehmen können, sprach sie sich selbst innerlich Mut zu und packte eine letzte Reisetasche in ihren smaragdgrünen SUV. Auf dem Beifahrersitz lagen bereits Reiseführer und Landkarten.

Ein Blick auf ihrem Kontoauszug zeigte ihr, dass Henry sein Versprechen eingehalten hatte.

Wie vereinbart fuhr er um 12 Uhr in die Einfahrt seines Hauses.

Kaum war der Wagen zum Stehen gekommen, stieg Elaine aus dem Auto und rannte mit Hand vor dem Mund zu Giovanna.

Giovanna verstand und händigte ihr den Schlüssel aus. Elaine huschte eilig ins Haus.

Henry stieg aus und kam auf Giovanna zu. Deutliche Augenringe zeichneten sich ab:

»Hallo.«

»Schwangerschaftsübelkeit?«, riet Giovanna.

»Und wie! Du kannst dir nicht vorstellen, wie anstrengend sie gerade ist, sie jammert unaufhörlich und krankschreiben hat sie sich auch noch lassen«, beschwerte sich Henry.

Ungewollt erinnerte sich Giovanna an ihre eigene Schwangerschaft. Hatte da Henry nicht ihre geschwollenen Füße massiert und jeden Wunsch von ihren Lippen abgelesen? Es stimmte also doch, dass man mit zunehmendem Alter immer ungeduldiger wurde.

»Hab Verständnis für sie. Es ist nicht einfach, wenn einem ständig speiübel ist. Glaub mir, wenn ihr Männer Kinder bekommen müsstet, dann wäre die Menschheit längst ausgestorben.«

Henry lächelte: »Ich werde es versuchen. Wann geht dein Flug nach Irland?«

»Kein Flug, ich fahre selbst. Ich brauche ein Auto, um die Grüne Insel zu erforschen, warum nicht mein eigenes?«

»Du nimmst die lange Fahrt auf dich?«, fragte Henry verwundert.

»Ich habe alles geplant, Routen, Alternativrouten, Mautstrecken, Autobahnen, Fährverbindungen und Pausen zwischendurch«, erklärte Giovanna mit einer Prise Stolz.

»Ich muss zugeben, ich erkenne Seiten an dir, die ich in 25 Jahren Ehe nie bemerkt habe.«

»Dasselbe habe ich die letzten Monate oft von dir gedacht. Ich sage nur Bankkonferenz in Paris. Mit Whirlpool und Champagner war sie bestimmt besonders produktiv.«

Henry blickte zu Boden und entgegnete: »Ich fürchte, keine Entschuldigung kann einige Entscheidungen, die ich getroffen habe, je wieder gut machen.«

»Das stimmt, aber du hast mir auch ein schönes Leben ermöglicht und mir meinen wichtigsten Schatz geschenkt: Ophelia. Wäre ich damals nach Irland gegangen, gäbe es sie heute nicht.«

»Ja, das ist wahr. Ich bewundere dich wirklich. Wie heißt es so schön? Wenn das Leben dir Zitronen gibt, mach Limonade daraus? Du machst aus einem ganzen Zitronenhain eine Limonadenfabrik! Eine andere Ehefrau hätte mir Meuchelmörder geschickt. Es ist nicht so, dass ich es nicht verdient hätte.«

»Henry! Was dauert denn so lange? Mein Rücken bringt mich um, komm jetzt endlich ins Haus!«, schrie Elaine aus einem Fenster.

Henry verdrehte die Augen.

Ich glaube, es sind keine Meuchelmörder nötig, um dich zu bestrafen.

Giovanna sprach ihren Gedanken nicht aus, sondern überreichte Henry alle Schlüssel und Unterlagen zum Haus. Danach gab sie ihm einen Umschlag.

»Was werde ich darin finden?«, wollte Henry wissen.

»Unterlagen. Von Dr. Wünschel.«

»Unserem Anwalt? Ist es das, was ich denke?«

»Es ist unausweichlich, fürchte ich. Elaine wird bestimmt bald heiraten wollen?«

Henry nickte und steckte den Umschlag ins Innere seines Mantels.

Henry und Giovanna standen sich einen Moment schweigend gegenüber und blickten sich in die Augen.

Giovanna wusste nicht, was Henry dachte, aber sie selbst ließ ihre gemeinsamen Jahre Revue passieren. Sie musste an die unzähligen Stunden mit ihm denken, an die vielen Wege, die sie zusammen gegangen waren. Nur, um am Ende wieder am Startpunkt, ihrem Haus zu stehen, das nun eine neue Familie beherbergen sollte. Im selben

Moment gestand sie sich jedoch ein, dass dieses Buch nun zu Ende geschrieben war und dass es Zeit war, neue Blätter mit einer neuen Geschichte zu beginnen.

»Ich wünsche dir alles Glück dieser Welt, Giovanna. Versuch, mir zu vergeben, irgendwann«, flüsterte Henry, während er sie umarmte.

»Ich werde mir Mühe geben. Ich wünsche dir auch alles Gute … auch für euren Nachwuchs«, antwortete Giovanna.

»Henry! Hilf mir jetzt bitte mit dem Auspacken der Koffer, ich habe dicke Knöchel!«, schrie Elaine erneut aus einem anderen Fenster.

»Oh Gott, diese Frau. Wie soll das denn werden, wenn sie hochschwanger ist? Giovanna, ich muss los. Fährst du jetzt gleich nach Irland?«

»Fast, ich verabschiede mich noch kurz von Jasmina und ihrer Familie.«

»Verstehe. Wenn du etwas brauchst, melde dich jederzeit bei mir.«

»Ich kriege das schon hin. Ich bin ein großes Mädchen.«

»Da habe ich keine Zweifel«, bestätigte Henry, während er eine Reisetasche aus seinem Auto nahm und zur Haustür lief.

Er wartete dort, bis Giovanna eingestiegen war. Sie sah im Rückspiegel, wie er ihr hinterher winkte, als sie aus der Einfahrt fuhr.

Puh, das war ganz schön hart, aber du hast es gar nicht schlecht gemeistert.

Bei Jasmina herrschte das übliche Baustellenchaos. Hier und da stapelten sich neue Fliesen und säckeweise Estrich, in der Ecke standen neue Heizkörper, die verbaut werden wollten und auf allem lag der übliche, fast schon mehlige Staub.

»Und es hat sich wirklich niemand deiner früheren Freunde bei dir gemeldet oder sich von dir verabschiedet?

Wenn ich daran denke, wie viele Menschen letztes Jahr an deinem Geburtstag mitgefeiert, von deinem Wein getrunken und von deinem Buffet gegessen haben ...«, wunderte sich Jasmina, während sie Kaffee ausschenkte und Schokoladenkuchen servierte.

»Ach was. Seitdem Henry ausgezogen ist, hat sich niemand um mich geschert. Wenn ich dich nicht gehabt hätte, hätte ich in einer Ecke vertrocknen können wie eine alte Spinne. Es waren nun mal Henrys Freunde und Bekannte, nicht meine. Aber das macht nichts, Qualität kommt vor Quantität, das war schon immer so. Wenn wir schon von Qualität sprechen, dein Kuchen ist übrigens köstlich!«

»Danke«, sagte Jasmina mit vollem Mund, »und du willst das jetzt mit Irland wirklich durchziehen?«

»Natürlich! Silvester verbringe ich bereits morgen Abend in Temple Bar!«

»Im angesagtesten Ausgehviertel der Stadt. Wahnsinn, wer hätte vor einem Jahr gedacht, dass das alles so gekommen wäre?«

»Ich sicherlich nicht. Das Einzige, was mir ein wenig Genugtuung gibt, ist, dass sich selbst eine Sexbombe wie Elaine nun in der Schwangerschaft in ein launisches Hormonmonster verwandelt hat. Henry tut mir fast schon ein wenig leid«, sagte Giovanna und trank ihre Kaffeetasse leer.

»Ach komm, der hat sich die Suppe selbst eingebrockt! Das nenne ich mal Karma, es kommt doch alles zu einem zurück, was man anderen gegeben hat. Apropos geben, ich habe noch etwas für dich!«

Jasmina holte ein Geschenk aus einer Schublade. Giovanna riss das Geschenkpapier auf und ein selbstgebasteltes Fotoalbum kam zum Vorschein, in dem sie sofort zu blättern begann.

»Wahnsinn, unser Wellnessurlaub im Schwarzwald, als

wir unsere Bademäntel mit der grünen Maske beschmiert und die Gurkenscheiben aufgegessen haben … deine Hochzeit, wir waren wirklich betrunken … ich mit den Zwillingen im Arm … letztes Weihnachten …«

Voller Rührung umarmte Giovanna ihre Freundin: »Danke für diese wunderbaren Erinnerungen, ich werde sie immer in Ehren halten!«

»Ist schon gut und jetzt mach, dass du fortkommst, bevor ich dich nicht mehr gehen lasse und an unser Haus kette!«

Giovanna stand auf und lief zum Auto, bevor Traurigkeit von ihr Besitz ergreifen konnte.

»Sobald ich mich halbwegs sesshaft gemacht habe, könnt ihr mich besuchen kommen, ich verspreche euch das!« Giovanna schloss ihre Fensterscheibe, atmete noch einmal tief durch und fuhr los.

An der ersten Tankstelle entsorgte sie eine von Henrys Klassik-CDs, die noch in ihrem CD-Spieler war und ließ stattdessen U2 in voller Lautstärke laufen.

»Altmodisches Geklimper aus, moderne Musik her!« rief Giovanna und gab Gas.

Viele Stunden später setzte sie von Holyhead nach Dublin über. Ihr Auto war im Bauch der Fähre untergebracht und sie konnte sich frei auf dem Deck des Schiffes bewegen. Giovanna besorgte sich einen dampfenden Becher Schwarztee und stellte sich an die Reling. Die Motoren brachten den Boden unter ihren Füßen zum Vibrieren. Der Wind erinnerte sie daran, dass es Winter war und sie sich nicht am Mittelmeer befand. Wolken versperrten die Sicht auf die Sonne und man konnte kaum erkennen, wo der Himmel aufhörte und das Wasser der Irischen See begann.

Innerlich musste Giovanna lachen: Dieses Wetter hatte Henry gehasst. Sie konnte sich richtig vorstellen, wie er, gekleidet wie für eine Polarexpedition, mit schlotternden

Knien und klappernden Zähnen motzend neben ihr stand und von den Vorzügen karibischer Strände träumte.

»Tja, jetzt geht es voll und ganz nach mir und nicht mehr nach Henry«, murmelte Giovanna, während sie ihren Tee trank und ihre Kapuze etwas tiefer ins Gesicht drückte.

Drei Stunden später informierte sie die Stimme des Navigationssystems: »Sie haben Ihren Zielort erreicht!«

»Das kann ich sehen und genauso habe ich es mir vorgestellt!«, antwortete Giovanna lachend.

Ein lebhafter Pub stand neben dem anderen, Touristen schlenderten, bepackt mit Tüten aus den Souvenirshops, durch die Gegend, Straßenmusiker gaben, von Verstärkern unterstützt, bekannte Hits zum Besten und Menschen tranken Guinness auf offener Straße.

»Herzlich willkommen! Sie möchten einchecken?«, fragte die Rezeptionistin in Giovannas Hotel.

»Oh ja, sehr gerne, Eve«, sagte Giovanna, nachdem sie das Namensschildchen am Revers der netten jungen Dame entdeckt hatte.

»Hatten Sie einen angenehmen Flug?«

»Ich bin gefahren. Die ganze Strecke. Aus der Schweiz.«

»Oh wow, das ist nicht gerade um die Ecke. Sie müssen erschöpft sein. Möchten Sie vielleicht einen Kaffee?«

»Jetzt, wo Sie es sagen, ich bin in der Tat müde! Aber nein, keinen Kaffee. Ich werde mich sofort hinlegen.«

»Hier haben Sie Ihren Schlüssel, aber schlafen Sie nicht zu lange, sonst verpassen Sie Silvester in Temple Bar und ich schätze, genau deshalb sind Sie heute hier!«

»Da liegen Sie goldrichtig, Eve.«

In ihrem Zimmer angekommen, kickte sich Giovanna die Turnschuhe von den Füßen, zog die Gardinen zu, stellte sich den Wecker auf 20 Uhr, legte sich bäuchlings auf ihr Bett und schlief sofort ein.

Kapitel 13

Monica

Monica irrte in einem Gang umher. Ihre Schritte quietschen auf dem glänzenden Linoleumboden. Sie hörte Schreie. Unmenschliche Schreie.

»Helen? Wo bist du?«, rief sie in Panik und rannte den Gang entlang. Ihre Schritte hallten und das Echo ihrer Stimme verfolgte sie.

Es gab so viele Türen, die alle identisch aussahen. Sie erinnerten Monica an ein Spiel, das sie einst mit Helen gespielt hatte. Sie hatten zwei Spiegel genommen, diese einander reflektieren lassen und darin unendlich viele Spiegel gesehen.

Sie blieb kurz stehen. Sie wollte sich nicht verirren, sie wollte Helen finden und dann schnell nach Hause zurückkehren.

Ihr Herz schlug so schnell, dass ihre Brust zu bersten drohte und kalter Schweiß brachte sie zum Frieren.

Sie hörte erneut Schreie, dieses Mal waren sie ganz nah. Sie öffnete eine Tür.

»Helen, bist du hier? Antworte doch bitte!«

Der Raum war grau und roch nach Desinfektionsmittel. Auf einem Tisch stand eine Blumenvase. Die Blumen darin waren verwelkt und eine Spinne wickelte sie gerade in ihr

Netz. Sie sah Schatten hinter einem Vorhang. Sie fürchtete sich, doch die Angst, Helen nicht zu finden, war größer.

»Helen?«, rief sie und öffnete den Vorhang.

Ihre Schwester lag auf einem Bett, ihre Beine waren gespreizt, während sich ihr runder Bauch unter einem Nachthemd abzeichnete. Infusionsflaschen standen in Haltern, darüber bahnten sich Flüssigkeiten den Weg in Helens Venen.

Ein Mann in einem weißen Kittel zog eine Spritze nach der anderen auf, ein anderer Mann stach Helen die Nadeln in die Haut. Jegliche Farbe war aus ihrem Gesicht gewichen, ihre Augen waren schwarz und starrten ins Leere.

Ihre Atmung ging schwer. Sie hechelte und keuchte, während sie ihren Schmerz immer wieder hinausschrie, ähnlich einem Tier in seinem letzten Kampf.

Zwei Krankenschwestern tupften Helen den Schweiß von der Stirn, während sie sich in Krämpfen wand.

Als Helen ihre Schwester sah, klagte sie sie mit schwacher Stimme an: »Monica, sieh nur, was du getan hast!«

»Ich wollte das nicht, Helen! So glaub mir doch!«, versuchte sich Monica, zu verteidigen.

»Ob du das wolltest oder nicht, du hast es getan! Es ist alles deine Schuld!«, schrie Helen, während erneut eine Welle von Schmerzen ihren Körper durchrüttelte.

»Deine Schuld. Deine Schuld. Deine Schuld«, wiederholten die Krankenschwestern im Einklang.

Plötzlich breitete sich ein scharlachfarbener See auf Helens Bettlaken aus. Eisengeruch erfüllte den Raum.

»Helen!«, rief Monica verzweifelt. Sie konnte nicht zu ihrer Schwester, ihre Beine fühlten sich so unendlich schwer an, als wären sie mit dem Boden verwachsen.

»Sieh, was du mir angetan hast, kleine Schwester. Sieh nur!«

»Helen, ich wollte das nicht. Es tut mir leid!«

Die Männer im weißen Kittel, die Helen die Spritzen verabreichten, stimmten mit den Krankenschwestern ein: »Deine Schuld!«

Die dunkelrote Flüssigkeit floss von der Matratze herunter und breitete sich auf dem Boden aus. Sie kam immer näher.

Nun tropfte Blut aus Helens Mund und Nase.

»Es ist alles deine Schuld«, wiederholte ihre Schwester abermals.

Einer der Männer kam auf Monica zu und rief sie zu sich.

»Nein, ich will nicht!«, rief Monica, doch ihr Körper gehorchte ihr nicht und setzte sich in Gang.

»Komm. Komm näher«, forderte der Mann sie immer wieder auf.

Je mehr sich Monica gegen sich selbst wehrte, desto stärker verspürte sie den Drang dem Mann Folge zu leisten, bis sie plötzlich zwischen ihm und Helen stand. Der andere Mann drückte Monica etwas in die Hand.

Plötzlich fühlte Monica einen eiskalten Gegenstand in ihrer Hand. Es war ein Skalpell.

»Und jetzt tue es! Es war doch schon immer dein Wunsch«, zischte einer der Männer.

Monica schüttelte vehement den Kopf: »Nein, ich will das nicht! Ich habe das nie gewollt!«

Sie versuchte das Skalpell loszuwerden, doch stattdessen bildete sie eine Faust um den Griff des scharfen Messers und bewegte sich auf Helen zu.

»So ist gut. Sei ein braves Mädchen!«, redeten die Krankenschwestern auf sie ein.

Monicas Hände zitterten, sie versuchte gegen sich selbst und ihre eigenen dunklen Abgründe anzukämpfen doch je mehr sie versuchte das Skalpell fortzuziehen, desto näher kam es Helen.

Als es über ihrem Bauch war ließ Monica das Skalpell hinuntersausen und stach immer wieder auf Helen ein. Ein Blutschwall ergoss sich über Monica.

Monica schreckte hoch. Sie keuchte und hustete, als sei sie stundenlang gerannt. Sofort knipste sie die Nachttischlampe an und betrachtete ihre zitternden Handflächen. Kein Zeichen von Blut.

Sie drehte die Hände um. Nur Haut und die Andeutung erster Pigmentflecken.

Obwohl sie fror, weil ihr Schlafanzug durchnässt von kaltem Schweiß war, schlug sie ihre Decke zurück und lief die Treppe zur Küche hinunter. Neben ihrem Kühlschrank hing ihr Kalender.

Der Monat Dezember war übersät von roten Kreuzen. Monica zeichnete ein neues ein.

Im nächsten Jahr wird sich dein Tod zum fünfzigsten Mal jähren. Wie lange willst du mich noch heimsuchen, Helen?

Monicas Mund war sandig-trocken.

Sie nahm sich ein Glas Wasser und ging ans Erkerfenster im Wohnzimmer und betrachtete das Meer.

Himmel und Wasser trafen aufeinander, zwei Welten, die unterschiedlicher nicht sein konnten und doch von der Natur zusammengeführt wurden.

Das Meer bedeutete Kälte und Tiefe. Man konnte darin versinken und für immer verschwinden.

Sehnsucht packte Monica und ließ sie das Haus über den Hinterausgang verlassen. Durch den Wintergarten, wo vor vielen Jahren noch der Frühstücksraum gewesen war, die Terrasse hinunter, durch den verwilderten Garten, am Teich vorbei bis zu einem hölzernen Gatter.

Danach kletterte sie über zwei Sanddünen und war schon am Strand.

Das Wasser hatte sich weit zurückgezogen, doch Monica lief auf den Horizont zu. Zunächst war der Sand unter ihren Füßen noch hart, doch je näher sie an die Wasserlinie kam, desto mehr sank sie ein und der Schlamm sog sich an ihren Knöcheln fest.

Der Salzgeschmack in der Luft wurde immer intensiver, das Tosen des Wassers immer lauter. Monica sprach sich Mut zu, während sie voranschritt.

Helen, du forderst Gerechtigkeit. Du tust gut daran, mich jede Nacht an meine Schuld zu erinnern, denn ich bin für meine Tat nie zur Rechenschaft gezogen worden. Es war meine Schuld! Und was hält mich schon auf dieser Welt? Jeder Mensch, den ich jemals liebte, leistet nun dir Gesellschaft und nicht mir. Ich musste auch mein eigenes Kind begraben, vom Krebs dahingerafft! Ich hoffe, mit meinem Tod wird die Schuld endlich beglichen sein!

Eiskaltes Wasser umspülte Monicas Knöchel. Mit jedem Schritt stieg es höher, bis Monica keinen Grund mehr unter ihren Füßen hatte.

Sie tauchte unter und öffnete den Mund, um dem Wasser Einlass in ihre Lungen zu gewähren.

Sie empfand alles gleichzeitig.

Ihr Körper schrie nach Luft und wollte sie zum Auftauchen zwingen, doch Monica versuchte sich selbst zu beruhigen, sich nicht von der Panik ergreifen zu lassen.

Schon bald wird alles gut sein. Die Schuld wird endlich beglichen sein und ich an einem anderen, besseren Ort. Vielleicht warten meine Lieben bereits auf mich?

Doch plötzlich kamen Monica Zweifel. Was wenn sie statt ihre Schuld zu tilgen eine weitere Sünde beging? Was wenn Helen im Jenseits auf sie wartete und sie ihr für immer ausgeliefert sein würde? Allein der Gedanke daran war grauenvoll. Monica konnte nicht mehr anders, sie schoss zur Oberfläche und japste keuchend nach Luft.

Sie hustete das Salzwasser aus ihren Lungen und schwamm ans Ufer.

Mit letzter Kraft kroch sie aus dem Wasser und blieb einfach auf dem schlammigen Boden liegen.

»Ich möchte mich ausruhen. Nur einen Moment. Dann gehe ich hinein, zünde ein Feuer an und wärme mich. Wärme, das wäre jetzt schön«, murmelte sie, bevor alles um sie herum in Dunkelheit versank.

Kapitel 14

*Giovanna
Silvester*

Ein schrilles Geräusch riss Giovanna aus dem Schlaf.

Einen Moment lang hatte sie keine Ahnung, wo sie war. Doch schnell kam ihre Erinnerung zurück und sie hüpfte energiegeladen aus dem Bett.

Sie riss die vorhin zugezogenen Vorhänge wieder auf. Es war mittlerweile dunkel geworden und die Menschen strömten in die Pubs.

Sie ging unter die Dusche, und eine halbe Stunde später genehmigte sie sich einen Schwarztee mit viel Zucker und Milch an der Hotellobby.

»Ihr erstes Silvester in Dublin?«, fragte Eve.

»Mein erstes Silvester in Irland überhaupt. Und mein erstes Silvester ganz allein«, antwortete Giovanna.

»Frisch getrennt?«, wollte Eve wissen, während sie Papiere in einem Ordner abheftete.

Giovanna nickte.

»Kenne ich, habe ich auch hinter mir. Weihnachten vor zwei Jahren. Habe drei kleine Kinder zu Hause. Gott sei Dank habe ich noch meine Eltern, die mir helfen. Mein Exmann hat sich komplett aus dem Staub gemacht. Und was ist mit Ihnen, haben Sie Kinder?«

»Meine Tochter ist schon erwachsen. Sie lebt in den USA.«

»Na, immerhin etwas. Mit großen Kindern ist es einfacher. Dann genießen Sie Ihre Freiheit!«

»Wo gehe ich jetzt am besten hin?«

»Lassen Sie sich einfach treiben. Hier reiht sich ein Pub an den nächsten. Gehen Sie dorthin, wo es Sie hinzieht. Die Iren sind sehr gesellig und gesprächig, im Nullkommanichts werden Sie jemanden zum Reden gefunden haben.«

Kurz darauf war Giovanna in der glasklaren Nacht unterwegs.

Alle Pubs in dem Ausgehviertel waren so gut besucht, dass sich viele Besucher mit einem Guinness oder einem Glühwein draußen aufhielten. Unverständliches Gemurmel aus hunderten Gesprächen, Gelächter und typisch irische Musik drang aus allen Ecken des Viertels an Giovannas Ohren.

In einem Pub, der noch nicht aus allen Nähten platzte, suchte sich Giovanna einen Tisch aus. Im Inneren roch es nach Torffeuern, die in mehreren Kaminen brannten. Sie machte es sich auf einer Eckbank aus dunkel lackiertem Holz bequem und bestellte sich einen Cider und einen Pilzrisotto.

Während sie aß, betrat eine Frauengruppe den Pub.

Eine von ihnen trug eine schwarz-weiß gestreifte Kluft, sowie Handschellen und eine Fußkugel aus Plastik, während die anderen als Polizistinnen verkleidet waren.

Eine aus der Gruppe kam auf Giovanna zu: »Hi, ich bin Jackie. Ist hier noch Platz, Schätzchen?«

»Natürlich!«, antwortete Giovanna.

Jackie steckte die Finger in den Mund und pfiff. Dann rief sie: »Ladys, bestellt eure Drinks an der Bar und kommt dann hierher.«

Die Frau in der Gefangenenkluft setzte sich zu Giovanna: »Hi, ich bin Erin«, stellte sie sich vor und schüttelte Giovanna die Hand. Ihre Plastikketten klickten dabei.

»Ich heiße Giovanna. Ist das sowas wie ein Junggesellinnenabschied und bist du zufälligerweise die Braut?«

»Bingo! Ich heirate morgen, auch wenn ich noch nicht weiß, in welchem Zustand.«

»Herzlichen Glückwunsch! Also, ich habe gestern die Scheidung eingereicht.«

»Wer lässt sich denn freiwillig von einer Granate wie dir scheiden?«, fragte eine der anderen Frauen, während sie ein Tablett mit Getränken zum Tisch balancierte.

Giovanna gab einen kurzen Abriss ihrer Geschichte.

»So ein Mistkerl!«, rief Jackie.

»Oh Gott, was, wenn John mir auch so etwas antut?« Erin sah entsetzt aus.

»Unfug, er betet dich an!«, sagte eine Frau, die sich als Tessa vorgestellt hatte. »Du wirst morgen eine hinreißende Braut abgeben. Ihr werdet glücklich und zufrieden sein, einen Haufen entzückender Babys machen und er wird dich bis zum Ende eurer Tage auf Händen tragen.«

»Amen!«, sangen alle Frauen gleichzeitig.

Jackie schlüpfte in ihren Mantel: »Kommt, es wird Zeit, weiter zu ziehen!«

Alle sahen Giovanna auffordernd an. Es kam ihr so vor, als würde sie seit Jahren zu dieser Frauenrunde dazugehören.

Sie gingen von Pub zu Pub, wo sie tranken, feierten, tanzten und Lieder mitsangen.

»Wann hast du das letzte Mal so viel Spaß gehabt?«, fragte Erin Giovanna.

»Das ist verdammt lange her!«, antwortete sie.

Plötzlich klingelte ihr Mobiltelefon. Giovanna freute sich, als sie sah, wer anrief:

»Hallo Jasmina!«

»Frohes neues Jahr wünsche ich dir! Auf dass es besser wird als das Vergangene!«

Giovanna blickte kurz auf ihr Handgelenk: »Ich habe Zeitverschiebung in Irland. Bei mir ist erst 23 Uhr, aber danke, dass du an mich gedacht hast. Ich wünsche dir, Till und den Mädels auch ein frohes neues Jahr!«

»Es ist ganz schön laut im Hintergrund, bist du unterwegs? Ich verstehe dich kaum.«

Giovanna winkte den Frauen zu, dass sie zum Telefonieren kurz rausgehen würde.

»Ja, ich hatte dir doch gesagt, dass ich als Erstes Temple Bar unsicher machen werde. Ich habe eine nette Frauengruppe kennengelernt und wir feiern zusammen.«

»Das klingt doch super! Till schaut sich mit den Mädchen das Feuerwerk an.«

»Bestimmt machen das Elaine und Henry auch. Vom Schlafzimmer aus hatte man immer den besten Blick über den See und auf die Feuerwerke.«

Giovanna biss sich auf die Lippe. Dieser Gedanke tat weh.

»Hätte ich gewusst, dass ich dich an Henry erinnern würde, hätte ich dich nicht angerufen.«

»Ach was, ich freue mich, dass du an mich gedacht hast.«

»Ich sage dir, was diese zwei Verräter machen. Während du gerade die Party deines Lebens feierst, sitzt sich Elaine ihren Hintern auf dem Sofa platt, glotzt Fernsehen und mampft ihre dritte Eispackung. Sie ruft ununterbrochen nach Henry, der sich im Bad eingesperrt hat und gerade merkt, dass er den Fehler seines Lebens begangen hat. Wenn du ganz genau lauschst, trägt der Wind sein miserables Winseln bis nach Irland. Giovannnaaaa ... Giovannnaaaa ... ich bin so ein Vollidiot gewesen ...«

Giovanna lachte: »Denkst du wirklich?«

»Hundertprozentig! Nur gibst du nichts auf dieses Gewinsel, denkst auch nicht mehr an Zürich zurück, sondern feierst brav mit deinen neuen Freundinnen weiter und schaust nach vorne, verstanden?«

»Jasmina, du bist eine echte Freundin, ich wünschte, du wärst hier!«

»Ich weiß, ich weiß. Ich vermisse dich auch sehr. Jetzt sieh aber zu, dass du Spaß hast, Henry vergisst und bald in ein schnuckliges Cottage ans Meer ziehst, ich bin nämlich schon ganz versessen darauf, dich besuchen zu kommen und mit dir durch die Häuser zu ziehen.«

»In Ordnung«, versprach Giovanna und steckte das Handy weg.

»Giovanna, kommst du? Wir warten auf dich!«, schrie Tessa. Die Gruppe war aufgebrochen und ein paar der Frauen saßen in einem Taxi.

»Wo sind die anderen? Und wohin fahren wir?«, fragte Giovanna, nachdem sie sich angeschnallt hatte.

»Die anderen sind im Taxi vor uns«, erklärte Erin, »wir fahren alle an den Strand.«

»An den Strand? Was wollen wir denn dort?«

»Eine uralte Tradition, du wirst schon sehen. Lass dich einfach überraschen«, antwortete Jackie.

Zwanzig Minuten später stiegen sie alle aus den Taxis aus. Zielstrebig liefen sie zum Wasser.

»Was machen wir hier?«, flüsterte Giovanna der zukünftigen Braut zu.

»In unserem Freundeskreis ist es Tradition, an Silvester um Punkt Mitternacht ins Meer zu springen.«

Giovanna fühlte blankes Entsetzen: »Wie meinst du das?«

Erin lachte auf: »Wenn du dich gerade selbst sehen könntest, wie deine Gesichtszüge gerade entgleisen! Es ist ganz einfach. Wir ziehen uns nackt aus, springen ins Wasser, gehen wieder raus, trocknen uns ab und ziehen uns wieder an.«

Ach du liebe Zeit! Das darf doch nicht wahr sein!

»Aber wir haben Alkohol getrunken und es ist viel zu kalt«, gab Giovanna ungläubig zu bedenken.

»Du vergisst, dass wir Irinnen sind, uns haut nichts so schnell um. Du bist hierher ausgewandert, also bist du so etwas wie eine Halbirin. Es ist nur ein kurzes Bad, keine kilometerlange Etappe des Ironman. Danach wärmen wir uns sofort bei Marcellos auf, das ist die Strandbar dort vorne, siehst du sie? Dort gibt es den stadtbesten Glühwein.«

Giovannas Puls raste bei der Vorstellung mit fast unbekannten Menschen, komplett entkleidet im eiskalten Meer zu baden, doch etwas in ihr hatte Lust auf diese verrückte Erfahrung, was hatte sie denn schon zu verlieren?

Die Nacht war sternenklar und obwohl sie nicht viel vom Meer sehen konnte, so konnte sie es deutlich riechen, schmecken und hören.

Die Luft war frisch und salzig, während das Wasser mit seinem sanften, immer wiederkehrenden Rauschen Giovanna fast in Sicherheit wiegte.

»Wird schon gut gehen«, sprach sich Giovanna selbst Mut zu und lief weiter.

»Hier sind kaum Steine und die Strömung ist ganz schwach. Das ist eine gute Stelle, Ladys«, stellte Erin ein paar Minuten später fest.

Jackie half Erin beim Lösen der Plastikfußkugel und beim Ausziehen der Häftlingskluft. Auch die restlichen Frauen befreiten sich von ihrer Kleidung und Giovanna tat es ihnen gleich.

»Wie fühlst du dich, so kurz vor deinem ersten Mitternachtsbad in Freiheit?«, fragte Tracy.

»Mein Verstand sagt mir, dass das eine absolute Schnapsidee ist«, gestand Giovanna, »und dass ich mir den Hintern abfrieren werde. Gleichzeitig hat ein Bad doch auch immer etwas … Reinigendes. Nach dem, was mir in den letzten Monaten passiert ist, könnte ich das gut gebrauchen.«

»Das ist schön, dass du das so siehst. Pass auf, wir nehmen uns jetzt alle bei den Händen.«

Die Frauen bildeten einen Kreis.

»Wer ist dieses Jahr für die Ansprache verantwortlich?«, fragte Tessa.

»Beim Flaschendrehen am St. Patrick's Day hat die Whiskeyflasche Jackie ausgesucht«, erinnerte sich Erin.

»Nun gut«, räusperte sich Jackie, »Meine lieben Freundinnen. Hier sind wir nun, bei unserem traditionellen Neujahresbad im Meer. Wie immer soll dieses Bad uns Glück bringen und uns von allem Negativem befreien. Lasst den Schmutz des alten Jahres vom Salzwasser abspülen und entsteigt dem Meer wie Neugeborene, nur nicht ganz so hilflos. Gleichzeitig wünschen wir Erin alles erdenklich Gute für die morgige Hochzeit und heißen Giovanna hiermit herzlich willkommen. In fünf Sekunden ist es Mitternacht ... fünf ... vier ... drei ... zwei ... eins ... Frohes neues Jahr!«

Von irgendwo drang das Geräusch von Kirchenglocken an Giovannas Ohr. Sie wurde mitgezogen, als alle Frauen so schnell wie möglich auf das Meer zu rannten.

Giovanna ließ es einfach geschehen. Dann wurde ihr Körper vom eisigen Wasser erfasst. Im ersten Moment fühlte es sich wie ein Schock an, die Kälte nahm ihr fast die Luft zum Atmen, ihr Herz pumpte wie verrückt Blut in ihren Körper, doch dann spürte sie die erfrischende Reinigung des Wassers. Sie quietschte laut wie die anderen Frauen. Sie tat es den Erfahrenen gleich, tauchte kurz unter und beeilte sich dann, wieder zum Strand zu kommen, um sich abzutrocknen und anzuziehen.

»Und wie fühlst du dich jetzt?«, wollte Tracy wissen, die sich schnaufend in ihre Strumpfhose zwängte.

Giovanna musste nicht überlegen: »Überwältigt. Lebendig. Wie im Himmel.«

Kapitel 15

Monica

Monica hörte eine Stimme flüstern: »Ich glaube, sie wird wach!«

»Wer … wer ist da?«, fragte Monica. Es fiel ihr so schwer, ihre Lider zu öffnen.

»Beruhige dich, Monica. Ich bin es, Violet.«

»Vio… Violet?«

»Du kennst mich. Ich betreibe seit ein paar Monaten den alten Pub, das Murphy's. Wir sehen uns manchmal am Strand beim Spazieren gehen.«

Monica erinnerte sich. Violet wünschte ihr jedes Mal einen guten Tag, wenn sie sie traf, doch Monica erwiderte den Gruß nie.

»Ich war mit Polly am Strand Gassi gehen und habe dich dort gefunden. Nur im Nachthemd, nass bis auf die Knochen. Du hättest dir den Tod holen können. Was hast du dir nur dabei gedacht? Zum Glück hat mir Liam hier geholfen!«

Bruchstückhafte Erinnerungen kamen hoch. Helen, der immer wiederkehrende Albtraum, das Skalpell, das Blut, das Meer.

»Ist dir warm genug, Monica? Soll ich einen Arzt rufen? Hier, trinke einen Schluck Tee.«

Monica riss sich zusammen und log die Frau an: »Jetzt plappere doch nicht die ganze Zeit auf mich ein! Man wird ja wohl als 66-jährige Frau ein Nickerchen am Strand machen können, ohne dass sich Fremde einmischen!« Sie spürte die Hitze in ihrem Gesicht.

Die schlechteste Lüge des Jahrtausends. Ist dir nichts Besseres eingefallen?

»Das glaubst du doch selbst nicht! Es ist Dezember und eiskalt draußen. Du warst komplett nass! Du bist im Meer gewesen! Auf dem Weg hierher hast du immer wieder Wasser gespuckt!«, rief Violet.

Da haben wir es.

»Das geht dich nichts an!«, blockte Monica ab.

Ihre Wahrnehmung klärte sich und sie erkannte ihr eigenes Wohnzimmer wieder. Im Kamin knisterte das Feuer, das sie vor kurzem so sehr herbeigesehnt hatte.

Ihr Körper steckte in einem warmen Pyjama und sie war in mehrere Decken eingewickelt.

»Wer hat dir erlaubt, in meinen Sachen herumzuschnüffeln und mich anzuziehen?«, fauchte Monica Violet an.

»Hätte ich dich nicht von deinem nassen Nachthemd befreit, hättest du eine Unterkühlung riskiert und ich hätte dich ins Krankenhaus bringen müssen. Du warst ohnmächtig als ich dich gefunden habe!«

Plötzlich fühlte Monica etwas Warmes und Feuchtes an ihrem Ohr.

Als sie sich umdrehte sah sie in zwei Hundeaugen. Das Tier hatte sich hinter das Sofa geschlichen. Unter anderen Umständen hätte Monica den Dalmatiner wunderschön gefunden.

»Nimm dieses Biest von mir weg!«, schrie Monica.

»Polly, aus! Komm her!«, rief Violet ihre Hündin zurück.

Polly fiepte kurz, gehorchte dann aber.

Plötzlich musste Monica zweimal laut niesen.

»Vielleicht sollte ich dich sicherheitshalber doch ins Krankenhaus fahren?«, gab Violet zu bedenken.

»Krankenhaus! So ein Unfug! Es geht mir blendend! Ich will nicht!«

Ich will nicht. Ich will nicht leben. Ich will nicht sterben.

»Nicht auf den guten Teppich meiner Eltern!«, beschwerte sich Monica, als sie sah, wie sich der Dalmatiner auf dem Kaminvorleger suhlte.

»Ich nehme Polly am besten mit raus, sie sollte sich nicht so aufregen«, sagte plötzlich eine männliche Stimme.

Seit Geralds Tod vor zehn Jahren hatte kein Mann mehr Monicas Haus betreten. Seitdem ihre Tochter Eva vor drei Jahren gestorben war, hatte überhaupt niemand mehr außer Monica einen Fuß in ihr Haus gesetzt.

Die kornblumenblauen Augen, die zur Stimme gehörten, musterten sie. Es war ein interessantes Gesicht, voller Leben, von der Zeit gezeichnet, tiefe Furchen lagen um Augen und Mund. Silberne Haare und Bart umrahmten es.

»Wer ... wer ist dieser Mann?«

Monica zog die Decke bis unter ihr Kinn hoch. Hoffentlich war er nicht dabei gewesen, als Violet sie entkleidet hatte!

»Mein Name ist Liam, Miss Monica. Ich habe Sie von der Margaret aus gesehen, meinem Fischerboot.«

Seine Worte weckten eine Erinnerung.

»Es wird alles wieder gut, altes Mädchen. Es wird alles wieder gut.«

Er hatte mit ihr gesprochen. Er hatte sie über die Dünen ins Haus getragen. Ein Schauer lief ihr den Rücken hinunter.

Liam unterbrach ihre Gedanken: »Vor dem Nickerchen am Strand sind Sie wohl noch vollständig angezogen kurz baden gegangen? Soll ja sehr förderlich für die Gesundheit sein, nicht wahr?« Er hob eine Augenbraue und hielt ihr seine Hand hin.

Wieder fühlte Monica sich ertappt, die Schamesröte stieg ihr ins Gesicht.

Sie ging nicht darauf ein, sondern befreite sich von den Decken und sprang vom Sofa.

»Das ist alles ein Missverständnis! Alles nur ein blödes Missverständnis! Wie ihr seht, geht es mir wunderbar!«

Sie stand auf, obwohl der Raum um sie herum schwankte und schob die ungebetenen Gäste aus dem Wohnzimmer, Richtung Haustüre.

»Wir möchten dir doch nur helfen«, protestierte Violet, »ich weiß, dass das Dorf dich ausschließt, aber ich bin nicht so wie die anderen Bewohner hier.«

»Du weißt überhaupt nichts!«, zischte Monica eiskalt und knallte die Türe vor Violets und Liams Nase zu.

Als Monica ins Wohnzimmer zurückkehrte, kam Polly mit wedelndem Schwanz auf sie zu. Sie erinnerte sie so sehr an Daisy, den Hund, den sie als Kind gehabt hatte.

»Dich habe ich ja ganz vergessen«, sagte Monica sanft, während sie ihre Finger in Pollys Fell vergrub und ihre Ohren kraulte, »es tut mir leid, dass ich dich ein Biest genannt habe. Komm, dein Frauchen wartet auf dich.«

Aus dem Fenster beobachtete sie, wie Liam und Violet vor ihrer Haustüre warteten. Sie öffnete leise ihr Fenster einen kleinen spaltbreit, um die Unterhaltung zu hören.

»Was weißt du über sie?«, fragte Liam, »ich wohne ein paar Dörfer weiter und kenne hier niemanden.«

»Nicht viel. Eigentlich nur, dass sie Monica heißt und dass jeder im Dorf sie meidet.«

»*Bed & Breakfast Mother of Pearl*«, las Liam vom alten gusseisernen Schild oberhalb der Türe. »Sie betreibt eine Pension?«

»Nein, nicht mehr. Die gehörte vor vielen Jahren ihren Eltern, hat mir Lizzy vom Dorfladen erzählt.«

»Eben. Welcher Gast würde denn freiwillig von so einem Drachen beherbergt werden wollen?«

Monica wusste nicht wieso, aber Liams Worte schmerzten sie.

»Ich habe das Gefühl, diese Frau ist sehr einsam«, verteidigte Violet Monica, »ich sehe sie immer alleine am Strand spazieren und einkaufen gehen, das ist nicht gut für so eine alte Frau.«

Ich zeige dir gleich, wer hier alt ist!

»Hat sie keine Familie?«, wollte Liam wissen.

»Anscheinend nicht. Es sind alle tot. Lizzy sagt, es gibt Menschen, die glauben, sie hätte ihre Familie verflucht.«

»Verflucht? So ein Humbug! Wer glaubt denn heute noch an sowas?«, fragte Liam.

»Da stimme ich dir voll und ganz zu! Aber ein paar Leute hier denken das anscheinend wirklich und meiden sie deshalb wie die Pest.«

Das war Monica genug, sie riss die Türe auf und gab Polly einen Klaps.

»Raus mit dir! Und ihr zwei, seht zu, dass ihr endlich von meinem Grundstück wegkommt.«

Violet nahm Polly an die Leine und sagte beschwichtigend: »Monica, komm doch heute Abend zum Pub, dann musst du nicht alleine …«

Monica schloss und verriegelte die Türe.

»Haltet euch von mir fern, um eurer selbst Willen«, hauchte Monica.

Um Mitternacht hörte sie das Läuten von Kirchenglocken und das Knallen der Feuerwerke. Die Dorfbewohner von Ballinesker vertrieben Geister und Dämonen des alten Jahres.

Monica beobachtete eine Weile das Spektakel aus Farben und Licht und ging dann schlafen.

Kapitel 16

Giovanna

»Erin sieht einfach zauberhaft aus. Dieses champagnerfarbene Kleid steht ihr einfach ausgezeichnet«, flüsterte Giovanna Jackie zu.

»John ist auch kein schlechtes Schnittchen, ich liebe seinen Smoking«, erwiderte Jackie, die von einer anderen Freundin in die Rippen gestoßen wurde:

»Sei doch leise! Jetzt kommt der wichtigste Part!«

»Tauschen Sie die Eheringe aus, als Zeichen der Liebe und Treue«, sagte der Priester.

Giovanna vergoss ein paar Tränen, während sie dorthin blickte, wo vor kurzem noch ihr eigener Ehering gesessen hatte. Nun wies nur noch eine etwas verengte, heller verfärbte Stelle am Finger darauf hin.

Ewige Liebe, unendliche Treue, bis dass der Tod euch scheidet. Daran hatte sie auch einmal geglaubt.

Vielleicht wird der Ring Marlene mehr Glück bringen.

»Nun sind Sie Mann und Frau. Sie dürfen die Braut jetzt küssen.«

Applaus hallte durch die Kirche, als John Erins Schleier anhob und sich beide küssten.

Jackie ließ einen schrillen Pfiff los, sodass sich die gesamte Kirchengemeinde nach ihr umdrehte.

»Schaut nicht auf mich, vorne spielt die Musik!«, schrie sie und applaudierte weiter, während das Brautpaar die Kirche verließ.

Giovanna staunte, als sie vor dem Herrenhaus stand, in dem die Feierlichkeiten stattfinden sollten.

»Es ist so beeindruckend elegant, erhaben, fast schon beängstigend schön. Seitdem ich eine Studentin war, träumte ich davon, solch ein Haus zu besuchen!«, erklärte Giovanna Tessa.

Am Einlass prüfte Erins und Johns Hochzeitsplanerin die Gästeliste:

»Sie waren der letzte Gast, der auf der Liste dazugekommen ist«, sagte Erins und Johns Hochzeitsplanerin am Einlass.

Giovanna blickte auf ihre Uhr: »Ich bin ein spontaner Gast. Ein sehr spontaner sogar. Ich habe Erin vor weniger als 24 Stunden kennengelernt!«

»In der Tat«, bemerkte die Hochzeitsplanerin und zeigte auf einen Tisch. »Sie sitzen am Tisch mit Jackie, Tessa und der restlichen Freundinnenbande von Erin. Viel Spaß!«

Die Silvesterfeier vom Vorabend schien an diesem Tisch einfach weiterzugehen. Die Frauen lachten ausgelassen, während elegant gekleidete Kellner die Speisen servierten.

»Ich habe selten so einen guten Lachs gegessen«, schwärmte Giovanna einige Minuten später.

»Und hast du schon die Muscheln probiert? Sie sind ein Traum!«, entgegnete Jackie.

Nachdem eine Dessertvariation, Kaffee und Tee serviert worden waren und die ersten Gäste ihre Krawatten gelockert hatten, eröffneten John und Erin mit einem klassischen Walzer den Tanz.

Danach legte der DJ zeitgenössische Musik auf und nach und nach begaben sich die Gäste auf die Tanzfläche.

»Ich gehe auch das Tanzbein schwingen!«, eröffnete Tessa.

»Da bin ich dabei! Vielleicht hat ja John noch einen freien, gutaussehenden Cousin? Kommst du mit, Giovanna?«, fragte Jackie.

»Vielleicht später», antwortete Giovanna, »der gestrige Abend steckt mir noch immer ganz schön in den Knochen.«

Kaum waren Plätze an Giovannas Tisch frei, gesellten sich zwei ältere Damen zu ihr.

»Hallo, wir sind Erins Großtanten, Bridget und Mildred», stellten sie sich vor, »Sie müssen Giovanna sein? Man redet bei dieser Hochzeit fast mehr über Sie, als über das Brautpaar! Wir haben gehört, Sie haben erst vorgestern Ihre Scheidung eingereicht? Dann muss es ja für Sie furchtbar gewesen sein, so früh wieder an einer Hochzeit teilzunehmen!«

Giovanna atmete tief durch: »Aber nein, ich liebe Hochzeiten weiterhin. Nur, weil es bei mir schiefgegangen ist, heißt es doch nicht, dass auch Erins und Johns Ehe scheitern wird. Die beiden sind so verliebt und glücklich, ich bin zuversichtlich für sie.«

Mildred schüttelte verbittert den Kopf: »Ach, wenn man sich die Statistiken von heute ansieht, wird in Europa doch jede zweite Ehe geschieden.«

Bridget zeigte auf Paare und zählte durch: »Eins, zwei, Scheidung! Drei, vier, Scheidung! Fünf, sechs, Scheidung! Unser Cousin Peter ist Scheidungsanwalt. Kein Wunder, dass er sich eine Rolex nach der anderen kauft.«

Giovanna rutschte auf ihrem Stuhl hin und her: »Und was ist mit Ihnen, die Damen? Sind Sie auch verheiratet?«

»Nein, Gott bewahre!«, antworteten beide fast gleichzeitig, »wir haben uns nie von Männern unterjochen lassen. Wir sind immer noch alleinstehend, oder Single, wie man das heute neumodisch so sagt.«

Plötzlich setzte sich ein beleibter Herr neben Giovanna: »Jetzt lasst diese Frau doch endlich mit eurem Geschwätz in Ruhe. Sonst könnte sie denken, alle Iren seien so schräg wie ihr! Gestatten, ich bin Reginald, das sind meine Schwestern.«

»Komm, Bridget«, sagte Mildred, »lass uns zu Ramona gehen.«

»Das ist Johns Schwester«, erläuterte Bridget, an Giovanna gewandt, »ich habe gehört, die ist gerade an einer künstlichen Befruchtung dran.« Eifrig watschelten die zwei Damen davon.

»Entschuldigen Sie meine Schwestern, die führen sich immer unmöglich auf. Aber sie haben nicht viele Gelegenheiten, aus dem kleinen Nest, in dem sie leben, herauszukommen«, erklärte Reginald.

»Ist schon in Ordnung«, sagte Giovanna.

»Ich habe gehört, Sie sind gerade frisch eingewandert?«

»Ja, ich möchte die nächsten Monate das Land bereisen und kennenlernen und mich dann irgendwo, wo es mir gefällt, niederlassen und arbeiten.«

Reginald fasste sich an die Brust: »Da haben Sie den richtigen Fisch geangelt! Niemand kennt Irland so gut wie ich! Vergessen Sie jeden Reiseführer, den Sie gekauft haben, zücken Sie Stift und Papier, ich sage Ihnen, wo Sie überall hinreisen sollten ...«

»Also, die Saltee Islands zur Beobachtung von Vögeln, Galway für die Pferderennen im Juli und wie hieß das letzte Dorf, von dem Sie gesprochen haben? Das mit dem besonders schönen Strand, wo *Der Soldat James Ryan* gedreht wurde?«, fragte Giovanna, über ihr Notizbuch gebeugt, zwei Stunden später.

»Das war Ballinesker. Wie gesagt, statten Sie dem Pub Murphy's unbedingt einen Besuch ab! Am besten am

103

St. Patrick's Day, es gibt kaum einen schöneren Tag, um in einen irischen Pub zu gehen. Sie müssen jedoch schauen, wo Sie da unterkommen können, denn soweit ich weiß, hat die letzte Pension dort vor über 50 Jahren geschlossen.«

Plötzlich streichelte jemand über Giovannas Rücken: »Na, amüsierst du dich auch auf deiner ersten Hochzeit in Irland?«, fragte die Braut. Ihre Augen strahlten vor Glück und ihre Wangen waren vom Tanz gerötet.

Giovanna sprang auf und umarmte sie: »Ja, dein Onkel Reginald war so reizend und hat mir bei der Urlaubsplanung geholfen. Erin! Herzlichen Glückwunsch zur Vermählung! Endlich kann ich dir persönlich gratulieren.«

»Ich weiß, ich weiß. Warum sagt einem niemand, dass man zu seiner eigenen Hochzeit nicht dazu kommt, zu essen, zu trinken und zu feiern, weil ständig jemand etwas von einem will? Vom ganzen Blitzlicht des Fotografen habe ich Kopfschmerzen, mein Magen knurrt vor Hunger, vom vielen Anstoßen bin ich fast betrunken und am liebsten würde ich die High Heels in die Ecke pfeffern und dafür Pantoffeln anziehen.«

Giovanna lächelte: »Meine Hochzeit war genauso. Ich habe am Ende barfuß getanzt. Darf ich deinen Ehering sehen?«

Erin hielt ihr stolz den Ringfinger hin. Daran funkelte ein offensichtlich antiker Goldring mit einem diamantenen Herzen, das von zwei Händen gehalten wurde und eine Krone trug.

»Ein wunderschöner Ehering! Handelt es sich um ein Familienerbstück?«

»Ja«, antwortete Erin, »seit zwei Jahrhunderten ist dieser Claddagh-Ring in Familienbesitz und wird von Mutter zu Tochter weitergegeben. Das Herz steht für die Liebe, die Hände für die Freundschaft und die Krone für die Treue.

Der Claddagh-Ring ist ein Traditionsring in Irland, den man als Ehering, Verlobungsring oder einfach so tragen kann. Es gibt auch eine schöne Geschichte zu der Entstehung des Claddagh-Rings, und zwar ...«

In diesem Moment ergriff Erins Vater das Mikrofon: »Darf ich um Ruhe bitten? Ich möchte gerne noch eine Rede für das Brautpaar halten.«

»Ich gehe und suche John, ich glaube, der raucht draußen Zigarre mit seinem Trauzeugen«, flüsterte Erin und verschwand.

Schade, zu gerne hätte ich die Geschichte gehört, dachte Giovanna, während sie sich noch ein Glas Wein einschenkte.

Die ganze Nacht hindurch wurde gefeiert und getanzt, bis John und Erin in die Flitterwochen verschwanden.

Giovanna kehrte ins Hotel zurück, als sich die ersten Frühaufsteher in der Bäckerei frische Scones für das Frühstück besorgten.

Als sie mittags aufwachte, zwang sie sich aus dem Bett, obwohl ihr sämtliche Knochen wehtaten.

Ophelia steckt so eine Partynacht sicherlich weg wie nichts, dachte Giovanna, während sie ihr herzinfarktverdächtiges irisches Frühstück bestehend aus Eiern, Speck, gegrillter Tomate, Bohnen und Toast in sich hineinschaufelte und mit Orangensaft nachspülte.

Sie war froh, heute keine Verpflichtungen mehr zu haben, während sie Dublin zu Fuß erkundete und den milden Januartag genoss. Sie machte einen Schaufensterbummel in der Grafton Street und stattete der größten Kathedrale Irlands, der St. Patrick's Cathedral, einen Besuch ab. Nach einigen Museumsbesuchen wärmte sie sich im St. Stephen's Green Park mit einem Becher Tee und fütterte Tauben mit Krümeln ihres Rosinenscones.

Wie hieß noch einmal dieses Hafenstädtchen, das ganz in der Nähe war?

Giovanna ging ihre Aufzeichnungen vom Vorabend durch.

Wenige Minuten später stieg sie in ein Taxi: »Bitte fahren Sie mich nach Howth«, bat sie den Fahrer.

Dort angekommen, schlenderte sie am Kai entlang. Das Wetter veränderte sich, was in Irland nichts Ungewöhnliches war. Die Sonne wurde von immer dickeren Wolken überlagert und Wind kam auf.

Die Yachten und Boote, die in der Marina auf den nächsten Frühling warteten, schaukelten im Wasser sanft hin und her.

Es waren noch andere Spaziergänger unterwegs. Familien bewunderten die Schiffe, während einige Fischer damit beschäftigt waren, Reusen und Netze von Algen und Muschelkalk zu befreien. Möwen stürzten sich kreischend auf einen toten Lachs, den jemand achtlos auf den Boden geworfen hatte.

Giovanna ließ sich auf einer Parkbank nieder und beobachtete einige Seehunde, die immer wieder im Hafenbecken auftauchten.

Giovannas Mobiltelefon piepste. Eine neue Nachricht ihrer Tochter: *Hallo Mama, wie geht es dir? Wie war die Hochzeit gestern? Kuss, Ophi.*

Giovanna schrieb zurück: *Die Hochzeit war klasse, aber es ist zu spät geworden. Deine Mama ist auch nicht mehr die Jüngste, das merke ich immer wieder! Heute lasse ich mich einfach nur treiben und langsam fühle ich, dass ich angekommen bin. Gerade sitze ich in einem kleinen Hafen und genieße das Nichtstun.*

Ophelias Antwort kam sofort.

Das klingt super! Mir geht es auch gut. Wir gehen heute Eisangeln. Bis bald, hab dich lieb!

Ich dich auch. Ich vermisse dich sehr! schrieb Giovanna und steckte ihr Mobiltelefon wieder ein.

Schlagartig verdunkelte sich der Himmel und Platzregen prasselte auf den Hafen nieder.

Im vergeblichen Versuch, sich mit ihrer Handtasche über dem Kopf zu schützen, rannte Giovanna ins nächstgelegene Hafenrestaurant.

Das Lokal hatte sich dem Duft der Speisen und der Innendekoration nach eindeutig auf Fisch spezialisiert. Die Wände waren in mühseliger Arbeit mosaikartig mit Abertausenden von Muscheln beklebt worden. Giovanna nahm auf einem roten Ledersessel Platz und beobachtete das Feuer im Kamin.

»Was darf ich Ihnen bringen?«, fragte wenige Minuten später der Kellner.

»Die warme Meeresfrüchteplatte und einen Apfelcider, bitte.«

»Möchten Sie danach noch einen zweiten Gang oder ein Dessert? Wir haben heute eine fantastische Beerenpavlova im Angebot.«

»Nein, danke», antwortete Giovanna und gähnte herzhaft, sobald der Kellner außer Sichtweite war.

Kapitel 17

Giovanna

Pappsatt und zufrieden ging Giovanna ins Bett.
Endlich kann ich den Schlafmangel der letzten Tage aufholen!
Sie deckte sich gerade zu, als das Telefon auf dem Nachttisch plötzlich klingelte.

»Oh nein!«, rief Giovanna und war entschlossen, einfach nicht abzunehmen.

Sie hielt sich die Ohren mit ihrem Kissen zu, doch der Anrufer war hartnäckig.

»Giovanna Wagner?!«, maulte sie schließlich doch ins Telefon.

»Ha, wusste ich es doch, dass du abnehmen würdest!«, sagte jemand am anderen Ende der Leitung, während weibliche Stimmen im Hintergrund schnatterten.

»Jackie? Bist du das?«

»Ja, bin ich. Bei mir sind Tessa, Ava, Camilla und noch andere Mädels, die du noch nicht kennst.«

»Ich wollte gerade ins Bett gehen, was gibt es denn?«

»Ins Bett? Um 19 Uhr? Bist du 90 Jahre alt oder was? Haben dich Mildred und Bridget mit Langweileritis angesteckt?«

»Wir haben die letzten zwei Tage durchgefeiert! Du vergisst, dass ich gut 15 Jahre älter bin als du! Komm du erst in mein Alter!«, verteidigte sich Giovanna grummelnd.

»Du klingst ja wie meine Urgroßmutter«, lachte Jackie ins Telefon, »jetzt hör mir mal zu. Es wird nicht geschlafen. Zumindest noch nicht. Da unsere entzückende Erin an irgendeinem karibischen Strand ihre Flitterwochen verbringt, haben wir noch eine Karte zum U2-Konzert übrig. Und dreimal darfst du raten, wen wir in unserer unendlichen Güte auserkoren haben, mitzukommen?«

Giovanna sprang aus dem Bett: »Ein U2-Konzert? Hier in Dublin?«

»Jep. In genau einer Stunde.«

»Wohin müsste ich fahren?«, fragte Giovanna.

»Wir warten in der Lobby auf dich, wir nehmen dich mit.«

»Eigentlich sagt mein Körper, dass er mal einen Abend Ruhe braucht ...«

»Ruhe. Ruhe«, äffte sie Jackie nach, »ich sage dir, wann du Ruhe haben kannst. Wenn du tot bist! Und jetzt schwing deinen Hintern in die Lobby, sonst zerren wir dich aus deinem Zimmer, du undankbares Ding!«

»... andererseits wollte ich U2 schon immer einmal live sehen!«, sagte Giovanna elektrisiert.

»Das klingt schon viel besser!«

»Gib mir fünfzehn Minuten und ich bin unten!«

»Na also, geht doch. Warum nicht gleich so?«, fragte Jackie und beendete das Gespräch.

»Bell, es hätte so schön sein können, doch es hätte niemals zwischen uns funktioniert«, scherzte Giovanna, während sie sich von den Laken befreite und sich streckte.

In Rekordtempo tauschte sie ihren schlabbrigen Schlafanzug gegen eine enge, schwarze Jeans, ein Spitzentop und eine rote Lederjacke aus. Die Wollsocken mussten nietenbesetzten Ankleboots weichen. Ihre strubbeligen Locken bändigte Giovanna mit etwas Schaumfestiger und malte sich die Lippen kirschfarben, während Kreolen das Bild vervollständigten.

Stell dir vor, deine Mutter besucht nach fast dreißig Jahren ihr erstes Rockkonzert! tippte sie Ophelia eine Nachricht.

Ophi antwortete prompt mit einer Vielzahl von nach oben zeigenden Daumen.

Jegliche Müdigkeit war aus Giovannas Knochen gewichen, als sie die Lobby betrat.

Jackie pfiff bei ihrem Anblick anerkennend. Giovanna machte einen kleinen Knicks.

Sämtliche Menschen in der Lobby drehten sich nach Giovanna um und sie genoss die ungewohnte Aufmerksamkeit. Die Frauen verließen gut gelaunt das Hotel.

»Wow, sind das viele Menschen!«, sagte Giovanna angesichts der langen Schlangen, die sich vor dem Einlass zur Konzerthalle gebildet hatten.

»Zum Glück können wir den VIP-Eingang um die Ecke nutzen«, sagte Jackie mit den Tickets in der Hand, »mein Bruder ist Lichttechniker in dieser Show. Er besorgt mir, wenn er kann, immer die besten Plätze bei Konzerten.«

Die Frauen reihten sich in der deutlich kürzeren VIP-Schlange ein.

»Oh, dein Bruder Shane, den würde ich auch nicht von der Bettkante stoßen«, schwärmte Ava.

»Vergiss es, Süße. Seitdem Barbara ihn für seinen besten Freund hat sitzen lassen, will er nichts mehr von Frauen wissen. Er muss sie wegen des gemeinsamen Hauses ausbezahlen. Shane stürzt sich momentan nur in die Arbeit und macht eine Show nach der anderen. Über die Weihnachtsfeiertage habe ich ihn kaum zu Gesicht bekommen.«

»Das tut mir leid. Sind auch Kinder im Spiel?«, wollte Giovanna wissen.

»Nein, sie wollte nie welche haben. Ist in der Situation

vielleicht auch besser so«, erklärte Jackie, während sie sich in der Schlange weiter vorwärtsbewegte.

»Gehen Ehen eigentlich nur noch klischeehaft den Bach herunter? Giovannas Mann verlässt sie wegen einer jüngeren Sekretärin, Shanes Alte verlässt ihn für seinen besten Freund …«, zählte Camilla auf.

»Ist doch eigentlich egal«, versuchte Tessa, die Stimmung durch einen Themawechsel aufzulockern, »viel mehr würde mich interessieren, was Giovannas letztes Konzert war und wie es ihr jetzt so geht?«

Sieben Augenpaare richteten sich auf Giovanna: »Nun, mein letztes Konzert war eine Operette, der *Vogelhändler*. Da war ich mit meinem Mann, kurz nach Ostern, glaube ich.«

Jackie simulierte einen starken Würgereflex und zeigte damit deutlich, was sie von Klassik und von Henry hielt. An der Security zeigte sie ihren VIP-Pass vor und scannte die Eintrittskarten ein.

»Und was war das letzte richtige Konzert, das du besucht hast?«, fragte sie.

»Ihr meint wahrscheinlich ein Rockkonzert?«

Alle Frauen nickten.

»Pink Floyd in Zürich, 1989!«, erinnerte sich Giovanna.

»Dieses Ereignis muss ja der Hammer gewesen sein«, schwärmte Tessa, »und wie fühlst du dich jetzt, Gio?«

»Um ehrlich zu sein, bin ich ganz schön aufgeregt und ich weiß gar nicht, wann ich mich zuletzt so jung gefühlt habe«, rief Giovanna aus.

»Sagte ich doch, wer im Bett liegt, erlebt nichts, insbesondere, wenn kein Mann dabei ist! Kommt Mädels, jetzt wird abgerooooockt!«, sang Jackie, als sie den Einlass hinter sich gebracht hatten.

Giovanna bewunderte den beeindruckenden Konzertsaal und die riesigen Lautsprecher. Ihr fiel das stetige

Gemurmel der Zuschauer, die ihre Plätze einnahmen oder noch Getränke und Essen besorgten, auf.

Eine Vorband gab sich große Mühe, mit schrägen Gitarrenriffs die Aufmerksamkeit des Publikums zu wecken, doch kaum jemand schenkte ihr Beachtung.

Ava und Camilla besorgten Getränke und kurze Zeit später stießen alle Frauen an.

Ich komme mir vor wie zu meinen Studentenzeiten. Danke Jackie, für deine Hartnäckigkeit!

»Danke, Leute! Euch noch viel Vergnügen mit U2!«, verabschiedete sich der Sänger der Vorband nach einiger Zeit, und die Gruppe räumte die Bühne unter mäßigem Applaus.

Eine ganze Schar Monteure machte sich ans Werk, verlegte Kabel, ersetzte und stimmte Musikinstrumente, während weitere Konzertbesucher in die Halle strömten.

»Ist dieses Schnuckelchen an der Lichttechnik nicht dein Bruder?«, fragte Tessa.

Jackie kniff die Augen zusammen und sagte stolz: »Ja, das ist er! Kommt Ladys, wir schauen ihm über die Schulter.«

Mitten im Stehplatzbereich war ein abgesperrter Bereich, in dem Shane mehrere Regler betätigte, um die Lichtanlage zu testen.

Jackie hielt ihm von hinten die Augen zu: »Hi, Bruderherz!«

»Hi, du kleine Nervensäge, machst du mit deinen Freundinnen das Konzert unsicher?«

Alle winkten Shane zu, während er in die Runde blickte.

Sein Blick stoppte bei Giovanna.

»Wer ist denn diese Dame? Demnach hast du noch jemanden gefunden, der an Erins Stelle kommen konnte«, stellte er fest.

»Und ob! Darf ich dir unsere neue Freundin Giovanna

vorstellen? Sie kommt aus der Schweiz. Ihr habt etwas gemeinsam: Deine Ex Barbara und ihr Ex Henry überbieten sich gegenseitig darin Kotzbrocken zu sein!«

»Oh bitte, erwähne diesen Namen nie wieder, es sei denn du redest von Barbra Streisand, die ist eine klasse Künstlerin. Freut mich, dich kennenzulernen, Giovanna, ich bin Shane.«

Als ihre Hände sich berührten, fühlte sich die Luft plötzlich wie magisch aufgeladen an.

»Die Freude ist meinerseits«, entgegnete Giovanna.

»Die Getränke sind alle, lasst uns Nachschub besorgen, bevor es mit der Show losgeht!«, schlug Camilla vor.

Giovanna deutete auf ihren noch vollen Apfelwein und die Freundinnen gingen ohne sie zum nächsten Getränkestand.

»Wozu sind diese zwei riesigen Leinwände rechts und links von der Bühne?«, wollte Giovanna wissen.

»Die gehören zur Show. Lass dich überraschen!«, antwortete Shane.

»Cool.«

»Auch gerade im Rosenkrieg?«, fragte sie Shane mit einem traurigen Lächeln.

»Bei mir ist alles noch ganz frisch. Ich habe die Scheidung erst vor wenigen Tagen eingereicht. Hoffen wir mal das Beste«, antwortete Giovanna.

»Welche Kotzbrockenfähigkeit hat dein Mann? Meine Ex hat mich mit meinem besten Kumpel betrogen. Hat dein Ex eine andere Frau?«

»Eine andere Frau und in ihrem Bauch ein anderes Baby. Du musst wissen, wir haben gemeinsam eine erwachsene Tochter, die gerade in den USA als Au-pair arbeitet.«

»Autsch. Da wäre ich auch 2000 Kilometer weit weg geflüchtet, wenn nicht noch weiter.«

»Ich bin nicht geflüchtet!«, wehrte sich Giovanna.

»Wirklich nicht?«, zweifelte Shane und blickte Giovanna tief in die Augen.

»Ich hatte lediglich nichts mehr, was mich in der Schweiz gehalten hat. Und ich wollte schon immer hierher. Ich kann es kaum erwarten mir alles anzusehen«, redete sich Giovanna heraus.

»Wir fliehen alle vor dem Liebeskummer. Jeder auf seiner Weise. Ich in die Arbeit, du nach Irland«, philosophierte Shane.

»Ich bin nicht geflüchtet«, wiederholte Giovanna.

»Wenn du das sagst!«

Shane warf einen Blick auf seine Uhr: »Ich schlage vor, du gehst zu meiner Schwester und ihren verrückten Freundinnen zurück, es geht gleich los mit U2, sie sind live wirklich klasse. Wir können uns ja nach dem Konzert bei einem kühlen Guinness weiter unterhalten?«

Giovanna war baff: »Lädst du mich zu einem Date ein?«

»Sieht ganz danach aus. Komm nach dem Konzert einfach wieder hierher, okay?«

Giovanna verschluckte sich beinahe an ihrem Getränk.

»Okay, Mister Shane, ich freue mich auf deine Lichtshow. Wir sehen uns später.«

»Ihr habt euch ja ganz schön lange unterhalten«, bemerkte Jackie, als sich Giovanna wieder zu den Frauen gesellte.

»Dein Bruder ist wirklich sehr nett«, sagte Giovanna.

»Nett? Ein Katzenbaby ist nett. Ein rosa Kleidchen ist nett. Drei Paar Schuhe zum Preis von zweien zu bekommen, ist sogar sehr nett. Aber Shane, der ist einfach heiß!«, schwärmte Camilla und trank einen Schluck Bier. Die anderen Frauen pflichteten ihr bei.

Giovanna hatte fast schon ein schlechtes Gewissen, als sie sagte: »Um ehrlich zu sein, hat er mich zu einem Date eingeladen. Nach der Show.«

»Ha!«, rief Jackie aus und klatschte in die Hände, »wusste ich es doch, dass du sein Typ bist.«

»Also, ich habe euch von hier aus beobachtet und seine ganze Körperhaltung zeigt mir, dass er dich interessant findet«, pflichtete Tessa bei.

»Ich weiß nicht, wovon du sprichst«, log Giovanna und stürzte ihr Getränk hinunter. Ihre Kehle war plötzlich wie ausgetrocknet.

Plötzlich ging das Licht aus und die Zuschauer jubelten laut. Die Musiker kamen nach und nach auf die Bühne und spielten die ersten Noten. Als der Sänger das Mikrofon in die Hand nahm, spendete das Publikum lauten Beifall.

»Siehst du den Lichtstrahl und die Effekte? Das macht alles Shane!«, schrie Jackie, damit Giovanna sie trotz der Lautstärke hören konnte.

»Er macht das richtig gut«, stellte Giovanna fest.

Camille rempelte Giovanna freundschaftlich an: »Ich bin mir sicher, er kann nicht nur das richtig gut!«

»Du hast wohl Erfahrung darin?«, fragte Ava.

Camilla zog eine Schnute. »Ach was, mich hat er nie eines Blickes gewürdigt.«

»Dito, bei mir genauso«, stimmte ihr Ava zu.

Giovanna genoss die Musik, sehnte aber gleichzeitig voller Vorfreude das Ende des Konzerts herbei.

Sie beobachtete, wie Shane sich Kopfhörer überstreifte. Ab dem Erklingen der ersten Note schien er voll in seinem Element zu sein. Im Zusammenspiel mit der Melodie und den Texten erschuf er fantastische Lichteffekte und Projektionen, die der Konzerthalle eine magische Atmosphäre verliehen. Die Zuschauer sangen die Songs lauthals mit, sodass tausende von Stimmen in einem einzigartigen, gigantischen Chor verschmolzen. Giovanna konnte sich plötzlich an Songs aus alten Zeiten erinnern und Teil der

Menge sein. Nach den ersten fetzigen Liedern spielte U2 ein besonders langsames Stück.

»Ist das nicht der Song *Miss Sarajevo*?«, fragte Ava.

»Ich glaube schon«, sagte Giovanna gebannt.

Mitten im Song wurde eine alte Aufnahme von Luciano Pavarotti auf riesige Leinwände bestrahlt.

Sein Gesang ging Giovanna unter die Haut.

Erinnerungen aus einem anderen Leben brachen über sie herein.

»In der Stadt redet man gerade über nichts anderes mehr! Diese Oper ist doch seit Monaten restlos ausverkauft! Wo hast du nur die Karten her?«, fragte Giovanna.

»Dafür, meine Liebe, sind Kontakte wichtig. Es lohnt sich ab und zu, mit den richtigen Leuten sonntags Golf spielen zu gehen!«, antwortete Henry und wedelte mit zwei Konzertkarten vor ihrer Nase herum.

»Was zieht man denn zu solch einem Anlass an?«, wollte Giovanna wissen. Sie runzelte die Stirn, als sie in Gedanken ihre Garderobe durchging.

»Keine Sorge, daran habe ich auch gedacht«, hauchte ihr Henry ins Ohr und übergab ihr ein in Seidenpapier eingeschlagenes Kleid, »du wirst heute Abend fantastisch aussehen.«

Wenige Stunden später liefen sie Hand in Hand in das imposante Operngebäude.

Menschen drehten sich nach ihnen um und tuschelten.

»Die sehen uns alle so komisch an«, flüsterte Giovanna Henry verunsichert zu.

»Nein, die sehen nur dich an. Und nicht komisch, sondern mit Bewunderung oder Neid oder ein bisschen von beidem. Genieße es einfach.«

Giovanna drückte Henrys Hand fester.

»Auf welchen Plätzen sitzen wir?«, fragte sie, während sie die Treppen hochstiegen.

Henry antwortete nur mit einem Lächeln.

In der privaten Loge war der Blick über die Bühne berauschend, während das Orchester sich warm spielte und die Zuschauer ihre Plätze einnahmen.

Plötzlich wurde das Licht gedämmt und Stille legte sich über das Opernhaus wie ein Vorhang. Die Aufführung begann. Pavarottis Gesang war betörend, nicht von dieser Welt.

Die Zeit bis zur Pause verging wie im Fluge.

»Und? Wie gefällt dir Turandot bislang?«, fragte Henry.

»Es ist fantastisch! Pavarotti ist einfach unglaublich!«, antwortete Giovanna.

»Komm, lass uns kurz die Beine vertreten.«

Giovanna schmiegte sich an Henry: »Gerne.«

Als sie aus der Pause zurückkamen öffnete Henry die Tür zur Loge. Giovanna roch den intensiven Duft von Blumen und sah eine kaltgestellte Flasche Champagner. Die Loge hatte sich in ein Meer roter Rosen verwandelt.

Giovanna hatte kaum Zeit, zu fragen, was los sei, als Henry plötzlich in die Knie ging.

Einen Kuss später funkelte ein Verlobungsring an ihrem Finger und der Applaus zu Beginn des zweiten Aktes begleitete Giovanna in ihren neuen Lebensabschnitt.

Plötzlich war Giovanna wieder in der Gegenwart. Die letzten Takte der Oper waren schon lange verklungen, Pavarotti schon lange tot, die Rosen verblüht und zersetzt, der Champagner ausgetrunken, der Verlobungsring verkauft und Henry nicht mehr an ihrer Seite.

Die letzte Erkenntnis traf Giovanna mit voller Wucht. All die Kraft, die sie während der letzten Tage beflügelt hatte, war mit einem Mal verschwunden.

Sie war so unendlich müde und verletzt. Plötzlich schmeckte sie Salz auf ihren Lippen.

Jackie nahm sie in den Arm: »Süße, ist alles gut bei dir?«

»Nein, nichts ist gut!«, schluchzte Giovanna.

»Du brauchst nichts weiter zu sagen, ich kann mir vorstellen, was du durchmachst.«

»Es tut mir leid, sei mir nicht böse, aber ich muss gehen. Ich möchte alleine sein.«

Jackie strich Giovanna über den Kopf: »Niemand ist dir böse, wenn du gehst. Du bist so mutig gewesen. Du hast deine Sachen gepackt und bist hierhergefahren. Jetzt gib dir die Zeit, anzukommen. Ich verspreche dir, deine Wunden werden heilen. Du wirst sehen, die Zeit wird kommen, da wirst du auf all dies zurückblicken und darüber lachen. Aber jetzt ist es noch nicht so weit. Es gibt Menschen, die stehen von so einem Schicksalsschlag nie wieder auf. Bitte, gehöre nicht dazu.«

Giovanna nickte und zog den Reißverschluss ihrer Jacke hoch: »Ja, ich brauche Zeit. Bitte sag deinem Bruder, dass ich ihn heute nicht sehen kann. Es ist einfach viel zu früh für mich. Sag ihm auch, dass er recht hatte.«

»Recht womit?«, fragte Jackie.

»Er wird es wissen. Ich danke dir und den anderen Mädels für den Abend, aber ich gehe ins Hotel zurück.«

»Ist gut, Shane wird das verstehen«, meinte Jackie.

In ihrem Zimmer angekommen, packte Giovanna ihre Sachen zusammen.

Als ihre Koffer bereitstanden, schrieb sie eine Nachricht: *»Liebe Jackie, ich habe den Entschluss gefasst, morgen weiterzufahren. Es war wundervoll, euch zu treffen, und zu gerne hätte ich Shane besser kennengelernt, aber jetzt ist einfach die falsche Zeit. Wir bleiben in Kontakt.«*

Als sie im Bett lag, blätterte Giovanna in ihren Reiseführern und sah sich die Liste von Erins Onkel Reginald an.

Ab morgen setze ich mich in mein Auto und lasse mich treiben. Ich bleibe dort, wo es mir gefällt. Fahre weiter, wenn es mir nicht zusagt.

Die Vorfreude auf die vielen neuen Orte, die auf ihre Erkundung warteten, war Giovannas letzter Gedanke, bevor sie endlich erschöpft einschlief.

Kapitel 18

Monica

Monica ging in die Küche, schaltete den Wasserkocher an und zeichnete ein rotes Kreuz in ihren Kalender.

Sie betrachtete das eingerahmte Foto, das auf der Anrichte stand. Es war vor über fünfzig Jahren entstanden. Sie und ihre Schwester als junge Frauen. Helen, hochgewachsen und wunderschön, Monica pausbäckig und mit Babyspeck um die Hüften.

Sehr raffiniert, Helen, du hast dir etwas Neues einfallen lassen. Jetzt verfolgst du mich als blutende Wasserleiche. Nun, du wirst noch eine Weile auf mich warten müssen. Ich habe es mir anders überlegt, ich habe noch nicht vor, das Zeitliche zu segnen. Wenn du mich in meinen Träumen schon so sehr verfolgst, wer weiß wie sehr du mich im Jenseits heimsuchen wirst? Ich bleibe vorerst hier, in Sicherheit.

Mit einer Tasse Tee in der Hand ging sie ins Wohnzimmer zum Erkerfenster und betrachtete das Meer.

Plötzlich hörte sie ein lautes Geräusch und ein Fluchen aus dem Vorgarten.

Monica lief zum Eingang und sah einen Schatten hinter den Milchglasscheiben ihrer Haustüre.

Energisch öffnete sie die Tür. Ein Mann stellte gerade etwas auf ihrem Vorleger ab. Monica erkannt sofort die silberne Haarpracht: »Liam? Was schleichen Sie hier in der Herrgottsfrühe auf meinem Grundstück herum?«

Monica schlang den Gürtel ihres Morgenmantels fester um sich.

»Ja, Sie haben mich ertappt, Miss Monica. Ich ... ich habe Ihnen eine Fischsuppe gebracht. Den Fisch, der da drin ist, habe ich heute Nacht frisch gefangen, die Suppe habe ich noch auf dem Boot für Sie gekocht. Ich dachte mir, nach Ihrem ... Ihrem ... Bad im Meer könnten Sie sich erkältet haben, und da wirkt so eine heiße Brühe doch wahre Wunder!«

»Ich ... ich brauche Ihre Fischsuppe nicht! Ich kann auf mich selbst aufpassen. Und ich habe keine Erkältung. Sehen Sie, mir geht es gut. Was war das eigentlich für ein Krach, den Sie da veranstaltet haben?«

»Tut mir leid, Miss Monica, ich wollte Ihnen keinen Schrecken einjagen, ich Tollpatsch habe die hier fallen lassen«, erklärte Liam und zeigte ihr eine Suppenkelle.

Er hob den Topf auf und reichte ihn Monica.

»Bitte nehmen Sie sie an.«

Ein köstlicher Duft stieg Monica in die Nase. Ihr verräterischer Magen begann sofort, laut zu knurren.

»Sehen Sie, Sie haben Hunger!«, stellte Liam fest und lächelte Monica an.

»Die Suppe ist viel zu viel für mich, Sie haben für eine ganze Armada gekocht!«, blockte Monica ab.

»Na ja, ich bin Ihnen nicht böse, wenn ich mich zu Ihnen geselle und Ihnen beim Essen helfen darf. Ich war die ganze Nacht auf den Beinen, habe den Fisch gefangen, ausgenommen, geputzt, das Gemüse klein geschnitten, gekocht und ich komme jetzt gerade erst vom Meer rein.«

Monica nahm den Topf an sich und sagte: »Kein Problem, ich werde die Suppe einfach einfrieren und nach und nach essen.«

Liam setzte eine Mütze auf: »Wie Sie wünschen, Miss, es war unverschämt von mir, mich selbst einzuladen! Ich komme in ein paar Tagen wieder und hole den leeren Topf ab, wenn es Ihnen recht ist.«

»Ich stelle ihn einfach vor die Tür«, erklärte Monica. Er fühlte sich noch ganz warm an.

Liam nickte und machte sich auf den Rückweg durch den Vorgarten.

Am Gatter angekommen, fasste er sich an die Stirn: »Ich habe ganz vergessen, Ihnen ein frohes neues Jahr zu wünschen. Haben Sie das Feuerwerk gesehen? Haben auch Sie die Dämonen vertrieben?«

Meine Dämonen kann man nicht vertreiben, dachte Monica.

Laut sagte sie: »Ich wünsche Ihnen noch einen guten Tag!« und flüchtete sich ins Haus. Mit einem Anflug von schlechtem Gewissen beobachtete sie, wie Liam in seinen Wagen stieg und davonfuhr.

Gar nicht schlecht gekocht für einen Mann, dachte sie, als sie einige Minuten später von der Suppe probierte.

Plötzlich klopfte es. Monica rannte so schnell wie ihre Hausschuhe es zuließen, und riss sie auf: »Sie haben ja so recht, es war sehr unhöflich von mir, Ihre gute Suppe an mich zu reißen und Sie einfach so …«

Monica stockte. Vor ihr stand nicht Liam, sondern ein junger Mann im Anzug. In der Einfahrt parkte ein Sportwagen mit Dubliner Kennzeichen.

»Wie bitte?«, fragte der Mann sie irritiert.

»Ich dachte, Sie wären jemand anderes«, erklärte Monica knapp, »was wünschen Sie?«

Er reichte Monica eine Visitenkarte.

»Mein Name ist Donald McGee, ich bin Immobilienmakler aus Dublin.«

»Und was verschafft mir die Ehre an Neujahr, Donald? Haben Sie keine reizende Freundin, die Sie ausführen wollen? Keine Kinder zu hüten? Keine Weihnachtsbäume wegzuräumen?«

»Für unsere Kunden suche ich nach älteren Gebäuden. Meine Kunden kaufen und sanieren diese und machen daraus Luxushotels.«

»Schön für Sie und Ihre Kunden. Was habe ich damit zu tun?«

»Nun, ich habe ihr Haus gesehen, es wäre perfekt für einen meiner anspruchsvollsten Kunden. Es hat einen viktorianischen Baustil, viel Grün und, wenn ich mich nicht täusche, sogar einen direkten Zugang zum Strand.«

»Das haben Sie schön zusammengefasst. Aber schade für Ihren anspruchsvollen Kunden, denn das Haus steht nicht zum Verkauf. Noch einen guten Tag!«, sagte Monica und wollte die Tür schließen.

»Warten Sie! Was ist Ihr Preis?«

Monica stellte sich dumm: »Mein Preis wofür?«

Donald rollte mit den Augen. »Für das Haus. Ein jeder von uns hat seinen Preis, er muss nur hoch genug sein.«

»Nicht in meinem Fall. Wie gesagt, das Haus steht nicht zum Verkauf«, wiederholte Monica.

Donald zeigte auf das gusseiserne Schild: »Ach, ich verstehe, Sie betreiben noch das Bed & Breakfast?«

»Nein, schon lange nicht mehr«, antwortete Monica.

»Und Sie leben ganz alleine hier?«

»Das geht Sie nichts an!»

»Muss doch ein Albtraum sein, so viele Zimmer zum Putzen zu haben. Und so, wie Ihr Dach aussieht, müssen Sie es bald austauschen. Ihre Fenster wirken auch nicht gerade neu, und warten Sie erst einmal, bis Sie noch älter sind, irgendwann können Sie vielleicht die Treppen nicht mehr hochlaufen und …«

Monicas Geduld war am Ende

»Mag ja alles sein, aber ich bleibe dabei, das Haus ist

unverkäuflich!«, entgegnete sie und knallte dem Makler die Türe vor der Nase zu.

Sekunden später sah Monica wie ein Zettel durch den Postschlitz ihrer Haustüre durchgeschoben wurde.

»Einfältiger Mistkerl!«, zischte Monica, während sie las welche Summe Donald für ihr Haus anbot.

Einige Augenblicke später hörte sie einen Motor aufheulen und ihre Einfahrt verlassen.

Den jungen Menschen sind nicht einmal die Feiertage heilig. Aber das Angebot ist mehr als anständig, das muss ich ihm lassen. Von dem Geld könnte ich einen schönen Lebensabend irgendwo verbringen, wo die Sonne immer scheint, dachte Monica, während sie Donalds Visitenkarte und sein Angebot im Kamin verbrannte.

»Das bin ich ihnen schuldig«, sagte sie sich immer wieder.

Zwei Tage lang aß sie von Liams Suppe, die umso besser schmeckte, je länger sie stehenblieb.

Als der Topf leer war, spülte sie ihn gründlich. Dann ging Monica in den nächsten Supermarkt.

»Aha! Mehl, Backpulver, Zucker, Salz, Butter, Milch und Rosinen. Na, wenn unsere Einsiedlerin heute nicht Scones backen will?«, stellte Lizzy fest, während Monica ihren Einkauf auf das Band legte.

»Sieht ganz danach aus«, antwortete Monica knapp.

Lizzy scannte die Einkäufe ein: »Und auch noch gute Erdbeer- und Himbeermarmelade! Erwartest du etwa Besuch?«

»Ich glaube, das geht dich nichts an, Lizzy«, wies Monica sie zurecht und zahlte ihren Einkauf.

Am Abend wehte der Duft von Frischgebackenem durch Monicas Haus, während sie die noch warmen Scones und zwei Gläschen mit Marmelade in Liams Topf packte.

Sie stellte den Topf vor ihre Haustüre und ging schlafen.

Als sie am nächsten Morgen nachsah, war der Topf verschwunden, dafür stand eine Schüssel mit frischen Muscheln und ein Strauß Blumen auf dem Vorleger.

»So ist das also«, murmelte Monica und lächelte.

Kapitel 19

Monica

Monica stellte ihre mit Erde, Blumen und einem Spaten beladene Schubkarre ab.

Plötzlich ertönte neben ihr eine Stimme:

»Ein wunderbarer Tag, um die Gräber neu zu bepflanzen, nicht wahr?«, sagte Violet, die einige Meter weiter trockene Blätter von den steinernen Kreuzen entfernte.

Monica hatte sie seit jenem Tag am Strand nicht mehr gesehen.

»Ja, heute ist ein besonders milder St. Patrick's Day«, antwortete Monica. Sie stülpte sich ihre Gärtnerhandschuhe über und fing an, Unkraut zu zupfen.

»Liegt deine Familie dort?«, wollte Violet wissen.

»Ja. Meine Eltern, meine Schwester, mein Mann und … meine Tochter.«

Obwohl Eva schon drei Jahre lang tot war, verpasste es ihr jedes Mal einen Stich, das zu sagen.

Kinder sollten niemals vor ihren Eltern gehen müssen, dachte sie bitter.

Monica fragte sich oft, was das für einen Eindruck auf Außenstehende machen musste, dass sie ihre gesamte Familie überlebt hatte. Aber Violet wirkte unbeeindruckt.

»Das tut mir leid! Ich kümmere mich um das Grab meiner

Großmutter, Milly Smith, sie hat mir das Murphy's vererbt. Zuvor habe ich in Cork gelebt«, erklärte sie.

»Milly Smith war deine Großmutter?«, fragte Monica.

»Ja, kanntest du sie?«

»Nur vom Sehen her. Sie war einige Klassen über mir in der Schule«, erklärte Monica.

»Vielleicht erinnerst du dich auch noch an Anna Smith, meine Großtante, Millys Schwester?«

Monica lief ein kalter Schauer den Rücken hinunter und sie nickte: »Wir waren sowas wie Freundinnen.«

Monica hoffte, Violet werde nicht weiter nachfragen. Mit dem Spaten entfernte sie alte Blumen und grub die Erde um.

Mit einem Lappen reinigte sie die Grabsteine und polierte die eingefassten Buchstaben, die darüber Auskunft gaben, wer hier seine letzte Ruhestätte eingenommen hatte.

Plötzlich stand Violet neben Monica: »Hast du heute Abend schon etwas vor? Wenn nicht, könntest du doch im Pub vorbeischauen! Es gibt Livemusik, grün gefärbtes Bier und sogar ein Pub-Quiz!«

Für einen Moment ließ sich Monica den Gedanken durch den Kopf gehen. Sie konnte sich kaum daran erinnern, wann sie das letzte Mal ausgegangen war, nur des Spaßes willen. Das war irgendwie verlockend. Aber dann dachte sie an Liam und hoffte, er würde am Abend vorbeikommen.

Seit drei Monaten fand sie fast jeden Tag etwas auf ihrem Vorleger, zum Beispiel Blumen, Pralinen oder frisch gefangenen Fisch.

Sie revanchierte sich mit selbst gebackenen Kuchen, Scones und Keksen.

Einmal hatte sie ihm auch eine Nachricht hinterlassen, die sie dann doch wieder entfernte.

In letzter Zeit versuchte sie immer wieder, Liam

abzupassen, um ihn hereinzubitten, doch er kam immer zu verschiedenen Zeiten und gab dabei keinen Ton von sich.

Monica brauchte eine Weile, bis sie sich für eine Antwort entschieden hatte.

»Ich habe leider keine Zeit«, antwortete sie schließlich und setzte neue Blumen in die Erde.

»Ich gebe nichts auf das Gerede der Leute im Dorf«, sagte Violet.

Monica ließ den Spaten fallen: »Was sagen die Leute denn so über mich?«

»Möchtest du das wirklich wissen?« fragte Violet. Sie schien sich unwohl zu fühlen.

»Ja, ich bitte darum. Mir selbst sagt ja niemand etwas ins Gesicht, es wird nur hinter meinem Rücken getuschelt.«

Violet antwortete: »Es wird gemunkelt, dass du für den Tod deiner Schwester verantwortlich bist. Dass deine Eltern vor lauter Kummer einen frühzeitigen Tod gefunden haben, und dass du bestimmt auch etwas mit dem Ableben deines Mannes und deiner Tochter zu tun hast. Mir ist auch zu Ohren gekommen, dass du Unglück bringst und dass man sich von dir fernhalten sollte. Aber ich gebe nichts auf dieses abergläubische Gerede.«

Violets Worte trafen Monica wie ein Schlag, obwohl sie die Gerüchte über sich sehr wohl kannte. Sie aber ausgesprochen zu hören, war sehr schmerzhaft. Trotzdem erwiderte sie: »Das hatte ich erwartet.«

»Und es gibt noch ein anderes Gerücht«, erzählte Violet weiter, »und zwar, dass meine Großtante Anna etwas mit dem Tod deiner Schwester zu tun hatte. Weißt du was die Leute damit meinen könnten?«

»Nein, weiß ich nicht«, log Monica ihr ins Gesicht, »und ich möchte jetzt gerne hier weitermachen und das Gespräch beenden.«

Violet nickte und ging zum Grab ihrer Großmutter zurück. Irgendwann verabschiedete sie sich.

Monica pflanzte alle Blumen ein, packte ihre Sachen zusammen und schob ihre Schubkarre aus dem Friedhof.

Als sie nach Hause kam, stand einen Strauß grün eingefärbter Rosen auf ihrem Vorleger.

An den Blumen war ein kleiner Zettel festgesteckt: »Happy St. Patrick's Day an die schönste Rose Irlands. Liam.«

Monica grinste.

Wenn du mich, eine alte Frau, die das Verfallsdatum überschritten hat, als schönste Rose Irlands bezeichnest, brauchst du eine neue Brille.

Dennoch nahm sie die Rosen an sich und gab ihnen einen Ehrenplatz im Wohnzimmer, am Erkerfenster mit Blick aufs Meer.

Sie überlegte, wie sie sich revanchieren konnte. Schließlich stellte sie einen Kübel mit Eis sowie eine Flasche Guinness vor ihre Haustüre und nahm ihren ganzen Mut zusammen, als sie schrieb: *Happy St. Patrick's Day, Liam. Ich schulde Ihnen noch eine Fischsuppe zu zweit, klingeln Sie doch einfach, wenn Sie das lesen, dann können wir eine Zeit dafür vereinbaren. Monica.*

Mehr als einmal ging Monica mit einer Schere in der Hand vor die Tür, um den Zettel zu entfernen, und kehrte dann doch wieder um. Schließlich lenkte sie sich mit einem Spaziergang am Strand ab.

Während die Möwen kreischend nach Beute suchten und Monica Fußspuren im Sand hinterließ, fischte sie Donald McGees Visitenkarte aus ihrer Jackentasche. Erst letzte Woche war er wieder bei ihr gewesen und hatte ihr ein neues Angebot unterbreitet.

Ein ganz schön hartnäckiger Brocken. Aber vielleicht auch eine Option. Das Haus verkaufen und ganz woanders neu beginnen. Dort den Lebensabend verbringen, ohne Gerüchte, ohne Vorurteile. Außerdem hat der Makler recht, schon bald werden so einige Reparaturen fällig werden. Woher soll ich nur das Geld dafür nehmen?

Doch beim Gedanken an die Gräber ihrer Familie, die dann niemand pflegen würde, zog sich ihr Herz zusammen.

Außerdem ist da noch dieser alte Fischer. Monica musste zugeben, dass sie ihn auf ihre eigene, seltsame Art und Weise, gernhatte.

Als sie zurückkam, stand der Kübel mit dem Guinness noch vor der Tür. Sie ersetzte das Eis, beließ aber alles andere wie gehabt.

Nachdem sie zu Abend gegessen hatte, machte sie es sich auf dem Sofa gemütlich und las *Sturmhöhe*.

Plötzlich klingelte es an der Tür.

Monicas Herz begann hoffnungsvoll zu pochen.

Doch als Monica öffnete, sah sie eine Frau mit zwei großen Reisetaschen vor sich stehen.

»Guten Abend, was kann ich für Sie tun?«, fragte Monica die Frau überrascht.

»Ich bin auf der Suche nach einem Bed & Breakfast und habe beim Vorbeifahren Ihr Schild gesehen«, antwortete sie und zeigte auf das alte Schild, das einst Monicas Großvater montiert hatte.

»Das tut mir leid, das Bed & Breakfast ist schon lange geschlossen. Ich sollte das Schild wirklich abmontieren, es führt Menschen, die nicht von hier sind, in die Irre!« Monica ärgerte sich über sich selbst.

»Oh«, antwortete die Touristin erschrocken und ließ ihre Reisetaschen fallen, »Sie waren meine allerletzte Hoffnung! Es gibt hier in der Gegend wirklich nichts zum Übernachten!«

Monica nickte: »Das ist gut möglich, aber hier gibt es ja auch nichts zu sehen.«

»Machen Sie Witze? Ihr Strand ist wundervoll, außerdem haben Sie hier einen der ältesten Pubs des Landes. Den wollte ich gleich besuchen gehen«, schwärmte die Frau.

»Wenn Sie ins Murphy's gehen können Sie ja dort fragen, ob sie Zimmer vermieten. Ich meine, mich zu erinnern, dass sie ein paar Zimmer für Gäste haben, die nach dem Pubbesuch nicht mehr nach Hause fahren können«, empfahl ihr Monica.

»Ich habe bereits angerufen und die Besitzerin hat gesagt, dass sie die Zimmer gerade renovieren lässt, es sind im Moment nur Baustellen.«

»Verstehe. Nun, ich weiß nicht, was ich sonst für Sie tun kann«, antwortete Monica mit einem Anflug von schlechtem Gewissen.

Die Touristin überlegte kurz und sagte: »Ich möchte nicht unverschämt sein, aber haben Sie nicht einfach ein Sofa, auf dem ich schlafen könnte? Ich würde Ihnen das gut bezahlen. Ich kann einfach nicht im Auto schlafen, es ist zu kalt.«

»Nein, das geht nicht«, entgegnete Monica knapp, »tut mir leid.«

»In Ordnung, noch einen schönen Abend«, sagte die Touristin mit einem traurigen Lächeln und ging zu ihrem Auto zurück.

Monica verschloss die Tür und ging ins warme Wohnzimmer zurück. Währenddessen focht sie einen inneren Kampf aus.

Sie schimpfte laut mit sich selbst.

»Du hast so viele Zimmer zur Verfügung und etwas Geld kannst du gut gebrauchen! Die Frau ist nur wenig älter, als deine eigene Tochter es war, und du schickst sie einfach weg!«

Sie drehte sich um, riss die Tür auf und rief: »Warten Sie, vielleicht findet sich doch eine Lösung!«

Die Frau lächelte sie dankbar an und hievte ihre Taschen wieder aus dem Kofferraum.

Als sie über den Eiskübel stieg, fragte sie vergnügt: »Haben Sie einen Verehrer oder ist das Guinness etwa für einen Kobold?«

»Ein bisschen von beidem, denke ich«, sagte Monica und nahm der Frau eine Reisetasche ab.

Die späte Besucherin sah sich bewundernd um: »Wow, es ist wirklich charmant hier!«

»Ja, charmant, aber alt. Wenn Sie in der Nacht die Fußböden knarren hören, Regen in eines der Zimmer tropft, der Wind durch die Ritzen pfeift und die Heizung mal wieder den Geist aufgegeben hat, wissen Sie, was ich meine.«

Monica führte ihren Gast in das ehemalige Zimmer ihrer Schwester.

»Ich habe dieses Zimmer vor Kurzem geputzt, im Bad sollte auch noch alles funktionieren, ich muss nur das Bett frisch beziehen und ein Feuer im Kamin anzünden, dann ist es hier im Nu mollig warm«, erklärte sie.

»Ich helfe Ihnen selbstverständlich«, sagte die Frau und packte sogleich mit an.

Es tat Monica gut, die weißen Laken, die dem Raum immer so ein gespenstisches Aussehen verliehen hatten, durch geblümte Bettwäsche auszutauschen.

»Es sieht hier richtig gemütlich aus! Schade, dass Sie das Bed & Breakfast nicht mehr führen!«, sagte die Touristin.

Monica nickte nur: »Ich lasse Sie sich fertigmachen, Sie sagten ja, Sie wollen zum Murphy's, ich habe gehört, am St. Patrick's Day soll es dort besonders schön sein.«

»Sie waren noch nie dort?«, fragte die Touristin verwundert.

»Ja, aber es ist eine Ewigkeit her«, antwortete Monica und erinnerte sich an schon längst vergangene Zeiten.

»Ich habe eine Idee. Wieso kommen Sie nicht einfach mit?«

Oh Gott, die schrägen Blicke, die man dir zuwerfen wird. Das Getuschel der Menschen.

Gleichzeitig dachte sie an Violet, die so nett zu ihr gewesen war. Vielleicht war ja auch Liam im Murphy's? Ihr Herz setzte für einen Moment aus. Und *Sturmhöhe* konnte doch eigentlich warten.

»Wissen Sie was, ich ziehe mich auch um und komme mit! Aber zunächst würde ich gerne noch Ihren Namen wissen.«

Die Frau reichte ihr die Hand: »Natürlich, wie dumm von mir! Mein Name ist Giovanna Wagner, ich komme aus der Schweiz und bin seit drei Monaten in Ihrem wunderschönen Land unterwegs.«

Monica ergriff sie: »Freut mich sehr, Monica O'Connor, ich lebe seit 66 Jahren hier und war in meinem Leben sonst nirgendwo.«

Kapitel 20

Giovanna

»Ist es weit bis zum Murphy's Pub?«, wollte Giovanna wissen, als sie neben Monica einherging.

Ihr schlohweißes Haar ließ sie etwas älter wirken, als sie wahrscheinlich tatsächlich war. Sie hatte runde Wangen und eine gerade Nase. Ihre Haut war noch immer glatt, keine einzige Falte zeichnete sich ab. Sie musste in ihrer Jugend eine Schönheit gewesen sein.

»Nein, nur ein kurzer Spaziergang durch das Dorf. Erzählen Sie mir ein wenig über sich«, antwortete Monica.

»Nun, ich bin Opfer der Midlife-Crisis meines Mannes, also habe ich meine Sachen gepackt und habe mich auf den Weg gemacht.«

»Wow, vermutlich haben Sie mehr von der Grünen Insel gesehen als ich, und ich bin immerhin Irin!«

»Was noch nicht ist, kann ja noch werden, Sie sind ja noch so jung!«

»Von wegen! Ich fühle mich manchmal wie hundert«, stellte Monica fest. Sie schien es nicht als Scherz zu meinen.

»Ist Ihr Haus schon lange kein Bed & Breakfast mehr?«

»Schon sehr lange nicht mehr. Es gehörte einst meinen Großeltern, dann meinen Eltern. Nach ihrem Tod habe ich es nicht mehr weitergeführt.«

»Verstehe. Und haben Sie Familie?«

»Nein, es sind alle tot, nur ich bin noch übriggeblieben.«

Giovanna hätte sich für ihre Unverfrorenheit schlagen können: »Es tut mir leid, das zu hören. Niemand sollte alleine leben müssen.«

»Da sind wir!«, rief Monica im offensichtlichen Versuch, dem Thema auszuweichen, und zeigte auf ein altes Gebäude. Menschen jeglichen Alters standen draußen und tranken grün eingefärbtes Bier. Livemusik drang vom Inneren auf die Straße.

Giovanna mochte das niedrig gebaute Haus auf Anhieb: »Wow, sieht das schnuckelig aus!«

»Sie sagen es. Es dürfte noch älter sein als mein Haus! Wahrscheinlich steht es schon seit der Sintflut dort.«

Giovanna fühlte, dass hinter der etwas abweisenden Fassade von Monica ein liebenswerter und humorvoller Mensch steckte.

»Monica, bevor wir hineingehen – wollen wir uns nicht einfach duzen?«

»Du bist mein erster Gast seit Ewigkeiten – aber natürlich!«

Giovannas Augen brauchten einen Augenblick, um sich an die Dunkelheit im Pub zu gewöhnen. Reginald hatte so recht gehabt! Die antike Bar, die Holzvertäfelungen an der Wand, die alten Reklameschilder aus Blech und mehrere gusseiserne Kamine verliehen dem Pub eine besonders gemütliche Atmosphäre. Auf ihren Reisen hatte sie viele Pubs gesehen, doch dieses hier war wirklich etwas Besonderes.

Giovanna fiel auf, dass sich Monica immer wieder unbehaglich umsah, so als würde sie von ihren Mitmenschen nichts Gutes erwarten.

Plötzlich kam eine als Kobold verkleidete Barkeeperin auf die Frauen zu.

Sie schien es nicht fassen zu können: »Monica? Bist du das wirklich?«

Sie schlang ihre Arme um Giovannas Begleiterin.

Monica schien das nicht ganz geheuer zu sein, sie sagte nur knapp: »Ja, ich bin es wirklich. Kein Grund, mich zu erdrücken, ich ersticke fast!«

Die Koboldin wandte sich an Giovanna: »Hi, ich bin Violet. Wer sind Sie und was haben Sie mit unserer Monica gemacht?«

»Nichts«, antwortete Giovanna etwas perplex, »ich habe sie lediglich gefragt, ob sie mich begleitet.«

»Es geschehen noch Zeichen und Wunder! Kommt, ich habe einen Platz an der Theke frei. Eure Getränke heute Abend gehen alle aufs Haus!«

Violet platzierte die Frauen direkt am Tresen, nahm ihre Getränkebestellungen auf und verschwand gleich wieder in der Menge.

Giovanna sah einige Menschen Monica anstarren und hinter vorgehaltener Hand tuscheln.

Sie glaubte, jemanden sagen zu hören: »Die Hexe hat heute wohl Ausgang.«

Das musste doch wohl ein Irrtum sein! Sie sagte zu Monica: »Diese Violet scheint dich ja richtig zu mögen.«

»Ja, sie ist manchmal so etwas wie eine Lebensretterin für mich«, erklärte Monica.

Kurze Zeit darauf kamen die Getränke und die Frauen stießen an:

»Auf St. Patrick, der alle Schlangen aus Irland verbannt hat!«

»Sláinte!«

Giovanna und Monica unterhielten sich und genossen die Livemusik, als sich plötzlich ein älterer Herr näherte.

Monicas Gesicht schien sich zu erhellen, gleichzeitig rutschte sie nervös auf ihrem Barhocker hin und her.

»Miss Monica! Sie hier? Haben Sie sich endlich aus Ihrem Schneckenhaus gewagt?«

Monica starrte zu Boden und murmelte: »Sieht ganz danach aus.«

»Kein Grund, verlegen zu sein, ich freue mich, dass Sie hier sind«, sagte der ältere Mann. Giovanna konnte sehen, wie er Monica anstrahlte.

»Hi, ich bin Giovanna. Ich bin aus der Schweiz hierher ausgewandert. Angenehm«, stellte sie sich vor, um Monica aus der scheinbar unangenehmen Situation zu retten.

Der Mann nahm seine Mütze vom Kopf und verbeugte sich: »Die Freude ist ganz meinerseits, ich bin Liam. Ich bin ein Fischer aus dem Nebendorf. Miss Monica und ich sind sowas wie Freunde.«

»Liam, kein *Miss Monica* mehr. Nenn mich bitte beim Namen. Einfach nur Monica«, bat Giovannas Gastgeberin.

Die beiden würden ein hinreißendes Paar abgeben.

Liam hielt Monica die Hand hin, und sie ergriff sie: »In Ordnung, einfach-nur-Monica. Dein Wunsch sei mir Befehl! Was ich noch sagen wollte, vielen Dank für das kühle Guinness und die Einladung, die nehme ich selbstverständlich an. Schon eine Idee, welche Fische du gerne in der Suppe hättest?«

Monica lächelte und schien sich wohl zu fühlen, Zeichen genug für Giovanna.

»Ganz schön stickig hier. Ich gehe einen Moment an die frische Luft. Liam, setz dich doch auf meinen Stuhl und leiste Monica Gesellschaft.«

Er ließ sich dies nicht zweimal sagen, sofort vertieften er und Monica sich ins Gespräch.

Beim Hinausgehen ertönte neben Giovanna plötzlich eine Stimme: »Na, Giovanna, sind wir wieder einmal auf der Flucht?«

Sie hatte ihn sofort erkannt. Ein Gefühlscocktail aus

Freude, schlechtem Gewissen und Verwunderung ergriff von ihr Besitz: »Shane? Wie hast du mich gefunden?«

Shane lächelte: »Komm, lass uns nach draußen gehen und ich erkläre dir das in Ruhe.«

Als sie vor dem Pub standen erzählte Shane weiter: »Es war schon einiges an Detektivarbeit dafür nötig. Ich habe bei Jackie und ihrer Freundinnen-Chaostruppe angefangen. Dabei bin ich auf Erin gestoßen, die mich an ihren Großonkel Reginald weitergeleitet hat. Der gab mir eine Liste aller Orte, die er dir an Erins Hochzeit vorgeschlagen hat.«

Giovanna kramte etwas aus ihrer Hosentasche: »Du redest von dieser ellenlangen Liste?«

Shane nickte. Es verschlug Giovanna fast die Sprache.

»Bedeutet das etwa, dass du mir hinterhergereist bist?«

»Teilweise schon, wenn die Zeit es erlaubt hat. Ich habe dich bis gerade eben zwar nicht gefunden, dafür habe ich Ecken Irlands entdeckt, die mir zuvor verborgen waren, dafür danke ich dir.«

Einfach unglaublich, dass irgendjemand das für mich tut!

»Wow, ich gebe zu, ich bin schwer beeindruckt. Du hast all diese Strapazen auf dich genommen, nur um mich zu finden?«

Der Mann muss ein wahnsinniger Stalker sein.

Shane räusperte sich: »Ich hoffe, du denkst jetzt nicht von mir, dass ich von dir besessen und ein Stalker bin.«

»Bist du nicht?«, scherzte Giovanna.

»Seit unserem Treffen habe ich dich einfach nicht mehr aus meinem Kopf bekommen, und ich gebe zu, du hast meinen männlichen Stolz ein wenig verletzt, als du einfach weggegangen bist, ohne ein Wort der Erklärung.«

»Es tut mir leid, das war nicht gerade die feine englische Art. Aber erst während des Konzerts habe ich gemerkt, wie aufgewühlt und verletzt ich war. Ich musste für mich sein, und zwar sofort.«

»Das verstehe ich. Ich bin ein Idiot gewesen und hätte von selbst verstehen müssen, dass es noch viel zu früh für ein Date war. Wie geht es dir jetzt?«

»Mir geht es viel besser. Das Reisen hat auf meine zerschundene Seele wie Medizin gewirkt. Der Abstand von zu Hause, von meinem Ex-Mann, die Ablenkung war genau das, was ich brauchte, um wieder etwas mit mir anfangen zu können.«

»Was hast du als Nächstes vor?«, wollte Shane wissen.

»Ich bleibe ein paar Tage hier und dann mal sehen. Ich habe die Insel größtenteils bereist und möchte mich langsam nach einem Job umsehen. Vielleicht in einer Sprachschule?«

»Das klingt gut. Wo hat es dir am besten gefallen?«

»Ich fand es überall umwerfend. Ihr Iren seid so privilegiert! Ich könnte dir tagelang von meinen Erlebnissen und Eindrücken erzählen.«

»Wieso tust du es nicht? Du weißt ja, du schuldest mir noch ein Date.«

Giovanna stieg die Wärme ins Gesicht. Sie sah kurz durch ein Fenster nach Monica, die sich noch immer angeregt mit Liam unterhielt, dann sagte sie: »Darf ich meine Schuld sofort, hier und jetzt begleichen? Ich gebe meiner Vermieterin nur kurz Bescheid und hole mir bei ihr den Schlüssel ab, dann sind wir unabhängig voneinander.«

»Nichts lieber als das«, antwortete Shane, »aber lass uns an den Strand gehen, hier ist es so laut. Man kann sich nicht vernünftig unterhalten.«

Einige Minuten später folgte Giovanna Shane über eine Düne. Der weiche Sand gab unter ihren Füßen nach. Der Mond, die Sterne und ihre Spiegelungen im Wasser waren die einzigen Lichtquellen in der Nacht, während die Brandung ihr immerwährendes Lied sang.

»Es ist herrlich hier, wenn auch ein wenig frisch«, stellte Giovanna fest.

»Schau mal, in dem Unterstand gibt es etwas trockenes Holz, dann können wir uns ein kleines Lagerfeuer machen, das wird uns wärmen«, schlug Shane vor.

Einige Zeit später tänzelten die Flammen in bizarren Formationen über das Holz.

»Ist es jetzt angenehmer für dich?«, wollte Shane wissen.

»Ja, danke. Wärme, die vom Feuer kommt, ist für mich immer am schönsten.«

»Das Feuer ist wie die Liebe. Es kann wunderschön sein, aber es kann dich auch zerstören«, sagte Shane nachdenklich.

Er ist ein echter Poet, das muss ich ihm lassen.

»Was macht man heutzutage eigentlich bei einem Date?«, versuchte Giovanna, Shane abzulenken, »um ehrlich zu sein, bin ich ganz schön aus der Übung.«

Shane lächelte, während die Flammen sein Gesicht in orangefarbenes Licht tauchten: »Da geht es mir genauso wie dir. Als ich vor zehn Jahren vor dem Altar stand, mit Ring am Finger und schickem Anzug, dachte ich nur, *Gott sei Dank, jetzt muss ich nie wieder eine Frau mit unpassenden Sprüchen anbaggern.* Tja, das Leben ist wohl immer für eine Überraschung gut.«

»Dem kann ich nur beipflichten. Auf mich machst du aber nicht den Eindruck, als hättest du Schwierigkeiten damit, fremde Frauen anzusprechen. Immerhin bist du mir hinterhergereist! Wobei ich immer noch nicht verstehe, wieso du das getan hast.«

»Weil ich glaube, dass du es wert bist.«

Giovannas Herz machte einen Sprung.

»Lerne mich doch erst kennen, nicht, dass du dann enttäuscht bist«, versuchte sie einen lockeren Spruch, »außerdem hast du meine Frage immer noch nicht beantwortet. Also, was macht man heutzutage bei einem Date?«

»Eigentlich ist es ganz einfach. Du erzählst dir von mir, ich höre dir zu. Ich erzähle von mir, du hörst mir zu. Und wenn wir uns mögen, dann sehen wir uns wieder und führen weitere Gespräche, bis vielleicht keine Worte mehr nötig sind.«

Giovanna lächelte. Das hörte sich gut an. Sie redeten, bis die ersten Vögel den Tag begrüßten und der Himmel seinen schwarzen Mantel gegen einen blauen tauschte.

Kapitel 21

Monica

»Ich glaube, da zupft etwas an meiner Angel!«, rief Monica aufgeregt.

Etwas bewegte sich an ihrem Haken, da war sich sicher.

»Lass mal sehen«, sagte Liam und spannte seine Angelroute in eine Halterung.

Er legte seine Hände über ihre und hob die Angel leicht an. Monica atmete seinen Geruch ein, er roch nach Salz und frischer Luft.

Wieder bewegte sich die Angelspitze deutlich nach unten.

»Tatsächlich! Monica, du hast einen Fisch an deiner Angel!«

»Und was mache ich jetzt?«

»Kurble, was das Zeug hält!«

Als Liam seine Hände fortnahm, bedauerte Monica den Verlust seiner Wärme, doch sie tat wie geheißen und kurze Zeit später zappelte tatsächlich ein Fisch an ihrem Haken.

Liam lachte und rieb sich dabei die Hände: »Im Pub sagtest du noch, dass du dies dein erster Angelausflug sein wird. Also, dafür hast du ein außerordentlich gutes Händchen, denn dein Fang ist ein Dorsch, einer der besten Speisefische überhaupt!«

Monica tat der Fisch, der wie verrückt am Haken zappelte, leid.

»Können wir den Fisch nicht freilassen? Ich weiß, dass er ausgezeichnet schmeckt, aber irgendwie … irgendwie …«, druckste Monica herum.

»Du hast ein schlechtes Gewissen, weil er sterben muss?«

Monica nickte: »Ich weiß, es ist auch nichts anderes, als Fisch im Supermarkt zu kaufen, aber irgendwie fühle ich mich schlecht bei dem Gedanken daran ihn jetzt noch lebendig zu sehen.«

Liam warf einen Blick in seine Kühlbox: »Ach, weißt du, Monica, eigentlich haben wir heute mehr als genug Fisch gefangen.«

Prompt befreite er den Fisch vom Angelhaken und entließ ihn wieder in die Freiheit. Wenige Flossenschläge genügten und er war in den Fluten verschwunden.

»Heute ist dein Glückstag«, rief Liam dem Dorsch hinterher, »sieh zu, dass du viele Nachkommen zeugst, dann haben wir auch noch etwas davon.«

»Danke, dass du das getan hast«, sagte Monica.

»Nichts zu danken. Möchtest du noch etwas Tee?«

»Ja, gerne. Es ist mir ziemlich kalt.«

»Ist gut, wir fahren bald nach Hause.«

Monica wurde warm ums Herz und das kam nicht vom Heißgetränk, das Liam ihr in die Hand gedrückt hatte.

Während Liam den Hafen ansteuerte, beobachtete Monica die aufgehende Sonne.

Endlich kann ich mich bei Liam revangieren!

»Wir müssen leise sein, bestimmt schläft Giovanna schon«, sagte sie, während sie ihre Haustür aufschloss.

Wie seltsam, ein anderer Mensch ist in meinem Haus und ein anderer Mensch kommt gleich mit hinein. Mein Leben scheint an einem Scheideweg zu sein!

»In Ordnung. Ich nehme den Fisch aus und putze ihn, kümmerst du dich um die Gemüsebeilagen, die du in der Suppe haben willst? Wenn wir sie jetzt sofort kochen und dann durchziehen lassen, haben wir zu Mittag eine Suppe, die nicht von dieser Welt ist«, schlug Liam vor, während er seine Gummistiefel auszog.

»Das kann man wohl gerechte Arbeitsteilung nennen, was?«

»Selbstverständlich! So ist es auch schon immer mit Margaret gewesen.«

»Mit Margaret, deinem Boot?«

»Nein. Mit Margaret, meiner verstorbenen Frau.«

Monica horchte auf: »Ich wusste gar nicht, dass du Witwer bist.«

»Es gibt so viel mehr, was ich noch nicht über dich weiß. Vielleicht erzählst du es mir eines Tages«, flüsterte Liam und steckte Monica eine vom Pferdeschwanz losgelöste Strähne hinter ihrem Ohr fest. Seine Augen waren so blau und unergründlich wie das Meer selbst.

Monicas Gesicht fühlte sich plötzlich ganz warm an und ihr Herz schien einen Takt zu schnell zu schlagen.

Geschieht das wirklich? Wann habe ich das letzte Mal so empfunden?

Liam hielt plötzlich inne: »Hörst du das?«

»Tatsächlich, da unterhält sich jemand in der Küche«, bestätigte ihm Monica.

»Ich dachte, du hättest nur die Frau als Gast?«

»Das dachte ich allerdings auch.«

Als Monica die Tür zur Küche öffnete, sah sie Giovanna mit einem Mann an ihrem Tisch. Beide tranken Tee und unterhielten sich angeregt.

»Einen wunderschönen guten Morgen! Wer ist denn dieser nette Herr?«, fragte Monica.

Giovanna verschluckte sich, während ihre Begleitung

sofort aufsprang und sich vorstellte: »Hallo, ich bin Shane. Es tut mir leid, dass ich als Fremdling in Ihr Haus eingedrungen bin.«

»Er ist der gute Freund aus Dublin, den ich zufällig im Murphy's getroffen habe. Wir haben uns die ganze Nacht am Strand unterhalten, doch jetzt wurde uns langsam kalt und Shane wollte sich nur kurz aufwärmen, bevor er sich sein Auto schlafen legt.«

Monica verstand die Welt nicht mehr: »Warum in aller Welt sollte er in seinem Wagen schlafen?«

»Weil es hier in der Umgebung absolut keine Schlafmöglichkeiten gibt.«

Monica war von sich selbst überrascht, als sie sagte: »Im Auto schlafen, das kommt gar nicht infrage. Ich habe doch mehr als genug Zimmer in diesem Haus.«

»Aber ich dachte, dein Pensionsbetrieb ist geschlossen?«, warf Giovanna ein.

»Ist er auch. Aber jetzt, wo ihr beide schon da und wach seid, könnt ihr euch nützlich machen«, sagte Monica und zeigte auf den Fang.

Shane krempelte sich die Ärmel hoch: »Wunderbar, wo finde ich Filetiermesser und ein Schneidebrett? Dann mache ich mich sofort an die Arbeit!«

»Und ich mache gerne die Drecksarbeit, wie Zwiebeln zu schälen«, verkündete Giovanna und band sich eine Schürze um, die über einer Stuhllehne hing.

Während sie fröhlich schwatzend und lachend alle zusammenarbeiteten, wurde Monica von einer Erinnerung ergriffen. Plötzlich sah sie sich selbst wieder, wie sie an einem Nachmittag vor vielen Jahren in Schuluniform nach Hause zurückkehrte.

Ihr Vater, ihre Mutter und ihre Schwester bereiteten gerade das Mittagessen für die Pensionsgäste, eine Familie aus Schottland, vor.

»Gut, dass du endlich da bist, Monica«, sagte ihre Mutter, *»nachdem du dir die Hände gewaschen hast, kannst du gleich den Salat putzen und schneiden.«*

Monica tat, worum ihre Mutter sie gebeten hatte und machte sich sofort an die Arbeit.

Helen band ihr eine Schürze um. Ihre Augen leuchteten, als sie Monica berichtete: »Stell dir vor, Schwesterherz, wir werden bald einen ganz besonderen Gast bekommen! Tom Hatfield hat sich für mehrere Monate in unsere Pension eingemietet. Kannst du dir das vorstellen? Ein solch brillanter Mensch wird auf unseren Kissen nächtigen! Von unseren Tellern speisen! Von unseren Gläsern trinken!«

»Jetzt hör doch mit der Schwärmerei auf und achte lieber darauf, dass das Essen nicht anbrennt!«, ermahnte sie Vater barsch.

Monica ignorierte ihn: »Helen, du meinst doch nicht etwa den Tom Hatfield aus New York, der Neuschnee des Lebens geschrieben hat?«

»Doch! Genau den meine ich!«

»Oh Gott, ich habe diesen Roman regelrecht verschlungen!« Vor Aufregung schnitt sich Monica fast in den Finger.

»Was will er eigentlich in unserem langweiligen Kuhdorf?«, fragte Helen, die Gartenkräuter fein hackte.

»Wie redest du denn über unsere Heimat? Wie es scheint, hat unser Ehrengast irische Wurzeln. Sein nächster Roman soll in Irland spielen, deswegen hat er sich hier eingemietet, zur Recherche«, erklärte Mutter.

»Fantastisch! Vielleicht benennt er ja eine Figur nach mir!«, träumte Monica.

»Ach. Und wie soll diese Figur dann heißen? Pummelchen?«, warf Vater ein, während er die Soße umrührte. Warum brannten Monicas Augen plötzlich so sehr? Helen warf ihr einen versöhnlichen Blick zu: »Vater meint das nicht so«, schien sie ihr damit zu sagen.

Vater öffnete den Ofen und setzte den Braten geräuschvoll

auf dem Tisch ab: »Wie dem auch sei, Herr Hatfield ist ein zahlender Gast, ihr habt ihn alle natürlich respektvoll zu behandeln. Aber hört mit euren Tagträumereien auf. Was sagt unser Priester jeden Sonntag? Ora et labora. Konzentriert euch lieber auf die Arbeit, die Schule und das Wort Gottes. Wenn junge Mädchen von Männern oder Büchern schwärmen, kommt selten etwas Gutes dabei heraus.«

»Ja, Vater«, sangen Monica und Helen im Chor.

»Ich bringe den Braten in den Speisesaal. Wo bleibt der Salat?«, fragte Vater.

»Schon unterwegs.«

»Dann los.«

»Die Kartoffeln sind auch fertig«, sagte Mutter und begleitete Vater aus der Küche.

»Vielleicht ist er so nett und signiert dir seinen Roman«, flüsterte Helen.

»Das wäre schön! Ich kann mir die Widmung schon vorstellen: Für Monica«.

»Monica! Wo bleibt der Salat?«, zischte es aus dem Speisesaal.

»Ich komme sofort, Vater!«

Ein lautes Scheppern holte Monica in die Gegenwart zurück.

»Es tut mir leid, ich Tollpatsch habe den Topfdeckel fallen lassen!«, entschuldigte sich Liam. »Monica, geht es dir gut? Du siehst so blass aus? So, als hättest du einen Geist gesehen.«

Mehr als nur einen Geist!

»Mir geht es gut«, antwortete Monica, »ich bin es nur nicht gewohnt, mir die Nacht erst in einem Pub und dann angelnd um die Ohren zu schlagen. Ich werde mich zurückziehen und etwas schlafen. Habt ihr etwas dagegen, die Suppe ohne mich fertig zu machen? Wenn ihr euch auch ausruhen wollt, könnt ihr gerne mein Sofa benutzen.«

»Ist gut, Monica. Lege dich etwas schlafen, wir kümmern uns um alles und kommen zurecht«, versicherte ihr Giovanna.

Monica nickte, ging nach oben und legte sich ins Bett.

Sobald Monica eingeschlafen war, träumte sie wieder von Helen.

Im blutigen Nachthemd wiederholte sie Vaters Worte: »Wenn junge Mädchen von Männern oder Büchern schwärmen, kommt selten etwas Gutes dabei heraus, nicht wahr, Schwesterherz?«

Kapitel 22

Giovanna

»Wenn ich noch einen Bissen esse, platze ich!«, stöhnte Giovanna, »das letzte Mal, als ich so einen dicken Bauch hatte, war ich mit meiner Tochter schwanger!«

Liam lachte: »Hatte ich es euch nicht gesagt? War dies oder war dies nicht die beste Fischsuppe eures Lebens?«

»Wenn ich für mich sprechen darf: Sie war es!«, antwortete Shane.

»Ich habe die Suppe zum zweiten Mal gegessen, für mich ist sie quasi nichts Besonderes mehr«, sagte Monica grinsend und wischte ihren Teller mit Brot aus.

»Apropos Besonderes, ich finde, dieses Haus ist es wirklich. Besonders, meine ich. Schade, dass die Pension geschlossen ist! Die Touristen würden dir die Bude einrennen, Monica!«, sagte Shane.

»Wieso wurde sie überhaupt geschlossen?«, wollte Liam wissen.

»Das hat … familiäre Gründe. Ich bevorzuge es, nicht darüber zu reden«, antwortete Monica.

Sie wischte einige Krümel von der Tischplatte und blickte zu Boden.

»Hast du dir je überlegt, sie wieder zu öffnen?«, fragte Giovanna.

»Überlegt habe ich es mir schon«, sagte Monica. »Doch mir fehlen da die finanziellen Mittel zur Renovierung und in meinem Alter, ehrlich gesagt, auch ein wenig die Kraft. Außerdem habe ich niemanden mehr, dem ich das alles hinterlassen könnte, wozu dann die ganze Arbeit?«

Giovanna hatte eine Idee und sie wollte sie am liebsten sofort loswerden:

»Vielleicht …«

Ein Klingeln unterbrach sie.

»Ich mach schnell auf«, sagte Monica und verschwand aus der Küche.

Einige Minuten später kam sie zurück und nahm sich mit zitternden Händen ein Glas Wasser.

»Verdammte Makler, werden es wohl nie verstehen«, brummte sie vor sich hin und schüttelte den Kopf.

»Monica, was ist los?«, fragte Liam und strich ihr über den Rücken.

»Es war ein Kerl aus der Hauptstadt, er war mittlerweile schon dreimal da und hat mir ein Angebot für mein Haus gemacht. Sein Investor hat sich wohl total auf mein Haus eingeschossen, er will unbedingt eines dieser Boutique Hotels für die gut Betuchten daraus machen. Er hat mir Pläne gezeigt, wie das Haus aussehen könnte und er hat sein Angebot noch weiter erhöht. Als ob es um Geld gehen würde! Dies ist mein Zuhause, ich habe schon immer hier gelebt! Es gibt Dinge, die kann man mit keinem Geld der Welt kaufen und der Ort, den man sein Zuhause nennen kann, gehört dazu! Wenn ich nur wüsste, wie ich diese lästigen Makler ein für alle Mal loswerden könnte!«

»Indem wir ihnen zuvorkommen!«, trumpfte Giovanna auf.

»Wie meinst du das?«, fragte Monica.

»Ich weiß, wir kennen uns kaum und mein Vorschlag kommt vielleicht wie eine Schnapsidee rüber. Aber ich sehe es so, ich brauche bald eine Beschäftigung, ein Projekt, an dem ich arbeiten kann. Du brauchst Geld und Unterstützung, um dieses Haus zu renovieren und wieder auf Vordermann zu bringen. Ich glaube, wir könnten uns perfekt ergänzen! Wenn du diese Pension wieder selbst betreibst, wird dich schon bald kein Makler mehr nerven, dass du ihm das Haus verkaufen sollst.«

»Aber woher willst du das Geld für die Renovierung nehmen?«

»Mein Mann hat mich ausbezahlt. Geld ist zum Glück kein Problem«, erklärte Giovanna.

Monica schüttelte den Kopf: »Ich kann dein Geld nicht annehmen! Ich werde wahrscheinlich nicht fähig sein, es dir zurückzuzahlen!«

»Das macht nichts, stell mich einfach ein, sobald das *Haus aus Perlmutt* wieder betrieben wird.«

Je mehr Giovanna über ihr eigenes Angebot nachdachte, desto mehr hatte sie Lust darauf.

»Ich könnte dir handwerklich zur Seite stehen, wenn du dafür den Fisch von mir beziehst, den du für die Pension benötigst. Ich könnte den Touristen Angeltrips anbieten«, schlug Liam vor.

»Ich könnte in Dublin Werbung für die Pension machen, ich bin dort bekannt wie ein bunter Hund«, ergänzte Shane.

»Danke«, flüsterte Monica mit glänzenden Augen, »euer Hilfsangebot ist einfach überwältigend! Aber ich kann das nicht annehmen, auf gar keinen Fall. Es ist einfach zu viel, was ich von euch verlangen müsste.«

»Wenn ich einen Vorschlag machen darf«, mischte sich Liam ein, »lasst uns doch Handwerker kommen lassen und Kostenvoranschläge machen. Anschließend können wir immer noch entscheiden, ob die Renovierung der Pension eine Schnapsidee ist oder nicht.«

Alle Blicke richteten sich auf Monica, die still blieb. Sie

presste ihre Lippen aufeinander, als würde sie etwas sagen wollen, gleichzeitig sah sie sich in ihrer Küche um, als wägte sie ab wie sie nach einer Renovierung aussehen könnte.

»Monica?«, sprach sie Liam an.

»Nein, nein, nein. Das geht einfach nicht! Das kann ich nicht von euch verlangen!«

»Wir wissen doch noch gar nicht wie teuer die Renovierung wird. Ein Kostenvoranschlag ist doch unverbindlich und gratis«, ermutigte sie Shane.

Es vergingen weitere Minuten, in dem es schien, als ob Monica einen inneren Kampf mit sich selbst ausfocht.

Plötzlich brach sie das Schweigen: »Ich habe noch alte Pläne von dem Haus. Wir könnten Zimmer für Zimmer durchgehen und aufschreiben, was unbedingt erneuert werden müsste.«

Ein erster Schritt in die richtige Richtung, dachte Giovanna.

»Vielleicht kann uns Violet die Handwerker, die sie gerade im Einsatz hat, für den Kostenvoranschlag vorbeischicken?«, schlug Giovanna vor.

Monica sah immer noch etwas skeptisch aus, aber nach einer Weile willigte sie ein.

»Okay, ich rufe sie an und kläre das mit ihr«, versprach Liam und verschwand im Nebenzimmer.

Ein paar Minuten später war er wieder zurück: »In ein paar Stunden kommen die Handwerker vorbei und schauen sich das Haus an.«

Teller, Besteck und Gläser mussten den Hausplänen, Blöcken und Stiften weichen.

Monica war nachdenklich.

»Die Pension meiner Eltern lief gut, weil sie den Reisenden ein Dach über dem Kopf und Essen bot, mehr wollten die Menschen nicht. Aber die Gäste von heute, haben mit den Gästen von damals nur noch wenig gemeinsam. Ich möchte den historischen Charakter des Gebäudes beibehalten, das würde sich meine Familie wünschen. Jedoch soll es auch modern sein und jeglichen Komfort bieten. Jeden Tag sprießen Bed & Breakfasts in Irland wie die Pilze aus dem Boden, also müssen wir wirklich etwas Besonderes bieten, um wirtschaftlich zu sein und genügend Menschen anzuziehen«, erklärte sie.

Nach einem Rundgang durch das Haus platzte Giovannas Kopf vor lauter Ideen.

Monica, Liam und Shane brachten auch so viel Inspiration zu Papier, dass nur wenige Stunden nach dem ungebetenen Besuch des Maklers ein ganzes Konzept für das neue *Haus aus Perlmutt* auf die Beine gestellt war.

Der rege Arbeitsfluss wurde nur vom Klingeln an der Tür unterbrochen.

»Ich bin Alfie, ich bin der Installateur im Team. Das ist Kenneth, er ist unser erfahrenster Maurer. Dann hätten wir noch Josephine, Malerin und zu guter Letzt Daniel, unseren Alleskönner.«

»Hier entlang, bitte«, sagte Monica und führte die Handwerker in die oberen Stockwerke.

»Liam, Shane, Giovanna. Kommt ihr bitte mit?«

Das ließen sie sich nicht zweimal sagen.

Nach dem Rundgang hörten sich die Handwerker sämtliche Wünsche und Vorschläge an.

»In ein paar Tagen schicken wir gerne den Kostenvoranschlag«, sagte Kenneth bevor sich alle mit einem Handschlag voneinander verabschiedeten. Es war bereits dunkel.

»Puh, das war ganz schön viel Arbeit«, sagte Monica, »aber es hat Spaß gemacht.«

»Du warst ja auch mit vollem Eifer dabei!«, pflichtete Giovanna bei.

Monicas Augen leuchteten: »Ich muss zugeben, jetzt da

so viele Ideen auf Papier gebracht wurden, bin ich neugierig wie das Haus aussehen könnte.«

»Du musst nur die Hilfe annehmen, die man dir anbietet«, erklärte Liam.

»Leichter gesagt, als getan«, antwortete Monica nachdenklich.

Giovannas Bauchgefühl meldete sich. *Sie scheint etwas zu verbergen.*

»Monica, dürfte ich deine Gastfreundschaft noch eine Nacht in Anspruch nehmen?«, fragte Shane.

»Ich muss dich auch darum bitten«, sagte Giovanna.

»Natürlich. Giovanna hat ja schon ihr Zimmer, und dir, Shane, kann ich auch noch eins fertig machen«, antwortete Monica, »Und was ist mir dir, Liam?«

Schwang da Hoffnung auf mehr in ihrer Stimme mit?

Er schmunzelte: »Ich fahre nach Hause. Ich muss heute Nacht wieder angeln fahren, ein Restaurant hat eine Bestellung bei mir aufgegeben. Ich wohne ja auch gleich im Nebendorf. Obwohl die Verlockung schon groß wäre, hier bei dir zu bleiben, statt mich wieder mit glitschigen Tieren abzugeben.«

Ich glaube Liam ist verrückt nach ihr!

»In Ordnung«, sagte Monica und wirkte ein wenig enttäuscht.

Giovanna freute sich. *Offensichtlich mag sie ihn auch sehr!*

»Kommst du die Tage vorbei? Spätestens, wenn der Kostenvoranschlag ankommt, benötige ich deine Meinung.«

Liam nickte und verabschiedete sich.

»Hast du noch Lust auf einen kleinen Spaziergang am Strand?«, fragte Shane Giovanna.

Ihr Herz machte einen kleinen Satz.

»Wenn Monica uns nicht braucht?«

»Ach was, ihr habt mir heute alle so sehr geholfen.

Vielleicht wird das *Haus aus Perlmutt* tatsächlich wieder zum Leben erwachen, ich kann es kaum fassen.«

Monica wirkte sehr aufgewühlt: »Das verdanke ich allein euch. Ich bin so fertig, wenn ihr zurückkommt, werde ich wahrscheinlich schon schlafen. Shane, ich mache dir das Zimmer über meinem Schlafzimmer zurecht, ich fürchte, die anderen Zimmer sind im Moment nur Rumpelkammern.«

»Vielen Dank, Monica, mach dir bitte nicht zu viel Arbeit«, sagte Shane, »zur Not schlafe ich auch im Abstellraum! Dann sehen wir uns morgen.« Er hielt Giovanna seinen Arm hin, sodass sie sich unterhaken konnte.

Der Strand war verlassen. Nur das Geräusch der Wellen unterbrach die Stille. Sofort fühlte Giovanna die Entspannung, die nur das Meer ihr geben konnte.

»Wie lange wirst du noch hierbleiben?«, fragte sie.

»Ich muss morgen nach dem Frühstück gleich wieder nach Dublin.«

»Stehen viele Konzerte an?»

»Ja, jede Menge. Es kommt ein Gig nach dem anderen. Bleibst du hier?«

»Wenn Monica mich weiterhin beherbergt, bleibe ich hier.«

»Denkst du, dass sie die Hilfe annehmen wird?«

»Schwer zu sagen, ich kenne sie kaum. Ich hoffe es, denn ich habe ehrlich gesagt richtig Lust auf dieses Projekt.«

»Und ich habe ehrlich gesagt richtig Lust darauf, dich bald wiederzusehen«, sagte Shane.

Giovanna lächelte: »Das beruht auf Gegenseitigkeit.«

Sie verabschiedeten sich an ihrer Schlafzimmertür und Giovanna fiel erschöpft ins Bett.

Mitten in der Nacht erwachte sie. Zunächst wusste sie nicht wovon. In der Dunkelheit des ungewohnten Zimmers suchte sie nach dem Schalter der Nachttischlampe.

Dann hörte sie es wieder. Eine Frau schrie sich die Seele aus dem Leib. Giovanna sprang sofort aus dem Bett.

Im Gang waren die Schreie noch lauter. Plötzlich vernahm Giovanna Schritte. Der alte Holzboden quittierte jede Bewegung mit einem Quietschen. Sie schnappte sich eine Vase, die auf einer Anrichte stand, um sich verteidigen zu können, dann nahm sie ihren ganzen Mut zusammen und rief: »Wer ist da? Ich bin bewaffnet!«

»Ach, und womit denn? Mit einem Schuhlöffel?«, antwortete Shane mit amüsierter Stimme. Trotz des schwachen Lichts erkannte Giovanna die Umrisse und stellte die Vase sofort wieder an ihren Platz.

»Shane! Du hast mir einen Schrecken eingejagt!«

»Ich dachte, du würdest schreien! Ich bin gekommen, um dir zu Hilfe zu eilen!«

Wieder erschütterten weibliche Schreie Giovanna bis ins Mark.

»Wenn du nicht schreist und ich auch nicht, kann es nur Monica sein!«

»Tatsächlich, es kommt aus ihrem Zimmer.«

Je näher Giovanna und Shane an Monicas Tür traten, desto genauer verstanden sie die Worte: »Helen, es tut mir so leid! Helen! Heleeeen!«

Ohne zu überlegen, stürzten sie ins Zimmer wo sie Monica vorfanden, wie sie sich in ihrem Bett hin und her wälzte.

»Sie träumt«, bemerkte Shane.

»Das ist dann wohl eher einen Albtraum«, korrigierte ihn Giovanna und lief zu Monica.

Sie kniete sich neben sie und schüttelte sie, erst sanft, dann fester.

Monica atmete so tief ein wie eine Ertrinkende, die gerade aus dem Wasser gezogen wurde.

Mit aufgerissenen Augen starrte sie Giovanna an.

Zunächst schien sie verwirrt, doch nach einigen Sekunden erlangte sie das volle Bewusstsein zurück.

»Was ... was ist passiert? Wieso ... wieso seid ihr in meinem Schlafzimmer?«

Giovanna knipste Monicas Nachttischlampe an.

»Es tut mir leid, dass wir einfach so eindringen. Aber du hast so furchtbar geschrien, wir haben uns Sorgen um dich gemacht.«

Monica schüttelte den Kopf: »Nein, mir geht es gut, alles ist in bester Ordnung«

»Du hast immer wieder den Namen Helen geschrien. Wer ist Helen?«, fragte Shane.

Monica setzte sich auf. Ihre Atmung normalisierte sich wieder: »Helen ist meine verstorbene Schwester. Ich muss einen meiner Albträume gehabt haben. Die habe ich öfters.«

Giovanna horchte auf. *Es muss etwas Furchtbares passiert sein, wenn sie öfters von solchen Albträumen geplagt wird! Wer weiß, was dahinter steckt?*

»Bist du sicher, dass es dir gut geht? Soll ich dir eine Tasse Tee bringen?«, fragte sie Monica.

»Nein, das ist nicht nötig. Mir geht es gut«, entgegnete Monica mit einer Spur Ungeduld in ihrer Stimme.

»Jetzt, da wir uns vergewissert haben, dass kein Meuchelmörder hinter dir her ist, sollten wir alle wieder ins Bett gehen« schlug Shane vor.

Giovanna stimmte ihm zu und wünschte Monica eine gute Nacht.

Nachdem Shane die Tür geschlossen hatte, flüsterte er: »Mein Gott, die arme Frau! Und sie sagt auch noch ganz locker, dass sie öfter solche Albträume hat!«

»Allerdings, das ist wirklich schlimm«, bestätigte Giovanna. »Ich frage mich, was mit ihrer Schwester passiert ist.«

»Es muss ein einschneidendes Erlebnis gewesen sein. Vielleicht werden wir es eines Tages erfahren, aber sicher nicht heute. Ich bin in erster Linie erleichtert, dass es dir gut geht«, sagte Shane. Er kam Giovanna immer näher. »Den Gedanken, dass dir jemand etwas antut, könnte ich nicht ertragen.«

Shane streichelte über Giovannas Wange. Gänsehaut breitete sich über ihrem Körper aus, und ein Adrenalinschub rauschte durch ihre Adern.

Plötzlich hatte Giovanna es satt, alleine in ihrem Bett zu liegen. Sie wollte in den Arm genommen und von Shane gewärmt werden. Sie wollte seinen Atemzügen lauschen, bis diese ganz gleichmäßig wurden und er neben ihr eingeschlafen war.

Sie versuchte, aus Shanes Blicken zu lesen, ob er dasselbe wünschte, doch plötzlich zog er seine Hand zurück und sagte: »Es ist schon spät. Wir sollten schlafen gehen. Bis morgen früh.«

»Ja, gute Nacht«, erwiderte Giovanna, statt ihn an sich zu ziehen und zu küssen. Sie war ein wenig enttäuscht.

Es ist noch zu früh, dachte sie, während sie in den Schlaf glitt.

Kapitel 23

Monica

Seit einer Woche war Giovanna nun Monicas Gast. Nein, mehr als ein Gast, Monica empfand sie als eine Bereicherung ihres Daseins. Sie verbrachten die Tage mit Reden, langen Spaziergängen am Strand und Lesen vor dem Kamin. Monica genoss es, für sie und sich selbst Frühstück zu machen, frische Handtücher in Giovannas Zimmer zu bringen oder ihr Bett zu machen. Diese Tätigkeiten, die sie als junges Mädchen so gehasst hatte, liebte sie jetzt umso mehr, weil sie sie auf positive Weise an eine Zeit erinnerten, als ihre Familie noch lebte. Liam kam in jeder freien Minute dazu und verwöhnte sie mit Köstlichkeiten aus dem Meer. Sogar einen Abend im Pub hatten sie wiederholt und dieses Mal hatte Monica nicht auf die neugierigen und manchmal hasserfüllten Blicke einiger Dorfbewohner geachtet. Sie genoss die Gesellschaft so sehr, dass sie erst jetzt bemerkte, wie einsam sie gewesen war, bevor all diese Menschen in ihr Leben getreten waren.

Dennoch lag sie in manchen Nächten wach in ihrem Bett und fürchtete sich vor der Zukunft.

An einem milden Morgen frühstückten Monica und Giovanna, als plötzlich Violet vor ihnen stand.

»Ich habe geklingelt und es hat niemand aufgemacht, da dachte ich mir, ihr sitzt vielleicht im Garten. Ratet mal, was ich hier habe!«, sagte sie feierlich und zeigte ihnen einen Umschlag, den sie in der Hand hielt.

»Haben die Handwerker dir den Kostenvoranschlag übergeben?«, riet Giovanna.

»Bingo! Sie haben ihn mir gegeben, statt ihn per Post zu schicken. Sie sind heute fertig geworden mit meinen Räumen. Ich kann ihre Arbeit nur weiterempfehlen.«

Monica trank einen kräftigen Schluck Tee. Plötzlich fühlte sich ihre Kehle so trocken an. Die Stunde der Wahrheit war gekommen.

»Also gut, dann wollen wir mal«, sagte sie und riss den Umschlag auf.

Ihre verschwitzten Hände klebten am Papier. Warum hatte sie diesem Unfug überhaupt zugestimmt? In was für eine Lage hatte sie sich nur gebracht!

»Und? Spann uns nicht so auf die Folter!«, sagte Liam, der plötzlich hinter dem Gartenzaun auftauchte.

»Ich kann das ehrlich gesagt nicht so gut beurteilen«, gestand Monica, um Zeit zu schinden.

»Zeig mal her!«, forderten Violet, Giovanna und Liam sie gleichzeitig auf.

»Bitte, lass mal den einzigen Mann in der Runde ran«, warf Liam ein und nahm den Brief an sich. Er schob sich eine Lesebrille auf die Nase.

»Ja, sieht in Ordnung für mich aus. Ein vernünftiges Angebot. Jetzt geht es darum, ob Giovanna diesen Betrag wirklich übernehmen möchte«, erklärte er und überreichte das Angebot an sie.

Monicas Herz blieb vor Aufregung fast stehen, als Giovanna die Zahlen überflog.

Hoffentlich sagt sie nein.

»Ich übernehme das, das ist überhaupt kein Problem.«

Monicas letzte Hoffnung, das Unausweichliche abzuwenden, schwand dahin.

Ihre Beine gaben nach und sie musste sich setzen.

»Monica, was hast du? Geht es dir nicht gut?«, fragte Giovanna sofort.

Monica atmete tief ein und aus. Ihr Herz schien vor Aufregung zu bersten, doch dann nahm sie ihren ganzen Mut zusammen und sagte: »Danke für eure Hilfe. Es ist … es bedeutet mir mehr, als ich ausdrücken kann, wie ihr mir unter die Arme greifen wollt, obwohl wir uns noch nicht lange kennen. Es ist gut, dass ihr drei hier seid, denn bevor ihr mir so selbstlos helft, gibt es etwas, was ich euch zuerst sagen muss. Es wäre nicht fair von mir, eure Hilfe anzunehmen, ohne euch zu sagen, was die Geschichte dieses Hauses und somit auch meine Geschichte ist. Ich erzähle sie euch und wenn ihr danach euer Hilfsangebot zurückziehen und nie wieder etwas mit mir zu tun haben möchtet, kann ich das gut verstehen.«

Violet, Giovanna und Liam blickten sie verwundert an und nickten.

»Bist du sicher, dass auch ich bleiben sollte?«, fragte Violet.

»Das musst du unbedingt, denn diese Geschichte betrifft auch ein wenig deine Familie«, erklärte Monica

»Ich verstehe nicht ganz«, antwortete Violet.

»Du wirst es begreifen«, sagte Monica. Dann ließ sie ihre Gäste im Garten Platz nehmen und ging ins Haus.

Unter einem losen Dielenboden lag er versteckt, der Beweis für ihre Schuld.

Sie hatte ihn in mehrere Tücher eingeschlagen, um ihn vor dem Zahn der Zeit zu schützen.

Sie strich mit ihrer Hand noch einmal darüber, um die letzten Staubreste zu entfernen. Zum ersten Mal in ihrem Leben war sie bereit dafür.

Sie ging zurück in den Garten, setzte sich und begann zu reden, bevor sie es sich noch einmal anders überlegen konnte.

»Die Eintragungen in diesem Tagebuch sind von 1966, also vor genau 50 Jahren. Ich war damals 16 Jahre alt.«

»Möchtest du uns die Geschichte nicht einfach erzählen, statt sie aus deinem Tagebuch vorzulesen? Ist dir das nicht zu intim?«, wandte Liam ein.

»Nein. Wenn ich sie aus dem Tagebuch vorlese, erlebe ich es noch einmal wie die sechzehnjährige Monica von damals, und nicht als die Frau, die ich jetzt bin.«

Monica öffnete das Tagebuch und blätterte darin. Einige Seiten waren schon vergilbt und von der Feuchtigkeit gewellt. Endlich hatte sie den Tag gefunden, an dem alles begonnen hatte.

∞

01.03.1966
Monica lag bäuchlings auf ihrem Bett und war in einem Buch vertieft.

Plötzlich klopfte es an der Tür.

»Monica, kann ich hineinkommen?«

»Na klar, Helen, nur zu!«

Sie wirkte aufgeregt. Ihr Wangen waren leicht gerötet.

»Morgen ist es soweit! Papa hat mir gerade mitgeteilt, dass morgen unser Ehrengast aus New York eintrifft.«

»Tom Hatfield«, schwärmte Monica.

Helen nickte: »Ich wette du liest gerade sein neues Buch!«

»Du hast mich ertappt! Ich frage mich, ob er in Wirklichkeit genauso gutaussehend und sympathisch ist wie auf dem Bild«, sagte Monica und zeigte Helen den Einband von *Doppelherz*.

Wenn ich an ihn denke, bekomme ich weiche Knie.

Helen ließ sich neben Monica aufs Bett fallen: »Endlich beherbergen wir einen interessanten Gast und nicht immer nur diese Familien mit ihren kreischenden Kindern oder diese allwissenden Pfaffen mit denen Vater sich so gerne unterhält!«

»Allerdings! Ich brauche unbedingt Autogramme von ihm. Anna wird Augen machen, auch sie liebt Tom Hatfields Bücher!«

∞

02.03.1966
Als die Schulglocke läutete packte Monica ihre Sachen in Windeseile.

Gott sei Dank ist dieser öde Mathematikunterricht endlich vorbei!

»Noch viel Spaß mit deinem Autor!«, rief ihr Anna hinterher.

Ach, wenn es doch nur so wäre!

Als Monica nach Hause kam unterhielten sich Mutter, Vater und Helen mit Tom Hatfield im Wohnzimmer.

Seine Stimme machte ihr Gänsehaut. Sie klang so attraktiv! Sein amerikanischer Singsang war so anders, so modern, so exotisch. Nicht zu vergleichen mit den grobschlächtigen Jungs aus dem Dorf.

Monica wollte sich nach oben schleichen, um sich aus ihrer hässlichen, braunen Schuluniform zu befreien und sich etwas Hübsches anzuziehen, doch wie immer entging ihrer Mutter nichts.

»Monica, kommst du ins Wohnzimmer und begrüßt unseren neuen Gast?«

Widerstand war zwecklos.

»Sofort, Mutter!«, sagte Monica und tat wie geheißen.

Es war einfach unglaublich. Tom Hatfield saß auf dem Familiensofa, mit Vaters Lieblingstasse in der Hand und Krümel von Mutters Kuchen auf seiner dunklen Cordhose.

Monica war so aufgeregt, dass sie kaum ein Wort zustande brachte.

Er sah noch etwas jünger aus als im Fernsehen. Ein hochgewachsener, goldblonder Gentleman mit streng dreinschauenden blaugrauen Augen, aber sehr feinen Gesichtszügen.

»Mr. Hatfield, darf ich Ihnen unsere Zweitgeborene Monica vorstellen?«

Monica wähnte sich in einem Traum, als Tom ihre Hand schüttelte.

Sie stellte sich vor, wie seine langen und feingliedrigen Finger flink über die Schreibmaschinentasten sausten und so Zeile für Zeile ein neues Buch zum Leben erweckt wurde.

Sein Händedruck war warm und stark und bescherte Monica ein seltsam flatterndes Gefühl im Magen.

Monica traute sich gar nicht, ihn anzusehen.

»Hi, Mr. Hatflield.«

»Monica, nenn mich doch einfach Tom, in Ordnung?«, antwortete er in seinem amerikanisch-singenden Tonfall, »sonst komme ich mir so alt vor.«

Monica hätte im Erdboden versinken können.

Tom Hatfield bot ihr sofort an, ihn bei seinem Vornamen zu nennen!

Monica spürte, wie ihre Wangen glühten.

Bestimmt werde ich gerade puterrot, dachte Monica und senkte ihren Blick zu Boden.

Plötzlich ergriff seine Hand ihr Kinn und hob es langsam an:

»Du hast nichts Unrechtes getan. Senke niemals deinen Blick, niemals«, sagte er mit Nachdruck und blickte ihr so tief in die Augen wie kein Mensch zuvor in ihrem Leben.

»Ja, Mr. Hatfield ... äh ... Tom«, stammelte Monica, versuchte mit zitternden Knien einen Knicks und verließ das Zimmer.

Aus dem Augenwinkel sah sie noch, wie die Gesichtszüge ihrer Eltern entgleisten und wie Helen nervös an der Unterlippe knabberte. Sie verschmierte etwas Lippenstift auf ihre Schneidezähne.

Noch nie war ihr ein Mann, der nicht ihr Vater war, so nah gekommen!

Selbst als Monica schon längst wieder in ihrem Zimmer war und Hausaufgaben machte, pochte ihr Herz wie nach einem schnellen Sprint und ihre Beine fühlten sich an, als könnten sie ihr keinen Halt mehr geben.

Wenn sie seine Bücher ansah oder an ihn dachte, zog es so seltsam in ihrem Bauch, als würde sie vor einem Abgrund stehen.

Ich würde gerne mit Mutter oder mit Helen darüber sprechen, denn solche Gefühle sind mir bislang komplett fremd gewesen, doch ich spüre, dass dies etwas ist, das ich geheim halten muss.

Als Monica abends im Bett lag, fiel ihr ein, dass sie ganz vergessen hatte Tom um ein Autogramm zu bitten.

03.03.1966
Als Monica morgens auf dem Weg nach unten war hörte sie bereits ein Tippen auf der Schreibmaschine. Sie horchte kurz auf: er schrieb bereits an seinem neuen Werk!

Wieder war der Besuch der Schule die reinste Qual. Monicas Gedanken schweiften immer wieder zu Tom ab, in der Chemiestunde bemerkte sie nicht, wie Mister Kilian ihren Namen rief und sie an die Tafel bestellte, um sie abzufragen. Erst, als die Klasse in schallendes Gelächter ausbrach, wurde Monica aus ihren Träumen gerissen.

Außerdem fragte sie Anna nach Strich und Faden aus, sie wollte alles über Tom Hatfield wissen.

»Er hat mir angeboten ihn beim Vornamen zu nennen!«, erzählte Monica Anna auf dem Heimweg.

»Oh, wie schön für dich«, antwortete Anna mit einem Hauch Eifersucht in der Stimme. Als sie zu Hause ankam wartete bereits das Mittagessen und Tom saß mit am Tisch.

Wie familiär! Statt sich etwas eigens für sich kochen zu lassen, aß er einfach mit.

Er erzählte von seinen irischen Wurzeln und seinem neuesten Buchprojekt, aber auch von dem Leben in Amerika. New York klang so spannend, fortschrittlich, wie das pulsierende Leben.

Überhaupt kein Vergleich zu Irland!

Nachdem Monica ihre Hausaufgaben erledigt hatte, nahm sie ihren ganzen Mut zusammen und ging mit ihren Exemplaren von *Der Neuschnee des Lebens* und *Doppelherz* im Arm zu Tom.

Er saß im Wintergarten und blickte auf das Meer, neben sich die Schreibmaschine und einen Stapel Papier.

Als sie sich näherte, drehte er sich zu ihr um.

»Monica«, sagte er, »wie schön, dich zu sehen.«

Ob er wohl wusste, was er mit diesem Satz in ihr auslöste?

Sie zeigte ihm die Bücher und er lächelte.

Nur Engel können so lächeln.

Monica fasste sich ein Herz, schlug den Einband auf und fragte: »Würdest du mich bitte mit einem Autogramm beehren?«

»Natürlich«, antwortete er, nahm einen Stift und schrieb in schwungvollen Lettern etwas auf den Inneneinband.

Monica war so aufgeregt, dass sie die Bücher einfach zuklappte, ohne die Widmung zu lesen.

»Ich gehe jetzt lieber, ich möchte dich nicht weiter vom Schreiben abhalten, du kannst das so gut!«, sagte Monica.

»Du störst überhaupt nicht. Ich nehme mir gerade eine Inspirationspause, ich schaue das Meer an und versuche aus dem Ozean an Wörtern, die wir zur Verfügung haben, genau die richtigen herauszufischen, diese miteinander zu kombinieren und daraus eine Geschichte zu schreiben, die Menschen berührt. Setz dich doch zu mir und erzähl mir etwas von dir.«

Monica tat wie geheißen und sie unterhielten sich, über Amerika und Irland, über die Schule und Verlage, über Bücher und die Literatur im Allgemeinen, über das Wetter und die Natur, über Gott und die Welt. Erst, als Mutter zum Abendessen rief, unterbrachen sie zu Monicas Bedauern das Gespräch.

Am Tisch beäugte sie Helen schräg von der Seite. Eigentlich war es sie, die immer die ungeteilte Aufmerksamkeit des anderen Geschlechts bekam.

Wenn sie sonntags in die Kirche gingen, trafen Helen die verzehrenden Blicke aller Männer, der unverheirateten wie der vergebenen, da konnte der Dorfpriester noch so lange von den lodernden Flammen der Hölle und der Todsünde predigen.

Nach dem Abendessen hatten die Schwestern zusammen Küchendienst.

Plötzlich zischte Helen Monica an: »Was hast du den ganzen Nachmittag mit Mister Hatfield gesprochen?«

»Du meinst wohl Tom?«, rieb ihr Monica unter die Nase, während sie einen Topf abtrocknete, »Wir haben uns über alles Mögliche unterhalten. Ich muss schon sagen, dass er ein sehr interessanter Mann ist.«

»Für dich ist er viel zu alt!«, keifte Helen Monica an, »er ist doch mindestens dreißig.«

»Er ist zweiunddreißig, um genau zu sein, das hat er mir

heute im Vertrauen mitgeteilt. Also eigentlich ist er auch für dich zu alt.«

Helen stürmte aus der Küche und ließ Monica mit dem ganzen Abwasch allein.

Monica spürte Genugtuung. Einmal schien sich jemand mehr für sie, als für Helen zu interessieren. Vielleicht benannte Tom ja doch eine Figur nach ihr. Und sicherlich nicht *Pummelchen*, wie Vater es vorschlug.

Als sie in ihr Zimmer zurückkehrte fiel Monica die Widmung ein.

Sie las: *Für Monica, ein ganz besonderes Mädchen.*

Das musste doch etwas bedeuten! Sie drückte Toms Handschrift ganz fest an ihr Herz und schlief glücklich ein.

∞

15.03.1966
Monica war sehr aufgeregt und ausnahmsweise hatten weder Tom, noch Helen etwas damit zu tun.

Am nächsten Tag würde die gesamte Klasse für eine Woche in die Hauptstadt fahren!

Es sollte die Abschlussfahrt vor dem Ende der Schulzeit sein.

»Wir werden uns ein Zimmer teilen, die ganze Nacht wachbleiben und Frauengespräche führen«, sagte ihr Anna fröhlich.

»Und ob wir das tun werden«, bestätigte Monica.

Dublin war sicher nicht so modern wie New York, bot bestimmt keinen Broadway mit schillernden Lichtern, aber einfach der Gedanke daran, Ballinesker zum ersten Mal in ihrem Leben zu verlassen, hatte eine elektrisierende Wirkung auf sie.

»Aber hast du nichts dagegen Tom für diese Woche allein zu lassen?«, unterbrach Anna Monicas Gedankenfluss.

»Doch, ein wenig grämt es mich schon. Aber bestimmt werde ich noch interessanter auf ihn wirken, wenn ich ihm von meinen Erlebnissen in Dublin berichten kann. Vielleicht kann er etwas davon für sein Manuskript gebrauchen?«

»Wer weiß, wer weiß«, hauchte Anna geheimnisvoll.

Am Abend verabschiedete sich Monica von Tom. Sie hatte den Eindruck, dass er ihre Hand länger festhielt, als nötig.

Ob er bemerkte, was er für einen Sturm in ihr auslöste?

Vor dem Schlafengehen schüttete Monica ihrem Tagebuch ihr Herz aus:

Liebes Tagebuch, dir kann ich etwas anvertrauen, was niemand wissen darf und von Anna höchstens geahnt wird: Ich liebe Tom Hatfield und mein größter Wunsch ist es, ihm zu gehören.

18.03.1966

»Hallo Mama?«, sprach Monica in die Telefonmuschel.

»Hallo Schatz, was habt ihr Schönes in Dublin erlebt?«

»Der Tag war heute wieder sehr ereignisreich. Wir haben einen Spaziergang durch den St. Stephens Green Park gemacht, im Sommer ist er sicherlich reizvoller. Danach waren wir im Trinity College, es war faszinierend so viel Wissen an einem Ort zu sehen und zu spüren. Wir haben erst die verschiedenen Universitätsgebäude bestaunt, dann waren wir in der faszinierenden Bibliothek und zuletzt haben wir das Book of Kells gesehen, es ist über ein tausend Jahre alt, kannst du dir das vorstellen?«, erzählte Monica.

»Toll, das klingt sehr beeindruckend!«

»Das war es auch! Ich wagte es kaum zu atmen, obwohl es hinter einer dicken Glasscheibe ausgestellt war.«

»Toll, und was habt ihr morgen so vor?«, wollte Monicas Mutter wissen.

»Es steht die Besichtigung von Dublin Castle an«, antwortete Monica, »und welche Neuigkeiten gibt es zu Hause so?«

»Ach nicht viel, außer dass deine Schwester heute Abend mit Mister Hatfield zum Tanz geht.«

Mutter sagte es so beiläufig, als sei es eine Nichtigkeit, während Monica von einer seltsamen Übelkeit ergriffen wurde.

»Hallo? Monica? Bist du noch da?«

Monica fing sich wieder: »Ja, ich bin noch da. Ich muss los, auch die anderen Klassenkameraden möchten kurz zu Hause anrufen.«

»Ist gut Schatz, hab noch viel Spaß!«

Als ob sie das noch könnte!

Wusste ich es doch, dass Helen meine Abwesenheit ausnutzt, dachte Monica verbittert.

Als Monica beim Abendessen lustlos in ihrem Teller herumstochere, fragte sie Anna:

»Was ist denn mit dir los, du Trauerkloß? Seitdem du zu Hause angerufen hast bist du ganz still.«

Monica berichtete ihr von ihren Qualen.

»Lass uns später im Zimmer darüber reden, ich kenne Mittel und Wege, um dir zu helfen«, flüsterte Anna geheimnisvoll.

Als sie im Zimmer ankamen verschloss Anna die Tür hinter sich, nachdem sie kontrolliert hatte, dass sich niemand im Gang befand.

»Liebst du Tom Hatfield wirklich?«, wollte sie wissen.

»Natürlich tue ich das!«

»So sehr, dass du alles dafür tun würdest ihn für dich zu gewinnen?«

»Ja!»

Was für eine Frage!

Anna legte ihre Strickjacke über eine der Lampen, um das Licht zu dimmen.

Dann setzte sie sich im Schneidersitz auf den Boden und bat Monica es ihr gleich zu tun.

»Du musst wissen, dass meine Großmutter von einer uralten Linie von Zigeunern abstammt. Sie hat mir bereits viele Zaubersprüche, Rituale und Beschwörungen beigebracht.«

»Wirklich? Das wusste ich ja gar nicht!«, sagte Monica erstaunt, »Was kannst du denn heraufbeschwören?«

Anna hauchte geheimnisvoll: »Ich kann das Wetter beeinflussen. Dich mit den Toten sprechen lassen, deinen ärgsten Feinden Schmerzen zufügen oder sie ganz beseitigen. Und deinen Liebsten in dich verliebt machen.«

Monica wurde unheimlich. Sofort stand sie auf, entfernte die Jacke von der Lampe und ließ wieder Licht in den Raum: »Ich glaube nicht, dass ich deine Kräfte oder Zaubersprüche in Anspruch nehmen muss.«

»Wenn du meinst«, antwortete Anna und setzte ein Lächeln auf, das Monica das Blut in den Adern gefrieren ließ.

In der Nacht schlief Monica schlecht. Wenn sie daran dachte, dass sich Anna im selben Raum aufhielt, bekam sie Gänsehaut.

Sie träumte von Zigeunerinnen, die um ein riesiges Feuer tanzten und dabei Flüche und Beschwörungen aufsagten. Schwarze Schatten flogen um das Feuer. Sie wachte schweißgebadet auf, als sie sich selbst unter den Zigeunerinnen erkannte.

∞

Plötzlich wurde Monica wieder in die Gegenwart geschleudert.

»Meine Großtante, die von Zigeunern abstammt? Davon habe ich noch nie etwas gehört, das wüsste ich doch, meine Großmutter war ihre Schwester«, warf Violet verblüfft ein.

»Das waren damals Annas Worte«, erklärte Monica.

»Aber …«, setzte Violet an, als Liam sie unterbrach.

»Ist doch vollkommen egal, ob sie von Zigeunern abstammte oder nicht. Lass Monica weitererzählen, wie sie es damals erlebt hat, nur darauf kommt es an.«

Violet nickte und goss sich eine neue Tasse Tee ein.

Monica las weiter vor:

24.03.1966
Monica
»Darf ich neben dir Platz nehmen, Betty?«, fragte Monica.

»Klar, aber ich dachte Anna sei deine beste Freundin?«, antwortete Betty und räumte ihre Tasche vom Sitz.

Der Bus fuhr ruckelnd los.

»Ja, ist sie auch, aber wir waren jetzt die ganze Zeit zusammen unterwegs, ich habe nichts mehr Neues mit ihr zu bereden.«

Außerdem möchte ich nichts mehr von ihren Zigeunervorfahren oder irgendwelchen Beschwörungen hören, führte Monica den Satz gedanklich zu Ende.

»Das verstehe ich«, pflichtete Betty bei, »freust du dich auf zu Hause?«

»Ja, ich freue mich auf meine Familie! Und du?«, wollte Monica wissen.

»Ach in Dublin war es schön. Zu Hause muss ich mir mein Zimmer wieder mit meinen fünf kleinen Geschwistern teilen, ich habe nicht eine Minute für mich alleine.«

Gott sei Dank muss ich mir kein Zimmer mehr mit Anna teilen, dachte Monica.

»Wie hat es dir in Dublin gefallen?«

»Ich vermisse die Großstadt jetzt schon! Die bunten Auslagen in den Schaufenstern, die historischen Gebäude, das Gefühl, das niemand einen kennt«, schwärmte Monica.

»Ich weiß was du meinst. Zu Hause kann man sich nicht mal einen Jungen anschauen oder sich mit ihm unterhalten, ohne, dass das ganze Dorf sich das Maul darüber zerreißt und es an die Eltern petzt!«

Monica lachte: »Wie wahr! Es würde mir gefallen in Dublin zu studieren.«

Betty wirkte verwundert: »Was würden deine Eltern davon halten?«

»Ich fürchte sie wären nicht begeistert, dann hätten sie mich nicht mehr unter Kontrolle«, lachte Monica, »außerdem erwarten sie ganz fest von Helen und mir, dass wir eines Tages die Pension mit unseren zukünftigen Ehemännern übernehmen.«

Tom hingegen, würde es sicherlich mögen, wenn ich studieren würde. Ein Mann mit so viel Klasse und Bildung wie er, benötigt eine ebenbürtige Frau an seiner Seite. Bestimmt könnte ich auch in New York studieren? Vielleicht eines Tages selbst Bücher schreiben?

»Und was möchtest du?«

»Bestimmt nicht Bettenmachen und Eierbraten bis an mein Lebensende!«

Die beiden Mädchen lachten und genossen die Fahrt.

Als Monica Stunden später rechtzeitig zum Abendessen nach Hause kam, saßen nur ihre Eltern am Tisch.

Wo ist Helen? Wo ist Tom?

Panik machte sich in Monica breit.

Mutter schien Gedanken lesen zu können: »Helen ist beim Schneider, sich für ein neues Kleid ausmessen lassen. Tom ist in die nächste Stadt gefahren, um Papier für seine Schreibmaschine zu besorgen.«

Dass sie ungefragt eine Erklärung gab, beunruhigte Monica umso mehr.

»Aber er hätte das Papier auch in Gavin's Schreibwarenladen kaufen können, ohne in die nächste Stadt fahren zu müssen«, entgegnete Monica.

»Seit wann ist ein Pensionsgast dir Rechenschaft schuldig wo er hingeht und was er tut?«, herrschte sie Vater an.

»Du hast Recht, Vater«, antwortete Monica und senkte den Blick.

Als sie später in ihr Zimmer ging, um den Koffer auszupacken, fiel ihr eine Postkarte vom Trinity College in die Hände, die sie für Tom gekauft hatte. Sie legte sie beiseite wie einen Schatz und träumte von dem Moment, wenn er sie in seinen Händen halten würde.

Bestimmt war es so, wie Mutter es gesagt hat, versuchte sie sich selbst zu beruhigen.

Erst spät in der Nacht hörte sie wie die Tür zu Helens Zimmer sich schloss.

∞

25.03.1966
Monica
Monica hörte das gleichmäßige Tippen von Toms Schreibmaschine.

Ihr Herz pochte vor Aufregung und sie wischte sich die verschwitzten Hände an ihrem Rock ab.

Bevor sie es sich anders überlegen konnte klopfte sie an seiner Zimmertüre.

Die Schreibmaschine verstummte und Toms Schritte kündigten ihn an.

Toms Augen strahlten: »Hi Monica, wie schön dich zu sehen! Wie hat es dir in der Hauptstadt gefallen?«

»Dublin war wundervoll. Bestimmt ist es aber nicht so modern und lebhaft wie New York«, antwortete Monica.

»Alles hat seinen Reiz, von der Großstadt, bis zum kleinen Dorf«

Was für ein Poet er doch ist!

»Ich ... ich habe dir etwas mitgebracht«, sagte Monica und drückte Tom die Postkarte in die Hand.

Tom schien sich wirklich zu freuen: »Wow, das Trinity College, das möchte ich auch einmal besuchen!«

Plötzlich hörte Monica Schritte hinter sich.

»Hallo, Schwesterherz. Willkommen zurück!«

»Hi, Helen. Schön dich wieder zu sehen«, log Monica, »hast du dir das Kleid ausmessen lassen?«

Helen legte die Stirn in Falten: »Von welchem Kleid redest du denn?«

Monicas Herz stolperte. Warum hatten es ihre Eltern nötig sie anzulügen?

»Ist auch egal«, setzte Helen fort, »Tom, wollen wir auch heute Abend zum Tanz gehen? Es war gestern einfach wunderbar!«

Sie setze ein triumphierendes Lächeln auf.

»Natürlich gerne, wenn es deine Eltern erlauben«, antwortete Tom und schaute verunsichert zwischen den zwei Schwestern hin und her.

Was für ein Spiel wird hier gespielt?

In ihr brodelte es vor Wut und Eifersucht: »Ich komme mit!«

»Das kommt gar nicht in Frage«, keifte Helen sie an, »ein sechzehnjähriges Gör hat nichts beim Tanz verloren!«

»Das werden wir ja sehen!« rief Monica und lief in die Küche, wo ihre Mutter gerade einen Kuchen buk.

»Wieso habt ihr mich gestern angelogen?«

Sie wusste nicht was sie mehr verletzte, dass Tom und Helen miteinander ausgingen, oder dass sie ihren Eltern nicht mehr trauen konnte.

»Nicht so unbeherrscht, junge Dame«, entgegnete Mutter in einem scharfen Ton.

»Ich mag es nicht, wenn du mich so nennst!«

»Aber genau das bist du, eine junge Dame, ob es dir gefällt oder nicht.«

»Auch du bist einmal jung gewesen, genauso Vater und Helen. Niemand kommt als Erwachsener auf die Welt!«, verteidigte sich Monica.

Mutters Stimme wurde sanfter: »Das stimmt natürlich. Deshalb ist es wichtig, dass junge Damen auf ihre Eltern hören, die viel mehr Lebenserfahrung haben. Nur so können sie vor Fehlern und hässlichen Dingen bewahrt werden.«

Monicas Augen füllten sich mit Tränen: »Ich weiß nicht wovon du sprichst.«

»Du lügst deiner Mutter, die dich auf die Welt gesetzt und dich großgezogen hat, schamlos ins Gesicht? Ich bin enttäuscht von dir, ich hatte mehr von dir erwartet.«

Monicas Lippen bebten.

»Denkst du wirklich dein Vater und ich hätten nicht gemerkt wie sehr du für Tom Hatfield schwärmst? Man konnte es dir vom ersten Augenblick an vom Gesicht ablesen, du warst wie ein offenes Buch.«

Monica weinte: »Ich kannte ihn durch seine Bücher, weit bevor Helen ihre gierigen Augen auf ihn geworfen hat!«

»Das weiß ich doch«, sagte Mutter und strich Monica tröstend über den Rücken, »aber es ist nun mal so, dass Tom sich in deine Schwester verliebt hat und sie sich in ihn. Helen ist im heiratsfähigen Alter und Tom ist eine sehr gute Partie. Dein Vater und ich wollen nur das Beste für euch!«

»Auch für mich?«, fragte Monica ungläubig.

»Natürlich auch für dich, wir lieben dich genauso wie Helen.«

»Auch wenn sie die Hübschere von uns beiden ist?«
Bitte sag, dass ich auch hübsch bin, wünschte sich Monica.
»Dafür bist du die Belesenere und Klügere!«
Monica fühlte Freude und Enttäuschung zugleich.
»Sieh es so, Monica, wenn Helen wirklich Tom heiratet und vielleicht mit ihm nach Amerika zieht, wird das *Haus aus Perlmutt* eines Tages nur dir ganz alleine gehören.«

Mutters Worte spülten Monicas Träume und Sehnsüchte fort wie eine unbarmherzige Brandung.

»Ich hasse euch! Ich hasse euch alle!«, schrie sie und rannte in ihr Zimmer.

28.03.1966
Einige Tage hatte Monica überlegt, dann traf sie während der Schulpause eine Entscheidung.

»Anna, ich brauche deine Hilfe!« sagte Monica und brach in Tränen aus.

»Erzähle mir alles.«

Und Monica tat es.

»Na, eine feine Familie hast du da, sie haben sich alle gegen dich verschworen!«

»Nur du kannst mich verstehen!«

»Dafür sind Freundinnen doch da. Hättest du doch in Dublin zugelassen, dass ich dir helfe. Nun ist es fast zu spät! Aber auch das ist kein Problem, komm heute Nachmittag zu mir nach Hause, ich weiß, wie ich deinem Schicksal auf die Sprünge helfen kann.«

Unter einem Vorwand stahl sich Monica am Nachmittag von zu Hause fort. Nach einem kurzen Spaziergang erreichte sie das Murphy's Pub, den Annas Familie bewohnte.

Annas Eltern und Geschwister arbeiteten gerade in der Gaststätte, also hatten sie die ganze Wohnung für sich.

»Ich denke, in deiner Situation wird ein Liebestrank völlig genügen. Sollte er nicht helfen, können wir immer noch härtere Geschütze auffahren«, sagte Anna bestimmt.

Monica wollte gar nicht wissen, was diese härteren Geschütze genau waren.

Anna nahm einen Topf und brachte etwas Wasser zum Kochen. Sie kippte Schwarztee hinein, dann Nelken und Zimt und andere Gewürze, deren Namen Monica nicht aussprechen konnte. Das Gebräu roch ausgesprochen gut und exotisch.

Zu guter Letzt fügte sie noch einen Schuss Whiskey hinzu.

Plötzlich stand Annas ältere Schwester Milly in der Küche: »Was macht ihr da? Mit Vaters bestem Getränk?«

»Reg dich ab, Schwesterherz, wir müssen etwas für die Schule machen«, log Anna sie an.

Monica bewunderte sie dafür, dass sie das konnte, ohne rot zu werden. Milly schien die Lüge zu schlucken, denn sie lief schnaubend davon.

Anna ließ den Liebestrank erkalten und goss ihn dann in eine kleine Glasflasche, die Monica ehrfürchtig an sich nahm und in einer Tasche ihrer Schürze versteckte.

»Was soll ich damit tun?«, fragte Monica.

»Kipp ihn in Toms Tee. Einmal genügt vollkommen, am besten morgen, denn es ist Vollmond. Da wirkt der er besonders stark. Tom wird sich unsterblich in dich verlieben und sich sofort von Helen abwenden. Das ist eines der besten Geheimrezepte meiner Großmutter.«

Als Monica sich von Anna verabschiedete, fühlten sich ihre Beine wie Wackelpudding an.

Vor dem Zubettgehen betrachtete sie den Liebestrank. Er hatte die Farbe von Bernstein.

Sie fühlte sich so stark, fast schon unbesiegbar mit ihm, gleichzeitig hatte sie Zweifel.

Zu welcher Gelegenheit flöße ich Tom den Zaubertrank ein, ohne dass er oder jemand anderes es bemerkt?

∞

Monica hielt kurz inne. Liam, Giovanna und Violet waren still, doch schienen sie mitzufiebern. Sie hatte erwartet, dass das Brauen des Liebestranks sie bereits schockierte, doch noch schienen sie das Ganze für einen harmlosen Mädchenstreich zu halten.

Monica blätterte weiter und fuhr sogleich fort:

∞

29.03.1966
Pünktlich um 16 Uhr ging Monica die Treppen hinunter. Die Hoffnung trieb ihren Herzschlag in die Höhe.

Der Liebestrank in ihrer Tasche fühlte sich an wie der Schlüssel zu ihrer Zukunft.

»Wie schön, dass du heute endlich wieder zur Tea Time kommst«, sagte Mutter in der Küche, »endlich ist unsere Familie wieder komplett!«

»Es tut mir leid, dass ich gesagt habe, dass ich euch hasse«, log Monica und erschrak vor sich selbst.

»Ist schon gut, Kind, ich weiß, dass du es nicht so gemeint hast. Wenn man jung ist, ist man so leidenschaftlich. Alles fühlt sich so stark an. Liebe, Hass, Enttäuschung. Aber mit der Zeit legt sich alles, das kann ich dir aus Erfahrung sagen. Gehst du mir kurz zur Hand, bitte?«

Monica nickte und entnahm fünf Teetassen aus dem Schrank. Sie platzierte sie auf ein Tablett.

»Ich bringe die Häppchen ins Wohnzimmer, servierst du den Rest? Der Tee zieht bereits«, sagte Mutter und verließ die Küche.

Monica setzte das schönste Lachen auf, zu dem sie fähig war: »Aber natürlich, Mutter!«

Dein Wunsch sei mir Befehl!

Für Tom präparierte sie jene Tasse, die einen kleinen Sprung am Rand hatte.

Mein Herz fühlt sich nämlich genauso an.

Monica verteilte das dampfende Heißgetränk und öffnete gerade den Stöpsel des Liebestranks, als plötzlich eine Stimme hinter ihr ertönte:

»Na, mimen wir die mustergültige Tochter?«

Vor Schreck ließ sie das Fläschchen in Toms Tasse fallen.

Jetzt bloß nicht die Nerven verlieren!

Sie drehte sich um: »Helen.«

»Du siehst so aus, als hättest du einen Geist gesehen«, grinste sie.

»Du hast mich einfach nur erschreckt«, erklärte Monica.

»Schon gut, ein bisschen Respekt vor der älteren Schwester kann dir nicht schaden.«

»Etwas Respekt vor meinen Gefühlen für Tom hätte auch nicht geschadet!«

»Gefühle, Gefühle … was für ein großes Wort! Was weißt du denn schon, du bist noch ein Kind.«

»Jetzt spiele dich mal nicht so auf. Ich bin nur vier Jahre jünger als du. Und ich weiß mehr, als du denkst!«

»Ach ja? Was denn?«, fragte Helen und baute sich vor Monica auf. Feindselig blickte sie ihr in die Augen.

Zum Beispiel, wie ich Toms Herz für mich gewinnen werde!

»Helen?«, ertönte Mutters Stimme aus dem Wohnzimmer, »Was dauert denn da so lange?«

»Sofort, Mutter«, rief Helen und suchte Zuckerdose und Milch zusammen.

»Halte dich von Tom fern, er gehört mir!«, zischte sie und verließ den Raum.

»Das werden wir ja sehen«, murmelte Monica hinterher

und fischte das leere Fläschchen aus der Tasse. Sie verbrühte sich fast ihre Finger.

Toms Zuneigung ist das und noch viel mehr wert!

Monica schnupperte an Toms Tee. Er roch verräterisch nach Gewürzen und Whiskey.

Kurzerhand griff sie zu Vaters Whiskeyflasche und goss in jede Tasse einen kleinen Schluck davon hinein.

»Mein Gott, Monica! Was braust du denn da zusammen? Das dauert ja ewig!«, beschwerte sich Vater aus dem Nebenraum.

Ich habe nichts gebraut, das war Anna.

»Ich bin ja schon da«, antwortete Monica und balancierte das bestückte Tablett ins Wohnzimmer.

Sie servierte jedem seinen Tee und achtete penibel darauf Tom die korrekte Tasse hinzustellen.

»Na das wurde ja auch Zeit!«, brummelte Vater und nahm einen großen Schluck.

Monica hatte nur Augen für Tom, der ihren Blicken auszuweichen schien.

»Monica, hast du etwa meinen guten Whiskey hineingetan?«, fragte Vater erstaunt.

»Ja, ähm, ein Versuch für den Biologieunterricht. Angeblich soll das gut für den Kreislauf sein. Wie fühlt ihr euch?«

Du wirst immer besser darin eine Lügnerin zu sein.

»Schmeckt ganz gut«, sagte Mutter, nachdem auch sie gekostet hatte, »aber zur Gewohnheit sollte dies lieber nicht werden. Ich kriege richtige Hitzewallungen davon!«

»Das ist der größte Blödsinn, den ich jemals gehört habe!«, brummte Helen.

»Zum Glück bist du nicht das Maß aller Dinge!«, verteidigte sich Monica, »was denkst du, Tom?«

Gebannt beobachtete sie sein Gesicht, während er das Gefäß an seine Lippen führte. So oft hatte sie davon geträumt, sie zu küssen. Wie schnell würde der Zauber wirken?

»Es schmeckt ausgezeichnet. Hat das gewisse etwas! Das könnte ich gut in mein Buch einbauen«, erklärte Tom mit strahlenden Augen.

»Wohl hoffentlich erst nachdem du deine Hauptfigur in meinen Namen umbenannt hast?«, fragte Helen aufbrausend.

Tom strich Helen sanft über den Arm: »Aber natürlich, Liebes!«

Tom und Helen ein Paar? Hoffentlich wirkt dieser verdammte Trank, ich halte das sonst nicht aus!

∞

01.04.1966
»Und, hat dich dein Liebster schon um eine Verabredung gebeten?«, wollte Anna beim Aufwärmen auf dem Sportplatz wissen.

»Ganz im Gegenteil, Tom und Helen gehen wirklich jeden Abend miteinander aus«, antwortete Monica enttäuscht, »und das obwohl ich Tom das komplette Fläschchen untergejubelt habe.«

»Ich sehe schon, er ist ein harter Brocken. Aber ich habe dir ja gesagt, dass es noch andere Möglichkeiten gibt. Bringe mir ein paar Haare von Helen vorbei, den Rest erledige ich.«

»Das kriege ich hin, ich glaube sie geht am Wochenende zum Friseur. Ich könnte einen Besuch dort auch vertragen«, grinste Monica.

»Wunderbar, das läuft ja wie am Schnürchen!«, sagte Anna und rieb sich die Hände.

∞

04.04.1966
Während der letzten Schulstunde wurde Monica nervös.

Zwei Tage zuvor hatte sie in einem unauffälligen Moment einige von Helens abgeschnittenen Haaren aufgesammelt und später Anna vorbeigebracht.

Auf dem Schulhof passte sie Monica ab.

Sie blickte sich um und übergab ihr dann feierlich ein Päckchen.

Monica öffnete es zaghaft. Eine kleine Strohfigur kam zum Vorschein.

»Deine Schwester sagt doch immer du seist noch ein kleines Kind. Jetzt zeigen wir ihr wie gut du mit Puppen spielen kannst«, sagte Anna in verschwörerischem Ton.

»Sie ist unglaublich gut getroffen. Du hast ihre Haare verwendet«, stellte Monica fest.

»Richtig. Und erkennst du den Stoff, den ich für das Kleidchen verwendet habe?«

Monica staunte: »Ja, das ist doch ihr blaues Halstuch! Wo hast du das her?«

»Am Samstagabend hat sie es im Pub liegen gelassen. Sie war mit Tom verabredet, während ich sie bedient habe. Ich stehe natürlich auf deiner Seite, aber ich muss schon sagen, dass die beiden ein hinreißendes Paar abgeben.«

Monica funkelte Anna böse an.

»Wie dem auch sei«, fuhr sie fort, »ich habe gestern den ganzen Nachmittag damit verbracht ihre Haare und ihren persönlichen Gegenstand, das Halstuch, in die Voodoo-Puppe einzunähen. Damit klappt es dieses Mal ganz bestimmt!«

»Voodoo? Davon habe ich noch nie gehört.«

»Afrikanische Zauberkunst«, erklärte Anna geheimnisvoll.

»Deine Großmutter, die von Zigeunern abstammt, kannte sich also auch noch mit afrikanischem Zauber aus?«, fragte Monica ungläubig.

»Sagen wir es mal so, meine Großmutter ist viel herumgekommen.«

»Ist auch egal. Was soll ich mit dieser Puppe tun?«

Anna zeigte auf ein Nadelkissen.

»Ganz einfach. Wir nehmen diese fiesen, spitzen Nadeln und treiben sie der Puppe durch das Herz. Dann legst du sie unter das Bett deiner Schwester und prompt wird sie jedes Interesse an Tom verlieren.«

Monicas Gewissen meldete sich: *Was tust du da?*

Doch sie ließ Anna gewähren, auch wenn sie erschauderte, als sie ihre Worte in die Tat umsetzte.

Als Helen stark geschminkt und mit neuer Frisur wieder mit Tom ausging, schlich sich Monica in ihr Zimmer und platzierte die Puppe wie Anna es ihr aufgetragen hatte.

Sie schickte ein Stoßgebet zum Himmel: »Bitte, ich möchte meiner Schwester nicht schaden! Ich will nur diesen Mann für mich gewinnen!«

∞

»Was ist dann passiert?«, fragte Giovanna gebannt.

Monica lächelte schief: »Ich wünschte, ich hätte damals die Weisheit besessen, die ich heute habe. Natürlich fing die Puppe unter dem Bett meiner Schwester nur Staub und absolut gar nichts änderte sich.«

»Aber was war die ganze Zeit mit Tom? Ihr hattet euch zu Beginn so gut verstanden!«

»Nun, der hatte sich offensichtlich für meine Schwester entschieden und zog sich komplett von mir zurück«, antwortete Monica und fühlte wieder dieselbe Traurigkeit wie damals.

»Also, ich kann nicht fassen, welchen Unfug Anna von sich gegeben hat!«, sagte Violet mit Nachdruck, »meine Großmutter Milly, Annas ältere Schwester, konnte das Wort

Voodoo nicht einmal schreiben, geschweige denn, dass sie wusste, was das überhaupt ist. Und ihre eigene Großmutter soll eine Zigeunerin gewesen sein, die darin bewandert war? Ich glaube meine Großtante hat dich als Teenager ordentlich hinters Licht geführt!«

Monica presste die Lippen zusammen. Sie würde es gerne glauben, aber nein, es konnte nicht sein.

Sie blätterte in ihrem Tagebuch und las unbeirrt weiter.

19.05.1966
»Die Zeit ist um. Schreibt euren letzten Satz zu Ende und legt dann eure Stifte weg«, sagte Mr. Norman, der Englischlehrer, bestimmt.

Monicas Hand war verschwitzt und verkrampft, sie war gerade noch rechtzeitig fertig geworden.

Ihr Kopf fühlte sich ausgelaugt an, gleichzeitig war sie euphorisch: die allerletzte Prüfung lag hinter ihr!

Im Schulhof sammelten sich alle Schüler und werteten die Prüfung aus.

»Wie hast du die dritte Strophe des Gedichts interpretiert?«, murmelte ein Mitschüler.

»Was denkst du was der Autor einem sagen wollte?«, fragt ein Anderer.

Monica hatte keine Lust sich verrückt zu machen und da es von Anna keine Spur gab, ging sie nach Hause.

Auf Eines freue ich mich jetzt schon: diese hässliche Uniform nie wieder anziehen zu müssen! Ob sie wohl im Kamin gut brennt? Dann hat sie wenigstens noch einen Nutzen!

Als Monica im Hauseingang stand hörte sie Stimmen, die aus dem Wohnzimmer kamen.

Schnell nach oben! Diese Uniform ein für allemal loswerden!

Kaum setzte sie ihren Fuß auf die erste Stufe hörte sie Mutters Stimme: »Monica, kommst du kurz her?«

Dieser Ton duldete keine Widerrede.

Monica fuhr der Schrecken durch all ihre Glieder. Hatte Helen die Voodoo-Puppe unter ihrem Bett gefunden? Hatte sie Anna vielleicht verraten?

Monicas Hals fühlte sich so trocken an, als hätte sie Sägespäne verschluckt.

Von Sekunde zu Sekunde stieg die Anspannung in ihr, während sie zum Wohnzimmer ging.

Vater und Tom hatten jeweils ein Glas Whiskey in der Hand, während Mutter und Helen zu strahlen schienen.

Tom räusperte sich: »Schön, dass die Familie nun komplett ist, ich habe zwei Ankündigungen zu machen. Ich habe meine Recherchearbeiten für mein neuestes Buch abgeschlossen. Es wird Zeit für mich, nach Hause zurückzukehren, in spätestens einem Monat erwartet mich mein Verlag dort. Es wird nicht einfach sein, Irland zu verlassen, denn es ist einfach wundervoll hier.

Ich habe mein Herz verloren an der Landschaft, den Stränden und den Menschen. Vor allen Dingen an einem ganz besonderen Menschen.«

Helen seufzte tief und streckte ihm ihre Hand entgegen. Tom ergriff sie und hielt sie fest.

Möge sich ein Abgrund unter mir öffnen und mich verschlucken. Oder lieber Helen verschlucken, wünschte sich Monica.

Plötzlich ging Tom auf die Knie: »Helen, ich weiß, wir kennen uns noch nicht lange, ich bin auch um einiges älter als du. Aber du hast mich seit dem ersten Moment, in dem ich dir begegnet bin, verzaubert. Ich habe dich die letzten Wochen kennenlernen dürfen und bin mir sicher, du bist die Frau, nach der ich immer gesucht habe. Bitte, lass mich nicht allein nach Amerika aufbrechen. Bitte komm mit mir, als meine Ehefrau.«

An Vater gewandt fragte Tom um die Erlaubnis Helen heiraten zu dürfen.

Vater klopfte Tom freundschaftlich auf die Schulter: »Natürlich, es wäre uns eine Ehre, dich als Teil dieser Familie begrüßen zu können.«

»Ja, ich will!«, säuselte Helen mit geröteten Wangen und strahlenden Augen.

Monica stieß einen schrillen Schrei aus.

»Reiß dich zusammen, Monica!«, zischte Mutter sie an.

»Nein, das werde ich nicht! Es ist … es ist einfach nicht richtig! Tom, du bist schon immer mein Idol gewesen! Ich habe deine Werke verschlungen, während Helen sich nie für Bücher interessiert hat. Wir haben uns doch so gut verstanden und du hast mir sogar in der Widmung geschrieben, dass ich ein ganz besonderes Mädchen sei. Warum heiratest du Helen? Nur, weil sie hübscher ist als ich?«

»Nein, Monica«, antwortete Tom mit glänzenden Augen, »ich heirate sie, weil ich in sie verliebt bin. Und sie in mich. Ich habe dich gern, aber ich bin nicht in dich verliebt.«

Monica war das zu viel, sie rannte aus dem Haus.

Nachbarn drehten sich nach ihr um und riefen ihr etwas zu, doch sie ignorierte sie und rannte weiter bis zu Murphy's Pub, wo Anna gerade hinter dem Tresen stand und Getränke ausschenkte.

Mit brennenden Lungen schrie sie: »Anna, ich muss dringend mit dir reden, ich brauche deine Hilfe!«

Anna lächelte Monica an, stellte dem durstigen Gast sein Bier hin, wischte sich ihre Hände an einem Tuch ab und bedeutete ihr, mit nach oben zu kommen.

Monica erzählte ihr verzweifelt von der bevorstehenden Hochzeit und flehte sie an, ihr zu helfen.

»Diese Liebe scheint ja stärker zu sein, als ich dachte, aber sei unbesorgt, ich werde in den alten Büchern meiner Großmutter eine Lösung für dich finden«, versprach Anna.

01.06.1966
Das Telefon klingelte, wie so oft in den letzten Wochen.

»Bed & Breakfast Mother of Pearl? Es spricht Monica, was kann ich für Sie tun?«

»Hallo, mein Name ist Julian Williams, ich bin Reporter.«

»Lassen Sie mich raten, Sie möchten fragen, ob wir um den 22. Juni noch ein Zimmer frei haben?«

»Ja, woher …«, setzt Julian an.

»Ein berühmter, amerikanischer Autor, der ein einfaches, irisches Mädchen vom Lande heiratet, ist doch ein gefundenes Fressen für euch Presseleute.«

»In der Tat!«

»Nun, es tut mir leid, wir sind bis unters Dach ausgebucht. Sogar die Scheune, der Keller und Vaters Geräteschuppen sind vermietet.«

»Aber …«

Monica beendete das Gespräch und legte auf.

Diese ganze Situation ist ein verdammter Alptraum! Wann hört er bloß auf?

Das Schellen des Telefons riss sie aus ihren Gedanken.

Wut sammelte sich in ihrem Bauch: »Sind Sie taub? Ich habe doch gesagt, dass …«

»Hi Monica!«

»Anna?«

»Ja, ich bin es. Wie geht es dir?«

Monica schaute sich um. Es war niemand in der Nähe.

»Wie soll es mir schon gehen? Die Vorbereitungen für die Hochzeit sind im vollem Gange, meine Eltern könnten stolzer nicht sein und Helen trägt die ganze Zeit ein dümmliches Lächeln auf dem Gesicht, das mich unglaublich aggressiv macht. Stell dir vor, die Hochzeit soll sogar im Fernsehen übertragen werden!«, schüttete sie Anna ihr Herz aus.

»Du Arme, das ist ja furchtbar!«

»Hast du eine Lösung für mich?«

»Ja, deswegen rufe ich dich an. Ich bin fündig geworden. Wir treffen uns heute um Mitternacht am Friedhof. Bringe ein Foto von Helen und ein Stückchen von ihrem Brautschleier mit, mehr brauche ich nicht.«

Ein ungutes Gefühl nahm von Monica Besitz: »Was hast du vor?«

»Das kann ich dir jetzt nicht erklären, du wirst es schon sehen. Ich muss auflegen, meine Mutter ruft nach mir. Bis später.«

Monica riss Helens Foto aus einem Poesiealbum ihrer Kindheit heraus und in einem unauffälligen Moment schnitt sie etwas von Helens spitzenbesetztem Schleier ab.

Du machst es nur für Tom, weil du die bessere Ehefrau abgeben wirst, versuchte sie ihr schlechtes Gewissen zu beruhigen.

Jeder im Haus schien tief und fest zu schlafen, als sie sich kurz vor Mitternacht auf Zehenspitzen zum Friedhof schlich.

Die Glocke im Kirchturm schlug gerade die zwölfte Stunde, als sie Annas Umrisse im Dunkeln erkannte. Sie trug eine dunkle Kutte mit Kapuze. Sie so zu sehen, ließ Monica erschaudern. Sie stand neben dem ältesten Grab auf dem Friedhof. Es war so alt, dass man den Namen der verstorbenen Person auf dem Kreuz nicht erkennen konnte. Schon lange hatte dort niemand mehr Blumen abgelegt.

Anna zündete eine Fackel an, in deren Licht ihre Augen boshaft aufblitzten.

»Hast du die Gegenstände, um die ich dich gebeten habe?«, flüsterte sie Monica zu.

Sie nickte und überreichte ihr das Stück vom Schleier

und die Fotografie. Ein mulmiges Gefühl machte sich in Monica breit. Anna schlug ihre Kapuze nach hinten, hob ihre Arme und begann zu sprechen: »Geister unserer Vorfahren und der Vorfahren unserer Ahnen. Gebt mir die Kraft, die ich benötige, um das zu tun, worum mich Monica hier bittet!«

»Eine Geisterbeschwörung?«, fragte Monica ungläubig.

»Sei still, sonst funktioniert es nicht!«, schalt Anna, zündete eine Kerze an und übergab sie Monica.

»Wenn ich sage, dass du mir nachsprechen sollst, tust du es.«

Anna nahm Helens Foto und hielt es an die Flamme der Kerze. Sofort fing es Feuer. Es tat Monica weh, zu sehen, wie Helens Lächeln sich erst wellte, dann unter einer schwarzen Schicht verschwand und wie die Flammen Löcher hineinfraßen, bevor das Bild komplett zu Asche wurde.

»Was soll das?«, fragte Monica in Panik.

»Vertraue mir einfach und unterbrich mich nicht.«

Anna sammelte die Asche, die von der Fotografie übriggeblieben war und verstreute sie.

»Und jetzt sprichst du mir nach: Helen, du hast einen Mann für dich beansprucht, der dir nicht gehört, daher verfluche ich dich!«

Monica schüttelte den Kopf: »Verfluchen? Von verfluchen war nie die Rede!«

»Liebst du Tom wirklich oder handelt es sich hier nur um die Schwärmerei einer Halbwüchsigen, wie deine Schwester es immer sagt?«, fragte Anna gefühllos.

»Ja, ich liebe Tom, aber ich will doch nicht meine eigene Schwester verfluchen! Sie soll nicht zu Schaden kommen!«

Anna nahm sich den Schleier vor und hielt auch diesen in die Flammen:

»Im Krieg und in der Liebe ist alles erlaubt!«

Im Bruchteil einer Sekunde sah Monica Bilder ihrer Kindheit vor ihrem inneren Auge und in jedem kam Helen vor. Helen und sie, wie sie Verstecken spielten. Helen, die sie vor Vater verteidigte, Helen, die mit ihr Hausaufgaben machte.

»STOP!«, schrie Monica, so laut sie konnte. Das Echo ihrer Stimme durchbrach die Stille des Friedhofs.

»Ich werde Helen nicht verfluchen! Gib ihn mir wieder zurück!«

Monica versuchte, Anna den Fetzen zu entreißen, doch sie war einen guten Kopf größer und deutlich stärker als sie.

Lächelnd hielt sie das Stück Spitze in die Flammen und wiederholte ihre schauderhaften Worte.

Monica schickte ein Stoßgebet zum Himmel: »Lieber Gott, bitte beschütze meine Schwester und mach, dass das nicht funktioniert!«

»Der liebe Gott wird dir nicht helfen«, sagte Anna, »du kannst dich dann bei mir bedanken, wenn Tom Hatfield dich heiratet und nicht Helen. Ich stelle mich gerne als Trauzeugin zur Verfügung!«

»Als Trauzeugin? Ich möchte nie wieder etwas mit dir zu tun haben, du hast meine Schwester verflucht!«, schrie Monica.

»Du hast mich doch darum gebeten!«

»Nein, habe ich nicht! Und jetzt nimm diesen Fluch wieder zurück!«

»Das funktioniert nicht, die Worte sind gesprochen, ich kann sie nicht zurücknehmen.«

Plötzlich sah Monica einen Hoffnungsschimmer am Horizont: *Ich habe die Worte aber nicht wiederholt! Bestimmt wird der Fluch deswegen nicht wirken!*

Anna löschte ihre Fackel an einem Brunnen, die Kerze in Monicas Hand war die einzige Lichtquelle in der Dunkelheit.

»Ich muss jetzt nach Hause, bevor jemand bemerkt, dass ich fort bin und ich noch eine Tracht Prügel wegen dir kassiere, du dumme Gans«, erklärte Anna. Dann ließ sie Monica einfach stehen.

Sie war so verzweifelt. Helen sollte doch nichts passieren! Das hatte sie niemals gewollt!

»Der Fluch wird nicht wirken … der Fluch darf nicht wirken«, wiederholte Monica, während sie in der Finsternis umherirrte.

Endlich fand sie das Grab ihrer Großeltern, kniete sich auf den Boden und sprach sämtliche Gebete, die sie kannte, um Helen zu beschützen. Und auch ein wenig sich selbst. Es war fast schon wieder hell, als Monica erschöpft nach Hause ging.

Sie weckte Helen und gestand ihr alles. Ihre Liebe zu Tom, den Liebestrank und den Fluch.

Unter dem Bett lag noch immer die Voodoopuppe, Monica holte sie heraus und zeigte sie ihrer Schwester.

»Hätte ich besser geputzt, hätte ich sie schon längst gefunden«, scherzte Helen, um Monica aufzuheitern.

Sie zündeten ein Feuer im Kamin an und verbrannten die Puppe.

Für eine kurze Zeit fühlte sich Monica besser, so, als hätten sie einen Dämon gebändigt, doch das schlechte Gewissen übermannte sie schnell wieder.

Helen nahm sie in den Arm: »Du wirst schon sehen, mir wird nichts passieren. Es gibt keine Flüche! Jetzt höre bitte auf zu weinen, kleine Schwester. Du wirst an meinem Hochzeitstag meine Trauzeugin sein und bald wirst du mich in Amerika besuchen.«

Monica drückte Helen etwas fester an sich: »Das wäre schön. Ich schwöre dir, dass ich mit meiner Schwärmerei für Tom sofort aufhören werde!«

»Ist schon gut, reden wir nicht mehr darüber«, sagte

Helen und gab Monica einen Kuss auf die Stirn, »und jetzt ab ins Bett mit dir, Mutter wird uns bald wecken kommen.«

∞

Niemand im Raum wagte es Monica zu unterbrechen. Sie schienen zu gebannt von der Geschichte zu sein. Sie blätterte weiter.

∞

22.06.1966
Helen sah wunderschön in ihrem Hochzeitskleid aus.

Als Mutter ihr den Schleier am Kopf befestigte stieß sie einen kleinen Schrei aus:

»Oh nein, Helen. Sieh nur, es fehlt ein kleines Stück. Du musst irgendwo damit hängen geblieben sein!«

Helen suchte mit ihren Blicken nach Monica, die ein stummes *Entschuldigung* mit ihren Lippen formte.

Das schlechte Gewissen schmerzte immer noch sehr.

»Ist doch nicht schlimm, Mutter. Ich brauche den Schleier doch nur heute und dann nie wieder«, antwortete Helen.

»Hauptsache du bist glücklich«, sagte Mutter und drückte beide Töchter an sich, »Hauptsache ihr beide seid glücklich! Ich liebe euch so sehr!«

»Wir dich auch«, antworteten die Schwestern gleichzeitig.

Mutter löste die Umarmung.

»Und jetzt los, Helen. Vater wartet unten auf dich, er fährt dich zur Kirche.«

Helen nickte und verließ den Raum.

Mutter streichelte Monica über dem Arm: »Wie geht es dir mit der Hochzeit? Ich habe die letzten Tage bemerkt, dass du dich mit Helen versöhnt hast. Das ist schön. Eifersucht und Missgunst sollten keinen Platz in einer Familie haben.«

»Das ist richtig«, antwortete Monica, »ich habe Helen um Verzeihung gebeten. Meine Gefühle für Tom sind ganz plötzlich verpufft. Ich freue mich jetzt wirklich für sie beide.«

»Fehler dürfen passieren. Wichtig ist nur, dass wir sie zugeben und Besserung geloben.«

Monica nickte: »Ich habe auch eine schöne Nachricht. Ich habe heute meine Prüfungsergebnisse erhalten. Ich habe alles bestanden!«

»Das ist doch großartig! Gut gemacht, mein kluges Mädchen! Die Pension wird eines Tages in den besten Händen sein.«

Jetzt oder nie, dachte Monica und nahm ihren ganzen Mut zusammen. Sie sagte es in einem Atemzug.

»Mutter. Ich möchte die Pension nicht übernehmen. Ich würde am liebsten auf eine weiterführende Schule und später Literatur in Dublin studieren.«

Endlich war es ausgesprochen. Monica fühlte sich erleichtert.

»Ich hatte es befürchtet«, sagte Mutter gefasst, »aber gleichzeitig habe ich es schon immer gehofft. Es würde mich sehr stolz machen, wenn du mehr aus deinem Leben machen würdest, als einfach nur unsere Arbeit zu übernehmen.«

Damit hatte Monica nicht gerechnet: »Aber was ist mit der Nachfolge?«

»Dein Vater und ich werden das schon regeln und jetzt müssen wir wirklich los, wenn wir die Hochzeit deiner Schwester nicht verpassen wollen!«

Zwei Stunden und eine langatmige Predigt später, freute sich Monica sehr, als die Brautleute die Ringe austauschten und die Ehegelübde sprachen.

Helen war nichts geschehen! Im Geiste dankte Monica Gott, Jesus, allen Heiligen und Seliggesprochenen dafür, dass sie sie beschützt hatten. Sie schaute sich in der Kirche um, von Anna war keine Spur.

Ein Blitzlichtgewitter begrüßte das frisch angetraute Paar, als es aus der Kirche kam. Fotografen und Reporter begleiteten die Familie den ganzen Tag.

Tom und Monicas Eltern hatten keine Kosten und Mühen gescheut und das ganze Dorf zu den Feierlichkeiten ins *Haus aus Perlmutt* eingeladen.

Es wurde viel zu viel gegessen und getrunken und zu traditionell irischer Musik ganz unkatholisch auf den Tischen getanzt. Sogar der strenge Dorfpriester konnte sich zur Andeutung eines Lächelns hinreißen lassen. Und Monica bemerkte zum ersten Mal, wie gutaussehend Gerald O'Connor aus ihrer Parallelklasse war.

Monica bediente sich am Buffet, als plötzlich Milly neben ihr stand.

»Ist Anna auch hier?«, fragte Monica sie mit einem Funken Furcht in ihrem Herzen.

»Nein, Anna ist in Dublin, sie hat eine Ausbildung zur Verkäuferin angefangen. Weißt du das nicht? Was ist zwischen euch passiert? Ihr habt doch immer zusammen herumgehangen?«

»Nein, alles gut, natürlich wusste ich davon, ich dachte nur, sie würde vielleicht doch an der Hochzeit teilnehmen«, log Monica.

∞

Die letzte Seite war vorgelesen, Monica klappte das Tagebuch zu und sah in die gebannten Augen ihrer Zuhörer.

»Was ist dann passiert?«, fragte Giovanna und strich ermutigend über Monicas Hand.

Monicas Hals fühlte sich ganz eng an. Lange würde sie die Tränen nicht mehr zurückhalten können. Sie räusperte sich. Sie war nun so weit gekommen, sie musste es zu Ende bringen und tauchte in ihre Erinnerungen ein:

»Wenige Tage nach der Hochzeit traten Helen und Tom Hatfield ihr gemeinsames Leben in den Vereinigten Staaten an. Wir fuhren alle zum Dubliner Flughafen mit. Es war ein tränenreicher Abschied, der aber mit dem Versprechen verbunden war, dass wir uns bald in Amerika wiedersehen würden.

Tatsächlich besprach meine Mutter die Nachfolge für die Pension mit meinem Vater, also begann ich mich für weiterführende Schulen zu bewerben.

Helen schrieb viele Briefe von ihrem neuen, aufregenden Leben und ich freute mich mit ihr und für sie.

Eines Tages, als das Laub sich schon verfärbt hatte und wir kaum mehr Gäste beherbergten, klingelte das Telefon und Mutter nahm ab.

Helen verkündete uns die freudige Nachricht, dass sie schwanger war. Ich war so stolz darauf Tante zu werden! Von diesem Moment an verbrachten Mutter und ich jede freie Minute damit, Babykleidung zu stricken und unseren Besuch in den Vereinigten Staaten zu planen.

Vater verwies auf die hohen Kosten für Flugtickets, aber Mutter wollte nichts hören. Um nichts in der Welt wollte sie die Geburt des ersten Enkelkindes verpassen.

Mit den Vorbereitungen vergingen die Monate wie im Fluge. Dann kam eine Nacht, die alles änderte.«

Eine Träne rollte Monica die Wange herunter, während die Erinnerungen sich vor ihrem inneren Auge entfalteten und sie wiedergab was geschehen war.

31.01.1967
Monica wurde von einem gellenden Schrei geweckt. Sie dachte zunächst an einen Albtraum. Sie wollte sich gerade auf die andere Seite drehen, als der Schrei wieder ertönte.

Es war Mutters Stimme. Mit einer schrecklichen Vorahnung hastete Monica die Treppen nach unten. Sie entdeckte ihre Mutter im Flur, sie hatte ihre rosa Lockenwickler noch im Haar und war in einen Morgenmantel gehüllt. Sie hielt den Telefonhörer in der Hand und lag zusammengekauert am Boden.

Als sie Monica sah, flüsterte sie immer wieder dieselben Worte: »Helen. Deine Schwester. Mein Mädchen. Helen. Deine Schwester. Mein Mädchen.«

Monica begann zu zittern. Was war bloß geschehen?

Sie riss ihrer Mutter den Hörer aus der Hand und rief in die Muschel: »Hallo?«

»Monica.«

Es war Tom. Und seine Stimme ließ Monica das Blut in den Adern gefrieren.

»Tom. Was ist los? Wo ist Helen?«

Monica schickte Stoßgebete zum Himmel.

Sie hörte Tom nervös ein- und ausatmen, es klang fast wie ein Hecheln. Nie würde sie vergessen, was er dann mit gebrochener Stimme sagte:

»Monica. Helen und das Baby sind bei den Engeln.«

Ihr Kopf verstand ihn sofort, aber ihr Herz weigerte sich. Sie musste nachfragen: »Was willst du damit sagen, Tom?«

Er schluchzte ins Telefon: »Eine Gestose, eine Schwangerschaftsvergiftung. Die Ärzte haben es viel zu spät erkannt und konnten nichts mehr tun. Ich habe sie beide verloren, Monica, ich habe alles verloren.«

Vater betrat den Flur und wirkte verwirrt: »Was ist denn hier los?«

Monica übergab ihm den Telefonhörer, er hörte zu.

Er weinte heftig, als er sagte: »Bitte bring mein Mädchen nach Hause, sie gehört in irischer Erde beigesetzt.«

Erst als Monica mit ihren Eltern Helens Sarg am Flughafen abholte, konnte sie wirklich glauben, dass sie verstorben war. Tom, der immer so ein charismatischer Mann gewesen war, hatte sich stark verändert.

Sein Körper schien nur noch eine Hülle, alle Lebensfreude war zusammen mit Helen verschwunden.

Monica stand vor Helens Sarg und in diesem Moment begriff sie den Zusammenhang. Ihre Beine gaben unter ihr nach und sie sackte zu Boden. Sie erinnerte sich an jene Nacht auf dem Friedhof. Also hatte Annas Fluch schließlich doch funktioniert.

Der Dorfpriester, der Helen erst vor einigen Monaten verheiratet hatte, las nun ihre Trauermesse.

Monica weinte verzweifelt auf dem Boden.
Oh Gott, vergib mir! Vergib mir! Was habe ich nur getan!

∞

Liam, der Monica ein Taschentuch reichte, holte sie wieder in die Gegenwart zurück:

»Es sind so viele Jahre seit jenem Tag vergangen, doch noch immer fühle ich die Trauer, den Schmerz und die Schuld an Helens Tod. Mein Vater starb kurz nach Helen an einem Herzinfarkt. Ich begrub meine Träume von einem Studium und führte die Pension weiter. Mutter erlebte noch, wie ich Gerald O'Connor heiratete, aber lernte unsere Tochter Eva nie kennen, weil auch sie von einer Krankheit dahingerafft wurde. Als dies geschah begannen die Gerüchte. Helen, das Baby, meine Mutter, mein Vater. Vier Menschen um mich herum waren innerhalb kürzester Zeit verstorben, für die Dorfbewohner ging etwas nicht mit rechten Dingen zu. Ich wurde ausgegrenzt. Hinter meinem

Rücken wurde getuschelt. Jahrelang waren Gerald und Eva meine einzigen Kontaktpersonen, die einzigen Menschen, die zu mir hielten.

Vor zehn Jahren erlitt mein Mann Gerald einen Schlaganfall und unsere Tochter Eva starb vor drei Jahren an Krebs, sie war erst Mitte dreißig. Diese schrecklichen Ereignisse heizten die Gerüchte wieder ein und die Ausgrenzung wurde stärker als jemals zuvor. Menschen zischten die Wörter *Hexe* und *Mörderin*. Und sie haben Recht.«

»Inwiefern?«, fragte Giovanna verwundert.

Endlich sprach es Monica aus: »Ich bin davon überzeugt: Seit jenem Tag, als Anna Helen verfluchte, werde ich bestraft, indem auch alle anderen Menschen sterben, die ich liebe. Helen verfolgt mich in meinen Träumen. In meinen Albträumen.«

Monica war müde, so müde.

»Warum hast du uns all das erzählt?«, fragte Liam.

»Ich wollte, dass ihr die Geschichte kennt, bevor ihr mir mit dem Haus helft. Ich habe Angst, euch zu sehr in mein Leben und in mein Herz zu lassen, ich habe Angst, dass das Schicksal auch euch etwas zustoßen lässt, um mich zu strafen.«

»Ich glaube nicht daran, dass du für den Tod deiner Familienmitglieder verantwortlich bist«, sagte Giovanna, »auch heute noch können Schwangere und ihre Babys leider an Schwangerschaftsvergiftung sterben.«

Monica blickte Giovanna an und fragte: »Und was ist mit meinen Eltern? Mit meinem Mann? Mit meiner jungen Tochter? Das können doch nicht alles Zufälle gewesen sein!«

Giovanna entgegnete: »Verkettung unglücklicher Umstände. Das Leben fragt leider nicht. Ich glaube nicht daran, dass Gott dich bestraft hat. Das war nicht Gott. Und wenn es wirklich eine Strafe war, dann hast du die mittlerweile abgesessen und es wird Zeit für dich, wieder ins Leben zu treten. Mich hält diese Geschichte jedenfalls nicht davon ab, dir mit dem Haus zu helfen. Was sagt ihr, Liam, Violet?«

»Ich bin weiterhin dabei, Monica«, antwortete Liam fest entschlossen, »dir wurde übel mitgespielt im Leben, auch ich habe Margaret verloren und wir wurden nie mit einem Kind gesegnet. Trotzdem hatte ich nie das leiseste Gefühl, dass eine göttliche Macht mich für meine Sünden bestraft.«

»Ich wünschte, ich könnte meine Großtante Anna fragen, was wirklich vor sich gegangen ist, leider weiß ich noch nicht einmal, ob sie noch lebt«, sagte Violet traurig, »niemand in der Familie scheint noch Kontakt mit ihr zu haben. Meine Großmutter Milly hat nie über sie gesprochen. Aber eines kann ich mit Gewissheit sagen, es ist mir nicht bekannt, dass meine Urgroßmutter von Zigeunern abstammte oder sich mit Magie auskannte. Und ja, auch ich werde dich weiterhin unterstützen, Monica!«

Monica schluchzte ihren Schmerz und ihre Rührung heraus. Sie hatte das Gefühl eine Ewigkeit lang zu weinen.

Liam, Giovanna und Violet versuchten sie zu trösten.

Irgendwann schaffte es Monica wieder Beherrschung über ihre Gefühle zu gewinnen:

»Danke, danke, danke. Ich danke euch von ganzem Herzen! Ich bin mir nicht sicher, ob ich eurer Hilfe würdig bin.«

»Doch, das bist du«, sagte Liam, »bitte überlege es dir, ich glaube ich spreche für alle, wenn ich sage, dass wir darauf brennen dir mit der Renovierung zu helfen.«

»Ja, ich werde darüber nachdenken. Seid ihr mir böse, wenn ich mich zurückziehe?«

Die Erlebnisse und Erinnerungen hatten Monica sehr mitgenommen.

»Das verstehen wir doch!«, antwortete Giovanna, »doch eines würde ich noch gerne wissen. Was ist eigentlich mit Tom Hatfield geschehen?«

»Tom hat nach Helens Beerdigung Irland verlassen, ich habe ihn nie wiedergesehen und nie mehr etwas von ihm gehört. Ich habe nicht mehr nach seinen Büchern gesucht und wann immer ich zufällig einen Bericht über ihn sah, habe ich einfach weitergeschaltet oder weitergeblättert.«

Kapitel 24

Giovanna

Nachdem Monica gegangen war, saßen Giovanna, Liam und Violet noch eine Weile im Garten.

Giovanna brach das Schweigen: »Es ist unfassbar! Sie glaubt wirklich, mit diesem Jugendstreich für den Tod ihrer ganzen Familie verantwortlich zu sein, das ist schrecklich!«

»Jetzt verstehe ich auch, weshalb sie letzten Winter versucht hat, sich das Leben zu nehmen«, sagte Liam düster.

»Was hat sie getan?«, fragte Giovanna entsetzt.

»Violet und ich haben sie bewusstlos und durchnässt am Strand gefunden. Ich habe von meinem Boot aus gesehen, wie sie ins Wasser gegangen ist, doch sie hat es sich anscheinend anders überlegt, denn sie ist wieder von alleine hinaus.«

»Jetzt weiß ich endlich, was für Albträume sie plagen. Shane und ich haben es beide gehört, als wir vor ein paar Tagen bei ihr übernachteten. Sie schrie Helens Namen und dass es ihr leidtäte. Es waren ganz sicher die Albträume, die sie erwähnt hat. Ich weiß nicht, wie ihr das seht, aber ich bin davon überzeugt, dass wir dieser Frau unbedingt helfen müssen, und zwar deutlich mehr, als nur mit der Renovierung des *Haus aus Perlmutt*.«

Violet nickte: »Monica muss begreifen, dass Menschen,

die sie liebt, nicht zwangsläufig sterben, nur weil ein vermeintlicher Fluch ausgesprochen wurde und sie damit bestraft wird! Vielleicht können wir ihr dabei helfen.«

Giovanna nickte: »Das stimmt. Ich hätte sogar eine Idee, wie wir das bewerkstelligen könnten.«

»Wie?«, fragten Violet und Liam gleichzeitig.

»Monica benötigt bedingungslose Liebe und soll ihrerseits das Gleiche empfinden.«

Liams Augen begannen zu strahlen: »Dafür opfere ich mich gerne. In dem Moment, als ich dieses wehrlose und durchgefrorene alte Mädchen in ihr Haus trug, habe ich mich augenblicklich in sie verliebt. Und ich glaube, auch sie kann mich gut leiden.«

Giovanna entgegnete: »Dass du sie liebst, ist nicht zu übersehen, lieber Liam. Wenn du Rosenblätter verteilen könntest, wo auch immer Monica ihren Fuß hinsetzt, würdest du das tun, aber bevor du sie damit überrumpelst, würde ich etwas anderes vorschlagen. Fangen wir mit einer anderen Art von Liebe an, damit sich Monica daran gewöhnen kann.«

»Jetzt spannst du uns aber auf die Folter, von welcher Art von Liebe sprichst du da?«, fragte Liam.

Giovanna lächelte Violet an: »Du müsstest wissen, wovon ich spreche.«

»Aber natürlich!«, rief Violet begeistert aus.

»Könnten die Damen mich bitte aufklären? Ich bin ein Mann, ich kann nicht zwischen den Zeilen lesen!«, protestierte Liam.

»Überleg mal. Wer liebt einen Menschen bedingungslos?«

Liam fasste sich an die Stirn: »Aber natürlich, darauf hätte ich ja gleich kommen können.«

»Eben«, sagte Giovanna, »und es gibt noch mehr zu tun. Wir müssen Monica irgendwie beweisen, dass dieser vermeintliche Fluch gar kein Fluch war. Violet, hier sind wir auf dich angewiesen. Kannst du in Erfahrung bringen, was mit deiner Großtante Anna passiert ist? Wenn sie noch lebt, muss sie uns Rede und Antwort stehen, ich bin mir sicher, sie ist der Schlüssel zu dem Ganzen und kann Monica bei der Wiedererlangung ihres Seelenheils helfen.«

»Es wird nicht einfach sein, aber ich werde in meiner Familie recherchieren, und wenn Anna noch lebt, werde ich sie hierher schleifen und ihr eine Erklärung abringen.«

Plötzlich ertönte eine Stimme hinter Giovanna: »Was heckt ihr denn aus, ihr konspirativer Haufen?«

Giovannas Herz machte einen Satz: »Shane! Schön, dich zu sehen!«

»Ich habe ein paar Tage frei und wollte hören, wie es nun mit der Renovierung des Bed & Breakfasts weitergeht.«

»Der Kostenvoranschlag der Handwerker ist gekommen, jetzt liegt es nur noch an Monica, sich zu entscheiden, ob sie unsere Hilfe annimmt«, erklärte Liam.

»Außerdem hat uns Monica ihre Lebensgeschichte erzählt, wir müssen also noch etwas anderes für sie machen«, erklärte Giovanna.

Am nächsten Tag saßen Monica, Giovanna und Violet in Giovannas SUV.

»Und ihr haltet das wirklich für eine gute Idee?«, fragte Monica, während sie sich die verschwitzten Hände an ihren Hosen abwischte, »ich könnte nicht ertragen, auch noch für den Tod eines so unschuldigen Wesens verantwortlich zu sein!«

»Du bist für den Tod von nichts und niemanden verantwortlich, Monica. Wir tun dies nur zu deinem Besten, damit du begreifst, dass deine Überzeugung einfach nicht stimmen kann.«

»Wenn ihr wirklich meint, werde ich es tun, aber auf eure Verantwortung!«

Mit großer Neugier hielt Giovanna vor dem Tierheim an und versuchte aus Monicas Gesicht zu lesen wie sie sich fühlte.

Sie konnte Anspannung sehen, aber gleichzeitig auch Rührung und Freude.

Sofort kam eine junge Frau aus dem weißen Gebäude und begrüßte Monica, Violet und Giovanna, die gerade aus dem Auto stiegen.

»Mein Name ist Mary. Schön, dass ihr euch hier nach einem neuen Lebensbegleiter umseht. Wer von euch möchte denn adoptieren?«

»Ich suche nach einem neuen, dauerhaften Mitbewohner«, erklärte Monica, »ich habe ein großes Haus am Strand mit Garten.«

»Schön, und welches Tier darf es sein? Wir haben hier ganz unterschiedliche Bewohner.«

Monica schien nicht überlegen zu müssen, als sie antwortete: »Welches sind die Tiere, die Sie sonst nicht vermitteln können? Die, die sonst keiner haben will.«

Mary lächelte und schloss eine Tür auf: »Folgen Sie mir.«

Giovanna sah sich um. In dem kleinen Raum reihten sich verschiedene Terrarien aneinander. Vor einem blieben sie stehen.

»Unser am schwierigsten zu vermittelndes Tier ist Jenny, unser Skorpion. Ich weiß, sie sieht etwas furchterregend aus, aber sie ist absolut ungiftig und harmlos.«

Giovanna schluckte, als sie den Stachel und den schwarz glänzenden Körper des Tieres sah.

Auch Monica war auf einmal sehr blass geworden.

»Haben Sie noch andere Tiere, vielleicht mit vier statt acht Beinen?«, fragte Violet.

Mary ging einige Schritte weiter und zeigte auf einen

großen Käfig: »Hier hätten wir noch Steve, die Ratte. Keine bakterienschleudernde Kanalratte, versteht sich. Sollte wahrscheinlich als Schlangenfutter enden. Man hat ihn halb verhungert unweit einer Reptilienmesse gefunden.«

Monica lachte: »Er sieht schon putzig aus, wie er seine Körner isst. Aber ich glaube, für solch ein alternatives Haustier bin ich dann doch zu alt. Haben Sie auch Katzen?«

»Aber natürlich, folgen Sie mir!«

»Die haben wenigstens mehrere Leben, sicher ist sicher«, flüsterte Monica Giovanna zu.

»Das wird nicht nötig sein«, entgegnete Giovanna.

In diesem Bereich des Tierheims reihte sich eine Box an die andere. Manche hatten auch ein Außengehege. Es gab Katzen jeden Alters, jeder Farbe, jeder Felllänge.

Mary führte sie zu einem Gehege ganz am Ende des Raumes, in dem nur zwei Katzen saßen. Eine war tiefschwarz, mit grünen Augen, während die zweite ein champagnerfarbenes Fell mit braunen Pfoten, Ohren und Schwanz und blaue Augen hatte.

»Das sind unsere zwei Katzensorgenkinder. Der schwarze Kater ist Puma, während diese blauäugige Schönheit Gaya heißt.«

»Wieso schaffen Sie es nicht, diese Tiere zu vermitteln?«, wollte Monica wissen.

»Nun, es gibt Menschen, die wirklich daran glauben, dass ein komplett schwarzer Kater Unglück bringt. Deshalb lebt Puma seit mehr als drei Jahren hier bei uns.«

»Unglaublich, was Aberglaube mit manchen Menschen macht!«, sagte Violet und zwinkerte Monica zu.

»Und was ist mit Gaya?«, fragte Monica.

»Gaya ist unsere älteste Katze, sie hat erst neulich ihren zwanzigsten Geburtstag feiern können. Wir bekommen sie nicht vermittelt, weil natürlich jeder lieber ein kleines

Kätzchen oder zumindest eine junge Katze haben möchte, als eine alte Katzendame, die nicht mehr so lange leben wird.«

Monica schaute die beiden Katzen an: »Ich nehme sie.«

»Wen? Gaya oder Puma?«, wollte Mary wissen.

»Ich nehme sie alle beide«, erwiderte Monica bestimmt, »aber ich fürchte, ich habe zu Hause noch nicht das Zubehör für sie.«

Mary strahlte über das ganze Gesicht: »Ich habe gesehen, Sie haben einen SUV mit. Ich bin Ihnen so dankbar, dass Sie ausgerechnet diesen zwei Katzen ein neues Zuhause schenken wollen, da gebe ich Ihnen alles mit, was Sie für die zwei benötigen.«

Nachdem die Katzen für den Transport in je einem Körbchen untergebracht worden waren, protestierten sie zunächst lauthals, doch während der Fahrt schliefen sie ein.

Zu Hause angekommen trug Monica ihre neuen Mitbewohner ins Haus.

»So, meine Lieben, ich lasse euch jetzt raus und ihr könnt euer neues Zuhause erkunden«, sagte Monica, nachdem sie die Körbe unter dem Wohnzimmertisch abgestellt hatte.

Die Katzen kamen nur zaghaft und in geduckter Haltung aus ihren Körbchen.

Dann schnüffelten und rieben sie an jedem Möbelstück, das sie finden konnten, während Violet die Kratzbäume aufstellte und Giovanna die Näpfe befüllte.

»Sie sieht glücklich aus«, flüsterte Violet Giovanna zu.

»Ich sehe es und es erfüllt mich mit Freude«, entgegnete Giovanna.

Plötzlich klingelte es an der Tür und die Katzen versteckten sich in Windeseile unter dem Sofa.

»Ich gehe schnell!«, sagte Shane, der die ganze Zeit im Haus gewartet hatte.

Kurze Zeit später kam er zurück: »Monica, es sind die

Handwerker. Sie wollen wissen, ob sie den Auftrag bekommen oder nicht. Sie können nicht mehr allzu lange warten. Was soll ich ihnen ausrichten?«

Monica schaute sich um: »Steht euer Angebot weiterhin? Werdet ihr mich unterstützen? Ohne euch schaffe ich das nicht!«

»Natürlich!«, riefen Liam, Shane, Violet und Giovanna gleichzeitig.

Monica lächelte: »Shane, bitte sie ins Haus. Ich hole nur kurz eine Flasche Sekt aus dem Keller!«

Kapitel 25

*April
Giovanna*

Giovanna hielt ein altes Paar Socken in der Hand: »Behalten oder wegwerfen?«

»Lass mal kurz sehen«, sagte Monica und setzte ihre Brille auf, »ich glaube, die gehörten meinem Vater ... obwohl ... nein, die gehörten sogar meinem Großvater, den habe ich leider nie kennengelernt. Eine richtige Antiquität! Ich möchte sie behalten, ich könnte sie ja noch gebrauchen.«

Giovanna seufzte und stapelte die Socken auf einen bereits bestehenden Haufen an Sachen.

Sie kramte etwas aus dem Schrank: »Und was ist mit dem Spazierstock?«

»Der ist ja praktisch neu! Den können wir doch nicht einfach so entsorgen! Ich werde ja auch nicht jünger!«

Giovanna verlor langsam die Geduld: »In Ordnung. Aber die kaputte Lesebrille, wenigstens die kommt in den Müll, oder?«

»Die gehörte meiner Mutter. Die hat sie immer benutzt, um Rezepte aus ihrem Kochbuch zu entziffern. Davon kann ich mich unmöglich trennen.«

Entkräftet setzte sich Giovanna auf eine Kiste.

»Monica, so kann es nicht weitergehen! Ich habe das

schon hinter mir, ich verstehe, dass mit jedem Gegenstand Erinnerungen an deine Lieben verbunden sind. Aber gerade deshalb muss ich dir ins Gewissen reden und sagen, dass du nicht jeden einzelnen Gegenstand aufbewahren kannst. Schon bald wollen die Handwerker mit ihrer Arbeit anfangen. Sieh mal, wie viel du aufbewahren willst und wie wenig du bereit bist, zu entsorgen. Wenn wir so weitermachen, können wir erst Weihnachten mit der Renovierung loslegen.«

»Ich habe wohl den Bogen etwas überspannt, was?«, vermutete Monica.

»Um ehrlich zu sein, ja.«

»Komm, wir trinken unten eine Tasse Tee und reden darüber«, schlug Monica vor.

Giovanna stimmte zu: »Ja, ich glaube, wir haben uns eine Pause verdient.«

»Wenn ich die Gegenstände meiner Familienmitglieder entsorge, fühle ich mich so, als würde ich Teile von ihnen wegwerfen. Kannst du das verstehen?«, fragte Monica und goss etwas Milch in ihren Tee.

»Ja, ich verstehe das», antwortete Giovanna und schloss die Hände um die Teetasse, »aber die Wahrheit ist, dass das Horten all ihrer persönlichen Sachen deine Lieben nicht zurückbringen kann.»

»Das ist natürlich richtig«, gab Monica zu, »leider. Ich wünschte, es gäbe einen Ausweg aus diesem Dilemma.«

Wie zum Trost machte es sich Puma auf Monicas Schoß bequem. Sein weiches Fell zu berühren und sein sachtes Schnurren zu hören, schien Monica augenblicklich zu beruhigen.

Plötzlich fiel Giovanna etwas ein und sie schlug mit der flachen Hand auf den Tisch: »Vielleicht habe ich die Lösung. Oder zumindest etwas wie eine Idee!«

Monica und der Kater spitzten die Ohren.

»Hast du das gehört, Puma? Leg los, Giovanna, wir sind ganz Ohr!«

»Helen, Tom, deine Eltern, deine Großeltern, dein Mann und deine Tochter. All diese Menschen haben einst in diesem Haus gelebt. Wieso sollten wir die Gäste, die in Zukunft hier übernachten werden, nicht darauf aufmerksam machen? Statt den Zimmern irgendwelche Nummern zu verpassen, könnten wir sie doch nach ihren ehemaligen Besitzern benennen!«

»Das gefällt mir!«, Monica wirkte auf einmal ganz aufgeregt, »wir könnten ein paar alte Familienfotos aufhängen.«

»Zum Beispiel. Und wenige, erlesene Gegenstände der jeweiligen Besitzer in den Zimmern ausstellen. Ich rede allerdings von echten Schätzen, nicht von Socken mit Antiquitätenstatus. Finden wir solche Besonderheiten? Sag bitte ja!«

Monica überlegte kurz. Dann schien der erste Schatz vor ihrem geistigen Auge aufzutauchen:

»Es gibt noch Toms Schreibmaschine, die, auf der er hier bei uns sein Buch geschrieben hat.«

»Das ist ein solcher Schatz!«, rief Giovanna aus, »was noch?«

»Mamas Schminkkommode mit Spiegel, Papas Rasierset.«

»Wundervoll!«

»Von Helen gibt es noch das Hochzeitskleid, von meinem Mann ein Golfset und von Eve das Klavier. Aber auf dem Dachboden dürfte noch ein ganz anderer Schatz sein.«

»Was denn?«

Monica zwinkerte: »Lass dich überraschen.«

Eine halbe Stunde später strich Monica eine dicke Staubschicht von einer alten Holzschachtel, bevor sie sie langsam öffnete.

Ein faustgroßer Gegenstand war in mehrere Schichten alten Zeitungspapiers eingewickelt.

Behutsam entfernte Monica die Verpackung und legte den Gegenstand frei.

Giovanna war begeistert: »Eine Muschel? Wie groß sie ist und wie schön, wie ihr Perlmutt glänzt! Wo hast du sie her?«

»Von dieser Muschel hat das *Haus aus Perlmutt* seinen Namen. Die Legende besagt, dass eines Nachts ein heftiger Wintersturm hier in Ballinesker wütete. Die Wellen sollen sich meterhoch getürmt haben und der Wind hat so sehr gepeitscht, dass Teile der Dünen dem Wasser zum Opfer fielen. Selbst die alten Menschen konnten sich nicht an einen so furchterregenden Sturm erinnern.

Am anderen Morgen hatte der Sturm einem strahlenden Himmel Platz gemacht. Eine junge Frau ging am Strand spazieren.

Plötzlich sah sie etwas Glänzendes im Sand.

In dem Moment, als sie ihre Hand danach ausstreckte, berührte sie plötzlich eine andere Hand. Ihr gegenüber stand ein Mann, der die Muschel auch gesehen hatte und sie aufheben wollte.

Zusammen hielten sie sie in ihren Händen und verliebten sich augenblicklich ineinander.

Die Frau sollte meine Großmutter werden, der Mann mein Großvater.

Vor gut einem Jahrhundert bauten sie dieses Haus und nannten es das *Haus aus Perlmutt*.«

Giovanna bekam eine Gänsehaut und geriet ins Schwärmen: »Wow, solche Geschichten gibt es doch sonst nur in Büchern oder im Film. Diese Muschel wird auf jeden Fall einen Ehrenplatz bekommen. Bist du jetzt bereit, richtig auszumisten?«

Monica krempelte sich die Ärmel hoch und schnappte

sich ein neues Bündel voller Müllsäcke: »Ich bin so bereit, wie ich es wahrscheinlich noch nie war.«

Mai
Giovanna

Giovanna und Henry standen in einem Raum mit einer Kinderwiege, die mit Tüllvorhängen behängt war. Es lag ein Säugling darin, Giovanna hörte sein Brabbeln und Glucksen. Henry beugte sich darüber, sein Blick voller Liebe und Glückseligkeit.

Giovanna schlug die Augen auf. Der Traum hatte sie ganz durcheinandergebracht.

Sie sah aus dem Fenster. Die grünen Wiesen, der Strand im Hintergrund und das leuchtende Orange der Montbretien beruhigten ihren Puls augenblicklich.

Sie streckte sich auf dem Sofa aus, ihrer Schlafgelegenheit, seit die Renovierungsarbeiten am *Haus aus Perlmutt* begonnen hatten.

Noch schlaftrunken schaute Giovanna auf ihr Mobiltelefon. Es gab zwei neue Nachrichten, eine von Jasmina und eine von Ophelia.

Zuerst öffnete sie die von Ophelia. Sie schaute aufs Display: Die Nachricht war gerade erst gekommen.

Hi Mom, ich habe Bauchschmerzen und kann nicht schlafen. Vermutlich ist meine Regel auf dem Vormarsch.

Giovanna runzelte die Stirn, versuchte aber nicht gleich, in mütterliche Panik zu verfallen: *Hallo mein Schatz, nimm eine Schmerztablette und mach dir eine Wärmflasche, dann geht es dir sicherlich bald besser. Ich rufe dich später an. Ich habe dich lieb.*

Kurz darauf antwortete Ophelia: *ich habe gerade eine*

Tablette genommen, ich hoffe, sie hilft bald. Die Wärmeflasche ist eine gute Idee. Ich habe dich auch lieb.

Danach las Giovanna Jasminas Nachricht: *Ich habe gestern Elaine in der Stadt getroffen. Sie schob einen Kinderwagen. Henrys Kind muss auf der Welt sein. Ich vermisse dich!*

Die Nachricht verpasste Giovanna einen Stich, besonders wegen des Traums, den sie eben gehabt hatte.

Ich habe heute Nacht von ihm und einem Säugling in einer Wiege geträumt. Welch ein Zufall! Ich vermisse dich auch sehr!

Jasminas Antwort kam prompt: *Wow, hast du jetzt hellseherische Fähigkeiten?*

Scheint wohl so, tippte Giovanna ins Handy, bevor sie es weglegte und sich noch einige Minuten auf dem Sofa gönnte.

»Weißt du schon, welche Farben du dir für das Haus und die Wände wünschst?«, fragte Giovanna Monica eine Stunde später im Baumarkt.

»Etwas Freundliches und Maritimes, türkis, weiß, ein helles beige und blau für die Wände, bei der Farbe für die Fassade des Hauses bin ich mir noch nicht ganz sicher.«

»Wie wäre es mit einer Perlmuttfarbe?«, schlug Giovanna vor.

Monicas Augen strahlten: »Eine hervorragende Idee!«

Die Frauen entluden das vollgepackte Auto. Shane stürmte aus dem Haus, um ihnen zu helfen.

Giovannas Herz machte einen Satz, wie immer, wenn sie ihn sah.

»Wer hat dich denn hineingelassen?«, fragte Monica überrascht.

»Die Handwerker, natürlich«, antwortete Shane.

»Kein Konzert heute?«, wollte Giovanna wissen.

»Nein, es wurde abgesagt. Die gesamte Band liegt mit

einer Magen-Darm-Grippe flach, da dachte ich mir, ich könnte euch zu Hilfe eilen.«

»Wie ehrenhaft von dir, du Packesel«, neckte ihn Giovanna, woraufhin Shane mehrere Eimer und Utensilien ins Haus schleppte.

Ab dem Nachmittag wurde ihr Team auch noch durch Liam verstärkt, der von seiner Angeltour zurück war.

Es war schon spät am Abend, als die Handwerker nach Hause gingen.

»Lust auf ein Abendessen im Murphy's?«, schlug Shane vor.

Monica, Giovanna und Liam nickten müde und machten sich sogleich auf dem Weg.

»Gio, du bist also die Nächste in der Runde, die Geburtstag hat?«, fragte Shane.

»Ja, das stimmt. Satte 45 Jahre am 10. Juli, unfassbar, wo ist die ganze Zeit nur hin?«, antwortete Giovanna und stibitze ein Pommes frites von Shanes Fish & Chips.

»Ach du junges Küken, komm du erst einmal in unser Alter«, seufzte Liam und zeigte auf sich und Monica, die ihm nickend beipflichtete.

»Nun kommt, heute ist sechzig das neue vierzig und vierzig das neue dreißig«, scherzte Shane, »außerdem ist die Alternative zum Älterwerden nur sterben, also … lieber älter werden.«

»Ja, das hast du wohl recht«, antwortete Giovanna.

Shane spülte seinen panierten Kabeljau mit einem großen Schluck Guinness hinunter: »Hast du etwas Spezielles zu deinem Geburtstag vor? Wünschst du dir etwas?«

Giovanna erschrak innerlich. Wie anders alles doch geworden war, das hörte auch bei ihrem Geburtstag nicht auf.

»Um ehrlich zu sein, habe ich mir noch keine Gedanken darübergemacht. Es ist mein erster Geburtstag ohne meine Familie und Freunde, von euch einmal abgesehen.«

Eine subtile Traurigkeit ergriff von ihr Besitz.

»Wie hast du deine Geburtstage sonst gefeiert?«, fragte Monica.

Erinnerungen überschwemmten Giovanna.

»Ich habe jedes Jahr ein großes Barbecue in unserem Garten veranstaltet, zu dem Henry alle Reichen und Schönen von Zürich einlud. Er hat nie Kosten und Mühen gescheut, jedes Jahr fand meine Geburtstagsparty Erwähnung in der Lokalpresse, so beeindruckend war sie.

Der teuerste Caterer war immer gerade gut genug für ihn. Abends leuchteten die Fackeln im Garten und jedes Jahr hat er eine Überraschung für mich organisiert, vorletztes Jahr war es eine ganze Zirkustruppe, letztes Jahr war es eine Gruppe von Sambatänzerinnen, die in unserem Garten tanzten. Und zum Schluss gab es immer ein beeindruckendes Feuerwerk. So viel verpulvertes Geld, das in Sinnvolleres hätte investiert werden können.«

Plötzlich überkamen Giovanna Zweifel. Wo war Henry letztes Jahr während des Feuerwerks gewesen? Wollte er nicht nur schnell eine Flasche im Weinkeller holen gehen, war er dann nicht stundenlang unauffindbar gewesen und hatte das anschließend auch noch geleugnet? Wo er gewesen war, konnte sie sich jetzt ausmalen.

Shane riss Giovanna aus ihren Gedanken: »Hörst du eigentlich noch viel von deinen Freunden aus Zürich?«

»Nein, nur noch von Jasmina, meiner engsten Freundin. Ich vermute, die Trennung von Henry hat sich schnell herumgesprochen und meine ehemaligen Freunde zeigen mir, zu wem sie stehen.«

»Oh, wie gut ich das kenne!«, pflichtete Shane bei, »Barbara war kaum aus dem Haus, da hatte ich 90 Prozent meiner vermeintlichen Freunde und Bekannten eingebüßt, dabei hat sie mich betrogen, nicht umgekehrt. In der Stunde der Wahrheit trennt sich die Spreu vom Weizen.«

»Wie weise von dir, Shane!«, bestätigte Violet und servierte eine neue Runde Getränke.

»Giovanna, du hast uns immer noch nicht deinen Wunsch verraten«, erinnerte sie Shane.

Da musste Giovanna nicht lange überlegen: »Das Einzige, was ich mir wünsche, ist eine gute Zeit mit euch und dass wir in wenigen Monaten ein wundervolles, toll renoviertes *Haus aus Perlmutt* eröffnen können.«

»Das sollte machbar sein. Sláinte!«, stimmte Shane ein und alle erhoben ihre Gläser, um anzustoßen.

»Ich habe wieder einmal so viel gegessen, dass ich fast nach Hause rollen könnte!«, rief Shane einige Zeit später aus, während er seinen Bauch streichelte.

»Dito. Ich hätte nichts gegen einen Verdauungsspaziergang einzuwenden!«, sagte Giovanna, »kommt ihr mit?«

Monica und Liam, die sich für die drei Pubmusiker interessierten, die Mikrofone aufbauten und ihre Gitarren stimmten, tauschten Blicke aus: »Geht ihr nur, ihr jungen Leute. Wir lauschen noch ein wenig der Livemusik und fallen dann ins Bett.«

Am Strand war es wunderbar. Das Geräusch der Wellen und die schwere, salzige Luft hatten wie immer eine entspannende Wirkung auf Giovanna. Vielleicht half auch der Cider etwas nach. Und Shanes Anwesenheit.

»Bist du zufrieden, wie es mit der Renovierung vorangeht?«, fragte er.

»Ja, doch, sehr, die Handwerker leisten ganze Arbeit!«

»Und der Plan mit den Katzen scheint aufgegangen zu sein. Monica liebt ihre pelzigen Mitbewohner!«

»Und wie«, antwortete Giovanna und lächelte, »zu Beginn versicherte sie sich jeden Morgen, dass ihre Lieblinge wirklich noch lebten. Jetzt wird es immer besser, sie fasst Vertrauen.«

Plötzlich ließ ein greller Schrei Giovanna und Shane zusammenfahren.

»Was ist das?«, fragte Giovanna alarmiert.

»Klingt für mich nach einem Tier.«

»Es kommt von dort drüben, wo der Fels ist«, stellte Giovanna fest.

Shane hielt inne und lauschte, dann sagte er: »Du hast recht. Mist, hinter dem Felsen wird es stockdunkel sein.«

»Kein Problem, ich leuchte uns den Weg mit meinem Handy, meine Tochter hat mir eine Taschenlampenapp darauf installiert«, antwortete Giovanna.

»Perfekt, mein Akku ist wieder einmal leer.«

Langsam näherten sie sich dem Felsen. Das Geschrei wurde immer lauter und verzweifelter.

Giovanna ging vor und leuchtete das Tier an: »Es ist eine Möwe! Was hat sie bloß?«

Shane hockte sich behutsam hin und streckte die Hände nach dem Vogel aus. Dieser wand sich, um zu entkommen, doch er konnte sich kaum rühren.

Giovanna erkannte das Problem: »Sie hat sich in eine Plastiktüte verfangen.«

Wut stieg in ihr auf: »Warum nur müssen Menschen immer Spuren ihrer Anwesenheit hinterlassen? Irgendwann wird unser Planet noch an unserem Müll ersticken und wir gleich mit ihm!«

»Das mag wohl sein«, beruhigte Shane sie, »aber jetzt braucht unsere gefiederte Freundin hier unsere Hilfe, bevor wir weiter philosophieren. Ich hoffe, sie hat sich nicht so stark verfangen, dass ihre Flügel gebrochen sind.«

Tränen stiegen Giovanna in die Augen: »Oh nein, hoffentlich nicht!«

Shane griff beherzt, doch gleichzeitig sanft nach der verschreckten Möwe, die laut kreischte.

»Schschsch, ganz ruhig. Je mehr du dich wehrst, desto enger zieht sich diese Tüte um dich. Lass mich einmal sehen.«

In Panik pickte die Möwe nach Shanes Hand.

»Halt ihren Schnabel zu, aber vorsichtig«, wies Shane Giovanna an, »dann greif mit der anderen Hand in meine linke Gesäßtasche, da ist ein Taschenmesser.«

Giovanna brach der Schweiß aus, während sie nach dem Taschenmesser suchte.

»Hier ist nichts!«, sagte sie in Panik, »ich sehe in der anderen Hosentasche nach ... ach, dem Himmel sei Dank, hier ist es.«

»Gut, jetzt klapp das Messer auf. Ich gebe dir gleich die Möwe. Halt sie gut fest, dann schneide ich sie frei.«

Unter ihren Händen zitterte die Möwe. Giovanna redete beruhigend auf sie ein, während Shane das Messer an mehreren Stellen ansetzte, um das Tier von der Plastiktüte zu befreien. Plötzlich hielt sie ganz still, als wüsste sie, dass man ihr helfen wollte.

»Jetzt haben wir es gleich«, murmelte Shane und wenige Augenblicke später war die Möwe frei.

Giovanna setzte sie vorsichtig auf den Felsen. Die Möwe tapste hin und her und setzte sich dann hin.

»Denkst du, sie hat sich verletzt?«, flüsterte Giovanna Shane zu.

»Schwer zu sagen, ich bin kein Tierarzt.«

Shane und Giovanna beobachteten die Möwe schweigend für einige Minuten.

Plötzlich stand sie wieder auf. Behutsam breitete sie ihre Flügel aus, als wolle sie sie ausprobieren, erst den rechten, dann den linken, dann nahm sie Anlauf, hob ab und verschwand in den Nachthimmel.

Erleichtert schlang Giovanna ihre Arme um Shanes Hals: »Wir haben es geschafft!«

Shane erwiderte die Umarmung, seine Hände ruhten warm auf ihrem Rücken.

»Ja, zusammen haben wir es geschafft«, wiederholte er und sah sie an.

Er strich ihr eine Locke aus der Stirn. Wo seine Finger Giovanna berührten, prickelte ihre Haut. In Erwartung öffnete sie leicht ihre Lippen.

Sollte sie wirklich nach fast dreißig Jahren einen anderen Mann als Henry küssen?

Sie wischte ihre Zweifel beiseite, während Shane ihr immer näherkam. Nur noch ein Wimpernschlag trennte sie voneinander. Da klingelte plötzlich das Telefon in ihrer Hand.

Shane zog sich zurück, die Magie des Moments war vorüber. Er schien kurz aufs Display zu schielen, denn er sagte: »Geh ruhig ans Telefon, die Vorwahl ist Amerika, bestimmt ist es Ophelia.«

Einen kurzen Moment ärgerte sich Giovanna, doch dann war sie erleichtert, dass der Anrufer ihr die Entscheidung abgenommen hatte.

»Ophelia, bist du es?«

Eine aufgeregte Stimme antwortete ihr: »Giovanna, gut, dass ich Sie am Telefon habe!«

Giovanna runzelte die Stirn: »Mrs. Stevens? Sind Sie es?«

»Ja«, bestätigte Ophelias Gastmutter, »ich möchte Sie nicht beunruhigen, aber ich muss Sie informieren, dass Ophelia den ganzen Tag über Bauchschmerzen geklagt hat.«

Giovannas Herz rutschte ihr in die Hose, während Mrs. Stevens weitererzählte.

»Vor einigen Stunden hat sie angefangen, sich kontinuierlich zu übergeben, und als sie auch noch Fieber bekam, habe ich einen Krankenwagen gerufen. Wir sind jetzt auf dem Weg ins Krankenhaus. Der Notarzt hat sie untersucht, er vermutet eine Blinddarmentzündung, vielleicht sogar schon einen Durchbruch.«

Giovanna bekam weiche Knie, doch Shane stütze sie. Die Sorge nahm ihr fast die Luft zum Atmen, doch dann fing sie sich wieder. Ihrer Tochter konnte sie nur helfen, indem sie einen klaren Kopf behielt.

»Danke, Mrs. Stevens. Ich nehme den ersten Flug, den ich bekommen kann.«

»Ich begleite dich zum Flughafen, erzähl mir auf dem Weg dorthin, was passiert ist«, sagte Shane entschlossen, als Giovanna das Gespräch beendet hatte.

Zwölf Stunden später riss eine metallische Stimme Giovanna aus ihren Gedanken: »Meine Damen und Herren, in Kürze werden wir in Boston landen. Bitte klappen Sie Ihre Tische hoch, stellen Sie Ihren Sitz senkrecht, klappen Sie die Armlehnen herunter und schnallen Sie sich an.«

Giovanna öffnete die Sonnenblenden und sah hinaus. Der Atlantik endete, und jenseits davon begann trotz der frühen Morgenstunde das pulsierende Stadtleben. Gebäude und Fahrzeuge wurden immer besser erkennbar. Von oben gesehen erinnerten sie die roten Rücklichter der Autos und der Verkehrsfluss Giovanna an den menschlichen Blutkreislauf. Augenblicklich musste sie an Ophelia denken.

Ophelia wird gerade in den Operationssaal geschoben, war Mrs. Stevens letzte Nachricht gewesen, bevor Giovanna ihr Handy für die Dauer des Fluges hatte ausschalten müssen.

Nervös rutschte Giovanna auf ihrem Sitz hin und her. *Meter um Meter komme ich dir näher, mein Kind. Schon bald werde ich bei dir sein, dann wird alles wieder gut.*

Die Landebahn kam in Sicht und Giovannas Gedanken wanderten für einen Moment zu Shane. Wenn sie sich konzentrierte, konnte sie noch immer seine Lippen auf ihrer Stirn spüren.

Bevor er sie hatte gehen lassen sagte er: »Versprich mir, dass du heil zu mir zurückkommst.«

»Ich verspreche es«, hatte Giovanna geantwortet und auch so gemeint.

Das Flugzeug rollte aus und kam zum Stillstand. Danach fühlte sich für Giovanna alles wie eine Ewigkeit an: das Aussteigen, das Warten auf ihr Gepäck, die Grenzkontrolle.

Sie dankte dem Himmel, als sie Mr. Stevens mit einem Schild mit ihrem Namen in der Hand in der Ankunftshalle entdeckte und sie sich sogleich auf dem Weg zum Krankenhaus machten.

»Wie geht es Ophelia?«, fragte Giovanna besorgt.

»Ich habe noch nichts von meiner Frau oder Jake, unserem Nachbarsjungen gehört. Aber das Krankenhaus ist nicht weit und um diese Uhrzeit hält sich auch der Verkehr in Grenzen.«

»Hoffentlich, ich möchte so schnell wie möglich zu meinem Mädchen«.

»Ich muss nach Hause, nach den Kindern sehen«, sagte Mr. Stevens eine halbe Stunde später und setzte Giovanna vor dem Krankenhaus ab.

Giovanna wurde vom typischen Geruch nach Desinfektionsmittel und abgestandener Luft empfangen. Die Linoleumgänge, durch die sie ging, kamen ihr unendlich vor. Nach einer Ewigkeit stand sie endlich vor der richtigen Zimmertüre.

Nur Mrs. Stevens und Jake waren im Zimmer. Schweiß lief Giovanna kalt über den Rücken.

»Wo ist Ophelia?«

»Sie müsste jeden Augenblick aus dem Aufwachraum hergebracht werden«, antwortet Jake, »freut mich, Sie persönlich kennenzulernen, Mrs. Wagner.«

Mrs. Stevens nahm Giovanna in den Arm: »Es ist alles gut gegangen. Es war nur eine Blinddarmentzündung, kein Durchbruch.«

»Gott sei Dank! Auf dem Flug hierher hatte ich furchtbare Angst um sie.«

»Wollen wir uns einen Kaffee aus dem Automaten ziehen? Wir sehen beide so aus, als könnten wir einen gebrauchen. Lassen wir das Mrs. einfach weg, Ich bin Wanda. Möchtest du auch etwas, Jake?«

»Nein, danke, ich warte hier auf Ophelia.«

»Es ist leider keine Arabicamischung, aber besser als nichts«, erklärte Wanda und übergab Giovanna den dampfenden Pappbecher.

»Ich bin nicht in der Verfassung, irgendwelche Ansprüche zu stellen«, antwortete Giovanna, »hast du eigentlich meinen ... Mann angerufen? Ist er auf dem Weg hierher?«

»Ja, ich habe Henry sofort nach dir angerufen und ihn informiert. Er wird aber nicht kommen.«

Wut stieg in Giovanna auf. Wo war der fürsorgliche Vater, der Henry einmal gewesen war? Der Vater, der seinem kleinen Mädchen nicht von der Seite gewichen war, wenn es einmal Fieber hatte?

Wanda schien Giovannas Enttäuschung von ihrem Gesicht ablesen zu können.

»Er erklärte mir, dass seine neue Partnerin gerade erst das Kind auf die Welt gebracht hat.«

Dass Henry das Neugeborene ihrer gemeinsamen Tochter vorzog, traf sie wie ein Hammerschlag.

»Auch Ophelia ist sein Kind, auch wenn sie bereits erwachsen ist!«, erwiderte sie barsch.

Wanda kann nichts dafür, besann sich Giovanna und streckte ihre Hand nach Wanda aus: »Es tut mir leid, ich wollte dich nicht anfahren. Ich bin einfach nur in Sorge um Ophi und benötige dringend ein Bett und eine Dusche.«

»Mache dir keine Gedanken, ich verstehe dich. Die Hauptsache ist, dass du jetzt hier bist. Ich habe dir unser

Gästezimmer hergerichtet. Komm, wir sehen nach, ob Ophelia inzwischen auf dem Zimmer liegt.«

Tränen schossen Giovanna in die Augen, als sie die Schläuche und Infusionsnadeln sah, die den zarten Körper ihrer Tochter durchdrangen.

»Mein Schatz, kannst du mich hören?«

Ihre Lider zuckten leicht, doch sie öffnete sie nicht: »Mmmhhh ...«

Die Krankenschwester, die den Infusionsständer mit weiteren Beuteln behängte, erklärte: »Sie ist noch ganz benommen von der Narkose. Das ist normal.«

»Hat sie Schmerzen?«, wollte Giovanna wissen.

»Nein, sie hat Schmerzmittel erhalten. Es wird noch eine Weile dauern, bis sie wieder bei vollem Bewusstsein ist und nicht immer wieder einschlafen wird.«

Einige Zeit blieb Giovanna bei Ophelia sitzen und streichelte ihre Hand.

Ihr Mädchen wirkte so zerbrechlich. Sie wollte sie wieder lachen sehen.

Sie schickte das hundertste Stoßgebet zum Himmel: *Bitte, mach, dass sie wieder ganz gesund wird.*

Wie viel hatte sich verändert, seit sie sie das letzte Mal berührt hatte. Die Ereignisse der letzten Monate rasten wie ein Schnellzug an ihr vorbei. Plötzlich übermannte sie die Müdigkeit. Wenn sie doch nur für einen Moment die Augen schließen könnte. Nur für einen Augenblick.

»Giovanna«, flüsterte Wanda.

Giovanna schreckte auf: »Bin ich eingeschlafen?«

Wanda nickte: »Kein Wunder, du musst seit Ewigkeiten auf den Beinen sein. Komm, wir fahren nach Hause. Jake wird hierbleiben und sich melden, sobald Ophelia ansprechbar ist.«

»Natürlich, ich werde über sie wachen wie über einen Schatz«, versprach Jake.

»Ja, das ist sie, ein Schatz«, sagte Giovanna und hauchte ihrer Tochter einen Kuss auf die Stirn.

»Wir wohnen nicht weit von hier«, erklärte Wanda, während sie aus dem Parkhaus fuhr.

»Zum Glück, sonst würde ich einschlafen und dein Mann müsste mich aus dem Auto hieven und mich ins Bett tragen.«

Kurze Zeit später hielten sie vor einem viktorianisch anmutenden Haus mit großem, parkähnlichen Garten.

»Es ist wunderschön hier! Es erinnert mich ein wenig an die Pension, die ich gerade mitrenoviere«, sagte Giovanna.

»Danke. Ich hoffe du wirst dich hier wohlfühlen«, erwiderte Wanda und schloss die Tür auf.

Das Untergeschoss war hell und geschmackvoll eingerichtet.

»Vielen Dank, dass ihr mich so spontan aufnehmt. Ich fühle mich sehr willkommen«, antwortete Giovanna.

Wanda führte sie zu einem Zimmer im Obergeschoss.

»Das ist unser Gästezimmer. Die Türe rechts führt zum Gästebad.«

Giovanna bewunderte die blumige Tapete und den Ausblick ins Grüne.

Kaum hatte Wanda das Zimmer verlassen legte sich Giovanna noch völlig angezogen ins Bett.

Das Klingeln eines Telefons riss sie aus ihrem traumlosen Schlaf.

Kurze Zeit später klopfte es an der Türe.

»Herein«, bat Giovanna.

Wanda stand im Türrahmen: »Es war das Krankenhaus. Ophelia ist wach und bei vollem Bewusstsein.«

Giovanna setzte sich auf: »Wie geht es ihr?«

»Den Umständen entsprechend gut. Hast du ein wenig Ruhe finden können?«

»Oh ja, ich habe geschlafen wie ein Stein.«

»Möchtest du dich noch kurz frisch machen, bevor wir ins Krankenhaus zurückkehren? Ophelia hat nach dir gefragt. Und nach ihrem Vater.«

»Den habe ich im ganzen Trubel ganz vergessen. Gib mir fünfzehn Minuten, dann bin ich bei dir.«

Wanda nickte und zog sich zurück.

Plötzlich spürte Giovanna unbändige Wut auf Henry. Sie brauchte ein Ventil, um sie loszuwerden.

Obwohl sie diese Nummer seit Monaten nicht mehr gewählt hatte, kannte sie sie immer noch auswendig.

Henrys Stimme klang verschlafen: »Giovanna? Bist du wahnsinnig? Hast du eine Idee, wie spät es ist?«

»Also, hier in Boston, wo deine Tochter im Krankenhaus liegt, ist es hell.«

Giovanna hörte Babygeschrei und eine fluchende Frau.

»Was will die von uns?«, ertönte Elaines Stimme. Vielleicht lag es an der schlechten Verbindung, dass sie sich so kraftlos anhörte.

Henry seufzte tief: »Schön, hier in Zürich ist es aber noch Nacht. Elaine hat es gerade geschafft, Leon zum Schlafen zu bringen und jetzt hast du ihn aufgeweckt, vielen Dank auch.«

Leon. Ein Junge. Auch sie hatte sich ein zweites Kind nach Ophelia gewünscht.

»Das kommt gar nicht infrage«, hatte Henry gesagt, »ich bin nah dran, Direktor zu werden. Ophelia ist jetzt aus dem Gröbsten heraus, du hast deine Arbeit als Lehrerin wiederaufgenommen, warum sollten wir mit allem von vorne anfangen?«

Giovanna kehrte in die Gegenwart zurück: »Herzlichen Glückwunsch zur Geburt deines Sohnes, aber ich erinnere dich daran, dass du auch noch eine Tochter hast, die heute Nacht operiert wurde. Sie ist gerade wach geworden und hat nach dir gefragt. Jetzt muss ich ihr beibringen, dass dir dein neues Kind wichtiger ist, als deine Erstgeborene.«

Dieser Satz schnürte ihr fast die Kehle zu. Hätte man ihr ein Messer in den Bauch gerammt, hätte es weniger weh getan.

»Ich habe Ophelia nicht vergessen«, bellte Henry ins Telefon, »aber ich erinnere dich daran, dass sie erwachsen ist und sie lediglich einer Blinddarmoperation unterzogen wurde, das ist eine Routineoperation, die tausendfach täglich durchgeführt wird, die kriegen Ärzte im Schlaf hin. Dafür setze ich mich nicht ins Flugzeug und lasse meine Partnerin mit unserem Neugeborenen alleine!«

Die Wut und Enttäuschung der letzten Monate brachen aus Giovanna heraus wie Lava aus einem Vulkan.

»Der Henry, den ich kannte, hätte niemals seine Frau betrogen und einfach ein Kind mit einer anderen gezeugt! Er hätte niemals seine Frau aus dem gemeinsamen Haus geworfen! Der Henry, den ich kannte, hätte niemals seine Tochter im Stich gelassen! Was ist nur mit ihm passiert?«

»Ich lasse mich von dir nicht beschuldigen!«, schrie Henry ins Telefon.

Giovanna hielt den Hörer von sich weg. Sie dachte schon, er hätte aufgelegt, als sie eine weibliche Stimme hörte.

»Hör mir gut, zu Giovanna. Leon und ich sind jetzt Henrys neue Familie. Entweder du akzeptierst das oder ich schalte unseren Anwalt ein, der dafür sorgt, dass du es akzeptierst. Ich halte es nicht mehr aus, wie du dich in unser Leben drängst!«

Giovanna fühlte sich ungerecht behandelt. Sie hatte Elaine Henry und ihr Haus kampflos und ohne Dramen überlassen, wo drängte sie sich denn in ihr Leben? Sie kochte innerlich, aber sie sammelte ihre ganze Kraft, um nicht loszubrüllen und souverän zu bleiben:

»Schön, dann sag deinem Henry, er möge bitte endlich

die Scheidungspapiere unterschreiben, gemäß meinem Anwalt hat er das nämlich immer noch nicht getan. Ich will nicht einen Tag länger als nötig mit ihm verheiratet sein und seinen Namen tragen.«

Giovannas Atmung ging wie nach einem Marathonlauf, doch sie fühlte sich auf einmal völlig frei. So, als hätte sie endlich die Ketten gesprengt, die sie gefangen hielten.

Ihr fiel ein, dass sie dann wieder ihren Mädchennamen, Ricca, tragen würde. Das fand sie wunderbar.

Elaines Stimme klang so, als würde sie den Hörer mit einer Hand bedecken.

»Henry, was soll das bedeuten, dass du die Scheidungspapiere noch nicht unterschrieben hast? Du hattest doch gesagt, es sei schon lange erledigt!«

»Ich hatte gesagt, es sei so gut wie erledigt.« Henry schien in Erklärungsnot zu geraten. Dazu der schreiende Säugling im Hintergrund.

Irgendwie war Giovanna zum Lachen zumute.

»Ich wünsche euch noch ein schönes Leben«, sagte sie ins Telefon und legte auf.

»Mama!«

Trotz allem, was sie durchgemacht hatte, strahlten Ophelias Augen, als Giovanna in ihr Krankenzimmer kam.

»Mein Mädchen!«, sagte Giovanna und vergoss ein paar Freudentränen, während sie sie an sich drückte.

»Ich bin schon längst kein kleines Mädchen mehr«, erwiderte Ophelia lachend. Dann hielt sie sich den Bauch: »Aua, Lachen scheint bei einer frischen Bauchoperation keine gute Idee zu sein!«

»Du kannst auch sechzig Jahre alt sein, du wirst immer mein Mädchen bleiben«, antwortete Giovanna, »wie fühlst du dich?«

»Es ging mir schon einmal besser, aber ich habe eben erst

eine neue Ladung Medikamente bekommen. Ich habe meinen Bauch noch nicht ansehen können, ich hoffe, die Narben werden mich nicht zu sehr verunstalten.«

»Es gibt nichts, was dich verunstalten könnte«, sagte Jake, der gerade den Raum betrat.

Er küsste sie behutsam auf die Wange und überreichte ihr ein Päckchen in einer Papiertüte.

»Was ist denn das?«, fragte Ophelia.

»Ein wenig Lesematerial, der Arzt sagte, du müsstest mindestens noch eine Woche im Krankenhaus bleiben. Ich dachte, es könnte dir dann vielleicht langweilig werden. Leider muss ich dich vorwarnen, im Krankenhauskiosk habe ich nichts Besseres gefunden.«

Ophelia las die Titel der Zeitschriften vor: »*VIPs Today, Gossip, Sudoko Magazine* ... ich weiß jetzt, was du meinst.«

»Wir werden zusehen, dass wir dich morgen mit vernünftigen Büchern ausstatten!«, versprach Giovanna.

Jake überlegte: »Nicht weit von hier gibt es eine sehr gute Buchhandlung.«

»Dann abgemacht, morgen früh werde ich sie stürmen, dich besuchen und mit guter Literatur überhäufen«, erklärte Giovanna.

Erst lächelte Ophelia, doch nach einer Weile wirkte sie still und in sich gekehrt. Sie schaute aus dem Fenster.

»Liebling, was hast du?«, fragte Giovanna.

»Was ist mit Papa? Wird er mich auch besuchen kommen?«

Giovannas Atem stockte. Dies war ein entscheidender Moment.

Möglichkeiten schossen ihr durch den Kopf. Sie konnte den Augenblick nutzen, um Ophelia auf ihre Seite zu ziehen und gegen ihren eigenen Vater aufzuhetzen.

Sie konnte ihn nutzen, um Henry zu verletzen und um es ihm heimzuzahlen, Auge um Auge, Zahn um Zahn.

Giovanna traf eine Entscheidung.

Sie nahm die Hand ihrer Tochter und sagte: »Sei nicht enttäuscht, mein Schatz. Ich bin mir sicher, wenn dein Halbbruder Leon nicht ausgerechnet jetzt auf die Welt gekommen wäre, hätte dein Vater den nächsten Flug hierher genommen, um bei dir zu sein. Es war einfach ein schlechtes Timing.«

Ophelias Augen glänzten, doch sie nickte: »Ich weiß, Papa hat mir letzte Woche ein Bild von Leon geschickt. Er ist so klein, er braucht Papa dringender als ich. Ich bin ja schon ein großes Mädchen!«

»Ja das bist du, eine wunderbare junge Frau, auf die dein Vater und ich nicht stolzer sein könnten«, sagte Giovanna und drückte ihre Hand.

Es klopfte an der Tür und ein Krankenpfleger schob einen Wagen ins Zimmer.

»Abendessenszeit«, sang er, während er eine Suppe auf dem Tablett vor Ophelia platzierte.

Ophelia verzog ihr Gesicht.

»Morgen brauche ich Bücher und sobald ich etwas ordentliches essen kann, Sushi bis zum Umfallen«, flüsterte sie Giovanna zu.

Sie zwinkerte ihr zu: »Das kriegen wir hin!«

Am nächsten Morgen machte sich Giovanna gleich nach dem Frühstück fertig, um Ophelia besuchen zu gehen.

»Soll ich dich fahren?«, fragte Jeremy, Wandas Mann, »ich muss gleich sowieso ins Büro, dann kann ich dich am Krankenhaus absetzen.«

»Nicht nötig, ich möchte mir ein wenig Boston anschauen und habe Ophelia versprochen, ihr Bücher mitzubringen.«

»Gleich bei Ophelias Krankenhaus gibt es Catherine's Bookstore, das ist eine der besten Buchhandlungen der

Stadt. Der Laden ist sehr beliebt, weil er eine riesige Auswahl an Büchern und manchmal auch Lesungen bietet.«
»Ich weiß, das hat Jake auch gesagt.«

Im Buchladen angekommen, ließ sich Giovanna von Catherine selbst beraten.

Als diese einen Wälzer nach dem anderen abkassierte und ihr anschließend eine gefühlt zehn Kilo wiegende Tüte übergab, fragte sich Giovanna, ob sie es nicht doch übertrieben hatte.

Catherine schien ihr die Zweifel vom Gesicht abzulesen: »Keine Sorge, man kann niemals genug Bücher haben!«

»Da haben Sie wohl recht. Wenigstens können sie nicht verderben wie Lebensmittel.«

»Richtig! Vielen Dank für Ihren Einkauf ... und bevor ich es vergesse, verpassen Sie morgen Abend nicht unsere Lesung mit anschließender Autogrammstunde! Wir haben einen ganz besonderen Autor zu Gast.«

Die Buchhändlerin übergab Giovanna einen Flyer.

Sie las ihn und ihr Herz machte einen Satz.

»Tom Hatfield kommt her?«

»Ja, wir sind so stolz darauf!»

»Ist das der Tom Hatfield, der *Neuschnee des Lebens* und *Doppelherz* geschrieben hat?«

Catherine legte ihre Stirn in Falten: »Ja, die sind von ihm. Sie kennen seine frühesten Werke?«

»Vom Namen her, aber ich habe sie nie gelesen«, antwortete Giovanna.

»Dann empfehle ich Ihnen das schleunigst nachzuholen. Soll ich Ihnen einen Platz für die Lesung reservieren? Wir haben noch einige Restplätze frei.«

»Ja bitte. Verkaufen Sie noch Exemplare von *Neuschnee des Lebens?*«

Schon eine Stunde vor der Lesung nahm Giovanna einen

Platz in der ersten Reihe ein. Während der Wartezeit las sie *Neuschnee des Lebens*. Sie vertiefte sich so sehr in die Lektüre des Buches, dass sie kaum bemerkte, wie sich die Plätze hinter ihr füllten.

Das Buch war so gut geschrieben, dass sie erst durch den tobenden Applaus aufmerksam wurde: Tom Hatfield hatte die Bühne betreten.

Catherine wischte sich Schweißperlen von der Stirn. Ihre Hand zitterte leicht, als sie ins Mikrofon sprach: »Herzlich willkommen zu einem ganz besonderen Lesungsabend mit dem einzig wahren Tom Hatfield!«

Giovanna erinnerte sich an die Hochzeitsbilder von Tom und Helen, die Monica ihr gezeigt hatte.

Obwohl Tom Hatfield die achtzig hinter sich gelassen hatte, erkannte sie ihn sofort wieder.

Die blonden Haare waren einer Glatze gewichen und ein Wohlstandsbäuchlein brachte sein Hemd etwas zum Spannen, doch der intelligente Ausdruck der blauen Augen war derselbe geblieben, ihm hatten die Jahre nichts anhaben können.

Tiefe Lachfalten um Augen und Mund zeigten ein altes, aber freundliches Gesicht.

Kein Wunder, dass Monica sich als junges Mädchen Hals über Kopf in ihn verliebt hatte.

»Danke Catherine, du bist einfach zu freundlich! Nicht einmal in meiner Heimatstadt New York werde ich so freundlich empfangen wie hier in Boston!«, sagte er und brachte das Publikum zum Applaudieren.

»Also Tom, erzähl uns etwas zu deinem, wie du sagst, letzten Werk! Es trägt den verheißungsvollen Titel *Rückblicke*«, forderte Catherine den Autor auf.

»Nun, ich darf dieses Jahr, so Gott will, meinen 83. Geburtstag feiern. Es wird Zeit, dass ich alter Knacker in Rente gehe und den jüngeren Leuten die Bühne überlasse, daher ist dieses Buch mein letztes. Gleichzeitig ist es mein erstes und einziges autobiografisches Buch! Ich kann dem geschätzten Publikum garantieren, dass ich es ganz ohne die Hilfe von dubiosen Ghostwritern hinbekommen habe.«

Ein kurzes Lachen ging durch das Publikum.

»Ach was, Tom, wir lieben dich alle hier und können nicht genug von deinen Büchern bekommen!«, sagte Catherine.

Tom gab ihr galant einen Handkuss und sagte: »Danke, meine Liebe, wie immer bist du viel zu gütig. Meine Frau Heather sitzt im Publikum. Heather, mein Schatz, wenn du das jetzt gesehen haben solltest – es war genau das, wonach es ausgesehen hat!«

Das Publikum klatschte begeistert.

Eine Dame in der ersten Reihe stand auf und winkte Tom zu. Also hatte er anscheinend nach Helens Tod wieder geheiratet.

Tom las Ausschnitte seines autobiografischen Werkes, angefangen bei seiner Kindheit, seinem Studium der Literatur und seinen ersten literarischen Erfolgen, von denen sich einer in Giovannas Hand befand.

Tom hielt eine sehr kurzweilige Lesung. Zwischendurch warf er immer wieder lockere Sprüche ein und fesselte sein Publikum, sowohl mit seiner Literatur, als auch mit seinem Humor.

Dann wurde er ernst und erzählte von einer Reise nach Irland, auf der er seine erste Frau kennengelernt hatte: Helen.

Mit Tränen in den Augen las er den Ausschnitt vor, als er Helen zu Grabe tragen musste.

Ergriffene Stille legte sich über den Raum.

Als er die schwere Stelle gemeistert hatte, leerte er ein ganzes Glas Wasser und sammelte sich mühsam, bevor er seine Zuhörer in *Rückblicke* auf seinen weiteren Lebensweg mitnahm. Eine Stunde später klappte er das Buch zu und erntete minutenlangen Applaus.

Catherine erschien wieder auf der Bühne: »Danke Tom, für dieses wundervolle Werk. Ich dachte bislang, dass nur Präsidenten oder ihre Liebhaberinnen Autobiografien schreiben und ich einen ganz großen Bogen darum machen sollte, doch du hast es wieder einmal geschafft, mich eines Besseren zu belehren! Liebes Publikum, nach einer kurzen Pause wird Tom Hatfield euer Exemplar von *Rückblicke* oder jedes anderen Buchs von ihm signieren. Tom lässt ausrichten, dass ihr nicht unbedingt ein Buch von ihm kaufen müsst und dass er seine Unterschrift auch auf Bierdeckel und Coffee-to-go Becher kritzelt!«

Augenblicklich wurden Stühle nach hinten gerückt und innerhalb von Sekunden bildete sich eine lange Schlange vor dem Pult, an dem Tom Hatfield Platz genommen hatte.

Giovanna nutzte die Zeit, um sich zu überlegen, was sie ihm sagen sollte. Sie hatte nur einige Sekunden, bevor der nächste Fan sein Autogramm einfordern würde.

Endlich war sie an der Reihe und klappte den Einband von ihrem Exemplar *Neuschnee des Lebens* auf.

»Hallo Schätzchen, für wen darf ich signieren?«, fragte Tom mit freundlicher Stimme.

Giovanna hatte sich mehrere Sätze zurechtgelegt, doch dann entschied sie sich für den Kürzesten.

»Bitte schreiben Sie *Für Monica, ein ganz besonderes Mädchen.*«

Tom starrte Giovanna mit offenem Mund an und ließ seinen Stift fallen.

Kapitel 26

*Juni
Monica*

Monica betrachtete in Panik das Meer von roten Rücklichtern vor ihnen.

»Wir werden es nie pünktlich zum Flughafen schaffen!«, jammerte sie, »Es ist doch schrecklich, wenn man nach einem so langen Flug ankommt und kein bekanntes Gesicht einen begrüßt.«

»Kopf hoch, wir kriegen das schon hin, Schatz. Sie muss erst durch die Passkontrolle und dann muss sie noch ihren Koffer vom Gepäckband abholen, das wird uns die benötigte Zeit schon verschaffen«, sagte Liam. Er streichelte Monica über das rechte Bein und jagte ihr damit einen warmen Schauer über den Rücken.

Schatz. Sie musste sich an dieses Wort erst noch gewöhnen.

Monica schloss die Augen und erinnerte sich an diesen magischen Tag vor einer Woche.

Sie strich gerade die Tür ihres Wintergartens neu, als es an der Tür klingelte.

Hinter ihrer Glasscheibe konnte sie Liam sehen.

Sie blickte an sich herunter: Sie trug eine uralte Latzhose von ihrem verstorbenen Ehemann, die auch noch von oben bis unten mit Farbe vollgespritzt war.

»Was soll's«, sagte sie sich und öffnete die Tür.

»Heute ist der längste Tag des Jahres und ein prächtiger noch dazu, da dachte ich, du würdest mich vielleicht gerne auf einen Angelausflug begleiten?«

»Ich würde unheimlich gerne mit dir rausfahren, aber wie du unschwer erkennen kannst, bin ich gerade beim Streichen«, antwortete sie.

Liam lief in den Flur und entledigte sich seiner Jacke: »Gar kein Problem, ich helfe dir, dann bist du schneller fertig und wir können aufs Wasser.«

Keine zwei Stunden später stachen sie mit der *Margaret* in See.

Das Wasser war beinahe spiegelglatt. Hätte die Luft nicht diesen schweren Salzgeschmack gehabt, hätte Monica vergessen können, wo sie sich befand.

»Danke, dass du mich abgeholt hast. Es tut gut, einmal etwas anderes zu sehen als Bauschutt, Farbeimer, Staub und Kartons.«

»Gerne geschehen«, sagte Liam, während er einige Kunstköder auf seine Angelhaken zog und Monica eine Angel übergab. »Ich bin mir ziemlich sicher, dass Giovanna Augen machen wird, wenn sie aus Amerika zurückkommt und sieht, wie weit die Renovierungsarbeiten an der Pension vorangeschritten sind!«

»Ja«, antwortete Monica, »das wird sie. Jetzt bleiben die Inneneinrichtung, der Außenbereich und der Wintergarten. Und die Fassade muss auch noch gestrichen werden, wenn das irische Wetter uns keinen Strich durch die Rechnung macht.«

»Wann kommt denn Giovanna genau an?«, wollte Liam wissen.

»Nächste Woche Sonntag. Ich denke, Shane wird sich freuen, dass Giovanna zurück ist«, sagte Monica und warf ihre Angel aus.

»Oh ja, fragt sich nur, wann er ihr endlich sagt, was er für sie empfindet. Es ist offensichtlich, dass er sie liebt«, sagte Liam und warf ebenfalls seine Angel aus.

»Nicht jeder trägt sein Herz auf der Zunge und du vergisst, dass beide gescheiterte Ehen hinter sich haben, da wird man vorsichtiger. Zum Glück sind sie noch jung, sie haben noch Zeit für eine neue Liebe«, erklärte Monica.

»Und was ist mit uns, dem nicht mehr ganz so jungen Gemüse? Haben auch Menschen in unserem Alter noch eine Chance auf die Liebe, oder sind wir dazu verdammt, unseren Lebensabend alleine zu verbringen – was meinst du?«

Monica blickte zu Boden: »Wenn es so für einen vorbestimmt ist, dann muss man das akzeptieren.«

Plötzlich sicherte Liam seine und Monicas Angel am Boot.

»Was tust du da?«, fragte Monica perplex.

Liam nahm Monicas Hände in seine und dann sagte er Worte, die Monica niemals vergessen würde: »Zum Teufel mit der Vorbestimmung, zum Teufel mit dem Schicksal! Es gibt nur Dinge, die man tut oder Dinge, die man eben nicht tut. Chancen, die man ergreift oder Chancen, die man an sich vorbeiziehen lässt. Mir ist gerade klargeworden, dass ich nicht als einsamer Tattergreis enden möchte, der zu feige war, seinen Mann zu stehen. Seit jenem Morgen, als ich dich auf dem Strand aufgelesen habe, liebe ich dich und ich bin es leid, mich deswegen schlecht zu fühlen! Ich sollte der gute Witwer sein, der seiner Margaret Blumen auf das Grab stellt und in alten Erinnerungen schwelgt. Aber die Wahrheit ist: nur Margaret ist tot, ich lebe noch und sehne mich nach mehr als nur einem kalten Grabstein. Bevor auch ich dort unten liege, möchte ich das Leben noch einmal voll auskosten und ich glaube, das kann ich nur mit dir!«

Obwohl sie mit Liams Gefühlen gerechnet hatte, schoss Monicas Puls in die Höhe. Sie ließ ihre Hand auf seinem Gesicht ruhen. Sein silbriger Bart fühlte sich weich an.

»Liam, ich liebe dich auch. Aber wenn auch dir etwas passieren sollte, weiß ich nicht, ob ich das überleben könnte! Verstehe doch, ich will dich und mich nur schützen!«

Liam ergriff Monicas Gesicht mit seinen beiden Händen. An seinem Griff spürte sie, dass er keine Ausflüchte mehr wollte: »Monica, das ist die Abmachung, die wir mit der Liebe treffen. Wenn wir uns dafür entscheiden, erfahren wir echtes Glück. Wenn sie uns genommen wird, trauern wir. Aber sollen wir aus Angst vor dem Unglück ganz darauf verzichten und niemals erfahren, was Glück bedeutet?«

Er küsste sie sanft und Monica erwiderte den Kuss.

Es ging ihr durch den Kopf, dass die Wahrscheinlichkeit, die Lotterie zu gewinnen, höher war, als sich noch einmal in einen Mann zu verlieben und ihn so zu küssen. »Geben wir uns eine Chance?«, fragte Liam, als sie beide wieder zu Atem kamen.

»Abgemacht«, antwortete Monica, »aber auf deine eigene Gefahr hin!«

»Für dieses Lächeln ist mir kein Risiko zu groß!«

Monica küsste ihn erneut. Erst jetzt bemerkte sie, wie sehr sie diese Art der menschlichen Nähe vermisst hatte.

»Da regt sich etwas«, sagte sie, als sie sich von ihm löste.

Liam blickte nervös an sich herunter: »Entschuldigung, aber ... ich bin ja auch nur ein Mann aus Fleisch und Blut.«

»Ich meinte nicht das, ich meinte deine Angel!«

»Na, was lächelt meine Monica wie ein Honigkuchenpferd vor sich hin?«

»Ich musste nur an unseren letzten Angeltrip denken«,

erklärte Monica und legte ihre Hand auf Liams. Liam grinste: »Ja, der war ja auch unvergesslich. Siehst du, der Stau hat sich aufgelöst und wir sind schon fast da!«

In der Ankunftshalle stießen sie auf Shane, der sie erstaunt anschaute, als sie händchenhaltend auf ihn zuliefen: »Glückwunsch, alter Mann, wie ich sehe, hast du dich getraut und gewonnen!«

»Sieh zu und lerne, jetzt bist du dran, Shane!«

Monica winkte: »Dort ist Giovanna! Und Liam hat recht, du solltest dich ihr endlich offenbaren! Selbst ein Blinder kann sehen, wie viel sie dir bedeutet!«

Shane lächelte und winkte Giovanna zu, während er Monica ins Ohr flüsterte: »Ich habe da so eine Idee ...«

Giovanna kam immer näher und strahlte über das ganze Gesicht. Bemerkte Monica verstohlene Blicke zu Shane?

Sekunden später fielen sich Giovanna und Monica in die Arme.

»Ein ganzer Monat! Wie schnell der vorbeigegangen ist!«, rief Giovanna aus.

»Ein Monat oder ein Jahr, die Hauptsache ist, dass es deiner Tochter wieder besser geht«, antwortete Monica.

»Ja, Gott sei Dank ist Ophi wieder fit wie ein Turnschuh! Wie seid ihr mit den Renovierungsarbeiten vorangekommen?«

»Warte ab, bis wir zu Hause sind, du wirst Augen machen!«, sagte Liam und legte seinen Arm um Monica.

Giovanna starrte sie an: »Moment mal, ihr ... ihr ...???!«

»Ja, so sieht es aus, dieser alte Herr hat alles auf eine Karte gesetzt und hat gewonnen!«

»Wow, herzlichen Glückwunsch!«, sagte Giovanna, »du hast wohl nichts anbrennen lassen, was?«

»Komm du erst mal in unser Alter, dann weißt du, dass man keine Jahrzehnte Zeit hat, um lange hin und her zu überlegen!«

239

»Shane, wie schön auch dich zu sehen!«

»Ich freue mich auch, dass du wieder zurück bist«, antwortete Shane und nahm Giovanna fest in den Arm. Er flüsterte ihr etwas zu und sie kicherte.

Kapitel 27

*Juli
Giovanna*

Giovanna wachte von der Wärme auf ihrem Gesicht auf. Die Sonnenstrahlen tauchten ihr Zimmer in helles Licht.

Sie sprang auf und öffnete das Fenster, um zu lüften. Das Zimmer hatte immer noch diesen typischen Geruch nach frischer Farbe.

Giovanna liebte diesen Duft, er roch nach neuen Möglichkeiten und nach Zukunft.

Sie stolperte über eine der vielen Kisten, die im Zimmer herumstanden, während sie sich den Gürtel ihres Morgenmantels zuband. Anschließend begab sie sich in die Küche.

Gott sei Dank sieht mich niemand in diesem Aufzug, dachte sie, während sie an einem Spiegel vorbeiging und ihre Locken begutachtete, die in alle Richtungen vom Kopf abstanden.

Giovanna trank gerade ein Glas Wasser, als plötzlich jemand anfing zu singen:

»Happy birthday to you, happy birthday to you ...«

Plötzlich tauchte eine riesige Sahnetorte mit Unmengen brennender Kerzen vor ihr auf.

Monica, Liam, Shane und Violet gratulierten zum Geburtstag. Polly wedelte mit dem Schwanz und begrüßte Giovanna stürmisch.

Plötzlich erschrak Giovanna: Shane hatte den Korken einer Sektflasche knallen lassen. Puma und Gaya hüpften vor Schreck in einen leerstehenden Karton.

Ehe sie sich versah, hielt sie ein Glas Sekt und einen Teller mit einem Stück von der Torte in der Hand.

»So früh am Morgen schon?«, wunderte sich Giovanna, »wollen wir nicht später feiern? Ich möchte euch alle zum Essen einladen!«

»Das geht leider nicht«, antwortete Shane geheimnisvoll.

»Weshalb nicht?«

Shane schaute auf die Uhr an seinem Handgelenk: »Weil du und ich die nächsten drei Tage etwas vorhaben und in der nächsten Stunde abfahren sollten. Hast du schon einmal etwas von den Pferderennen in Galway gehört?«

»Ist nicht wahr?!«, rief Giovanna begeistert und ungläubig zugleich.

»Und ob!«

»Während meiner Rundreise war ich einmal kurz in Galway, ich habe auch von Erins Onkel Reginald von den Pferderennen gehört, aber mit den ganzen Arbeiten hier habe ich komplett vergessen, dass ich dort hinfahren wollte.«

»Super, dann genieße deinen Sekt und dein Stück Torte, pack deine Sachen zusammen und wir machen uns auf den Weg«, schlug Shane vor.

»Da gibt es ein kleines Problem«, gab Giovanna zu.

»Welches?«, fragten alle Anwesenden gleichzeitig.

»Ich habe nichts, was ich zu so einem eleganten Anlass anziehen könnte. Ich habe damals fast alles verschenkt, gespendet oder einlagern lassen. Können wir unterwegs irgendwo anhalten und etwas shoppen?«

Monica grinste und nahm Giovanna bei der Hand: »Na, dann komm mal mit mir mit!«

Inmitten des im Gästefrühstückszimmer noch herrschenden Chaos standen drei abgedeckte Mannequinpuppen.

Deine neuen Freunde haben wirklich an alles gedacht, dachte Giovanna gerührt.

Also schien sie doch ein liebenswürdiger Mensch zu sein!

Giovanna lachte nervös: »Sagt mir bitte, dass dies nicht das ist, wonach es aussieht!«

»Wir wussten, dass du nichts Passendes zum Anziehen hast, aber wie der Zufall es so will, ist unsere Violet hier eine begnadete Schneiderin. Wir hoffen, dir gefällt, was sie für dich genäht hat!«

Giovanna traute ihren Ohren kaum: »So viel Mühe, nur meinetwegen? Woher kanntet ihr meine Größe?«

Monica lachte: »Erinnerst du dich, wie du mich vor einigen Wochen mit Lupe und Maßband in deinem Zimmer erwischt hast? Und ich irgendeine blöde Ausrede vor mich hin gefaselt habe?«

Giovanna nickte und verstand.

Violet führte Giovanna zum ersten Mannequin und entfernte das Laken, das sie bedeckte.

Giovanna sah ein himmelblaues Kostüm, das aus einem Etuikleid und einer kurz geschnittenen Jacke mit dreiviertellangen Ärmeln bestand.

Ihr Herz hüpfte vor Freude.

»Fantastisch!«, rief Giovanna aus, »diese Kombination hätte Jackie Kennedy alle Ehre gemacht! Und der passende Pillbox-Hut ist einfach unschlagbar! Ich liebe es! Dazu trage ich nachtblaue Lackpumps und meine Perlenkette, einfach perfekt!«

Monica lüftete das Geheimnis des zweiten Mannequins. Ein blütenweißes Swingkleid, das über und über mit pinken und violetten Hortensien bedruckt war, dazu ein pinkfarbener Lackgürtel, der perfekt dazu passende Bolero und ein Strohhut.

Ein Traum!

»Ich liebe auch dieses Set!«, sagte Giovanna mit Tränen in den Augen.

»Und nun das letzte Stück! Das hat mich so einige schlaflose Nächte gekostet, aber als ich die Vision vor mir hatte, hatte ich keine Ruhe mehr, bis sie endlich Realität geworden war!«, erklärte Violet.

Das dritte Kleid war schlicht, doch gleichzeitig sehr elegant. Es ging Giovanna bis zum Knie und war bis auf den breiten Schalkragen in tiefem Schwarz gehalten. Der Schalkragen selbst war aus weißer Seide und über und über mit Perlen und glitzernden Kristallen versehen. Der ausgestellte Rock gab dem Kleid eine Glockenform. Auf der Mannequinpuppe thronte auch der passende Fascinator.

Giovanna war sprachlos vor Freude und dermaßen überwältigt, dass ihr jemand solch ein Wahnsinnsgeschenk machte, dass sie weinen musste.

Stürmisch bedankte sie sich mit Küssen und Umarmungen bei Monica, Shane, Liam und vor allem bei Violet, die so viel Freizeit geopfert haben musste, um die Kleider zu nähen.

»Aber das ist doch viel zu viel«, sagte Giovanna, während sie sich das Gesicht abtrocknete.

»Ich habe gar nicht genug, was ich dir geben könnte, um mich bei dir zu bedanken«, erklärte Monica, »du hast mich aus einem unendlich tiefen Loch befreit.«

Giovanna errötete, sie war es nicht gewohnt, so sehr im Mittelpunkt zu stehen.

»Durch die Renovierung des Bed & Breakfasts werden noch mehr Gäste hier in Ballinesker sein und davon wird auch das Murphy's profitieren, somit sind wir alle dir zu Dank verpflichtet«, stellte Violet klar.

»Das stimmt absolut«, sagte Liam, »ich werde auch mehr Angeltouren anbieten können.«

Shane zog durch ein leises Räuspern die Aufmerksamkeit aller Beteiligten auf sich:

»Ich möchte ja wirklich nur ungern ein Spielverderber sein, aber wenn wir noch rechtzeitig zum ersten Pferderennen heute Nachmittag in Galway sein wollen, müssen wir in einer halben Stunde losfahren.«

»Aber ich hatte doch noch nicht mal ein Stück von der fantastischen Torte«, protestierte Giovanna im Spaß.

»Friert die Torte ein«, befahl Shane in genauso scherzhaftem Ton. »Wir haben heute noch ein paar Wetten zu gewinnen.«

Bis Shane und Giovanna endlich mit fertig gepacktem Koffer mitsamt eleganter Garderobe im Auto saßen, verging dann aber doch noch eine Stunde.

»Ich war doch erst einen Monat weg und jetzt lasse ich dich wieder mit der Renovierung alleine. Ist das für dich wirklich in Ordnung?«, erkundigte sich Giovanna bei Monica, die sich durch die offene Tür zu ihr ins Wageninnere beugte.

»Natürlich«, versicherte Monica ihr.

Wie so oft legte Liam seinen Arm um Monica: »Jetzt fahrt doch endlich ab, Shane, dann genießen wir unsere Zweisamkeit und weihen jedes Zimmer auf unsere Weise ein.«

Monica knuffte Liam in die Rippen: »Nicht vor den Kindern!«

»Dann habt ein paar schöne Tage zu zweit, ihr seid ein hinreißendes Paar und ich bin so glücklich für euch!«, sagte Giovanna. Shane startete den Wagen und sie fuhren los.

»Du, bevor ich mich richtig auf den Kurzurlaub freuen kann, muss ich noch mal aufs Handy schauen. Es ist so seltsam, dass sich Jasmina noch nicht gemeldet hat«, erklärte Giovanna.

»Wieso denn?«, wollte Shane wissen.

»Normalerweise ist Jasmina immer bis Mitternacht

wachgeblieben, nur um mir ja als Allererste gratulieren zu können, aber von ihr habe ich heute noch nichts gehört.«

»Hast du nicht gesagt, dass sie als Hochzeitsfotografin arbeitet, mit ihrem Mann ein altes Bauernhaus renoviert und auch noch Zwillinge im Kleinkindalter hat?«

»Ich weiß, worauf du hinauswillst, wahrscheinlich hast du recht und sie hat einfach viel um die Ohren.«

»Hat sich jemand anderes gemeldet?«

»Ja, Magda, das ist meine ehemalige Vorgesetzte, und Ophelia wünscht mir auch alles Gute zum Geburtstag … und … Henry.«

»Hast du noch etwas von ihm gehört seit eurem Bostoner Telefonat?«

»Nein, nichts. Er schreibt nur, dass er mir alles Gute wünscht. Ich hätte nicht gedacht, dass er sich noch einmal bei mir meldet. Na ja, genug jetzt mit dem Mobiltelefon«, sagte Giovanna und packte es weg.

»Richtig! Lass uns lieber über das Pferderennen sprechen und das saftige Grün der irischen Weiden bewundern. Und sieh mal, wie toll das Wetter heute ist.«

»Fantastisch, blauer und wolkenloser könnte der Himmel gar nicht sein!«

Am Ortsausgang kam ihnen ein Wohnwagen entgegen. Giovanna hätte schwören können, dass der Fahrer ihr zuwinkte.

»Kanntest du den Typen?«, fragte Shane, der das anscheinend auch mitbekommen hatte.

Giovanna runzelte die Stirn: »Ich bin mir sicher, dieses T-Shirt schon einmal gesehen zu haben, aber der Typ hatte einen Vollbart, Sonnenbrille und eine Schirmmütze. Ich konnte ihn nicht erkennen.«

»Bestimmt hat er dich mit jemandem verwechselt!«

»Ja, ganz sicher«, antwortete Giovanna und ließ ihren Blick in die Ferne schweifen.

Einige Stunden später bog Shane in Galways Stadtteil Salt Hill ein und hielt vor einem prachtvollen Haus an.

»Du hast aber etwas Schönes ausgesucht,« rief Giovanna.

»Das ist ja auch *Sabrina's Bed & Breakfast* – so was wie eine Institution in Galway, wenn man dem Internet Glauben schenken kann«, erklärte Shane und hievte das Gepäck aus dem Kofferraum.

Die Haustüre wurde geöffnet und plötzlich schnellten zwei Windhunde auf Giovanna los. Ihre Besitzerin stürmte hinterher: »Lady! Jace! Benehmt euch!«

»Alles gut«, antwortete Giovanna, während sie den größeren Hund hinter den Ohren kraulte, »sie sind wunderschön!«

»Neulich haben sie ein Kind umgeworfen und ich hatte fast eine Anwaltsklage am Hals!«, sagte die Frau und leinte die Hunde an, »Ich bin Sabrina, herzlich willkommen! Fühlen Sie sich ganz wie zu Hause!«

Sie streckte Giovanna ihre Hand entgegen.

»Sie hatten Glück, in der letzten Minute sind zwei Gäste abgesprungen. Sonst hätten Sie in ganz Galway kein Zimmer mehr bekommen, alle drehen wegen des Pferderennens durch.«

Nach einer kurzen Stärkung, bestehend aus Tee und Sabrinas Karottenkuchen, zogen sich Shane und Giovanna in ihr jeweiliges Zimmer zurück, um sich umzuziehen.

»Ich kann es kaum erwarten, dich anzuprobieren«, trällerte Giovanna, während sie das hellblaue Set aus dem Kleidersack befreite.

Das Kleid passte wie angegossen. Giovanna drehte sich vor dem Spiegel und jauchzte vor sich hin. Nach einer schnellen Sanierung ihres Make-ups machte sie sich auf dem Weg.

Shane wartete am Fuß der Treppe in einem hellgrauen Anzug.

»So müssen sich die jungen amerikanischen Frauen kurz vor ihrem Abschlussball fühlen«, sagte Giovanna und hakte sich bei Shane unter.

Er hauchte ihr einen Kuss auf die Wange: »Ich habe aber draußen keine Limousine stehen, sondern weiterhin meinen klapprigen Vauxhall. Du siehst übrigens zauberhaft aus. Dein Ex-Mann ist der größte Idiot, der jemals auf dieser Welt umhergewandelt ist und jemals wandeln wird.«

Giovanna bekam freudiges Magenkribbeln bei diesem Kompliment: »Du bist auch nicht von schlechten Eltern! Und egal, ob Limousine, klappriger Vauxhall oder Tandemfahrrad – heute fühle ich mich wie eine Prinzessin!«

»Wenn ich bitten darf, Eure Hoheit!«, sage Shane und öffnete die Beifahrertür.

Eine halbe Stunde später waren die beiden schon auf der Rennbahn. Mit einer Mischung aus Neugier und Belustigung blätterte Giovanna in dem Büchlein, das man ihr am Eingang ausgehändigt hatte.

»Was ist das genau?«, flüsterte sie ihrem Begleiter zu.

»Eure Gnaden, hier finden sich alle teilnehmenden Pferde und Jockeys, alte Siege, Wettprognosen und Empfehlungen.«

»Ach, verstehe! Also handelt es sich bei *Flying Dutchman* nicht um ein Schiff, sondern um ein Pferd?«

»Ich sehe, du lernst schnell«, lächelte Shane, »und hast du schon *Fury*, *Attila* und *Flash Gordon* entdeckt?«

»Ja, habe ich! Bei der Namensgebung scheinen der Kreativität keine Grenzen gesetzt zu sein.«

»Komm, lass uns erst zum Gatter hingehen, es werden die Pferde präsentiert, die später rennen.«

Die gestriegelten und mit Schleifen geschmückten Pferde wurden zur Schau gestellt, während die Besucher Notizen machten.

»Also, durch die Schau und die Informationen im

Prospekt versuchen die Besucher herauszufinden, wie gut die Chancen auf einen Wettgewinn stehen?«, vermutete Giovanna.

»Genau. Und bei den Buchmachern kann man auf Tafeln sehen, welches die nächsten Rennen sind, welche Wetten es gibt und wie die Gewinnquoten aussehen.«

Giovanna war vom bunten Treiben fasziniert.

Unzählige Geldscheine und Quittungen wechselten die Besitzer.

»Oh schau mal«, wunderte sich Giovanna und zeigte auf eine der Tafeln, »das Pferd *Old Boy* hat eine Gewinnquote von 1 zu 5. Was bedeutet das?«

»Das liegt daran, dass er eine gute Chance hat zu siegen«, erklärte Shane und las aus dem Büchlein vor.

»*Old Boy*, auch *Old Boy the Second* genannt, ist der einzige Schimmel im Wettbewerb. Ein vielversprechender Kandidat, der aber ohne Ausnahme immer nur den zweiten Platz erreicht hat. Wird er es in dieser Saison schaffen, den Bann zu brechen und endlich als Erster durch die Ziellinie zu galoppieren?«

»Dieses Pferd klingt doch ganz vielversprechend«, sagte Giovanna und betrachtete das Gatter, in dem die Pferde präsentiert wurden. Der Schimmel *Old Boy* stach zwischen den schwarzen und braunen Tieren hervor.

»Bist du sicher? Es gibt es andere Pferde, die vielleicht etwas zuverlässiger sind. Zum Beispiel *The Sound of Speed?*«

Giovanna überlegte kurz und rief leise nach *Old Boy*. Er drehte den Kopf und lief auf sie zu. Für sie, hatte er die freundlichsten Augen aller Pferde.

»Sie dürfen ihn gerne streicheln«, sagte eine Frau, »ich bin die Besitzerin.«

»Und er war bislang immer nur Zweiter?«

»Ja, ausnahmslos!«

Einem Impuls folgend sagte Giovanna: »Komm, *Old Boy*,

ich glaube an dich! Heute schaffst du es als Erster! Gib dir Mühe und du wirst siegen!«

Die Besitzerin lächelte sie an. Sie schien sich zu darüber freuen, dass Giovanna an ihn glaubte.

Nachdem Giovanna ihre Wette beim Buchmacher abgeschlossen hatte, führte Shane sie zur Rennbahn.

Giovanna bewunderte die elegante Kleidung der Besucher des Pferderennens. Die Herren trugen vornehmlich Smoking, während die Damen in ausgefallenen Abendkleidern und Hüten miteinander konkurrierten.

Viele Menschen standen ganz dicht an der Rennbahn, andere hatten es sich in einer Loge auf den Rängen bequem gemacht.

Giovanna und Shane besorgten sich etwas zu trinken und beobachteten das erste der Pferderennen.

Giovanna war fasziniert von den Geräuschen und Eindrücken. Das Stampfen der Hufe auf der Rennstrecke, die Anweisungen der Jockeys, das Anheizen der Kommentatoren und das Johlen der Menge. Alles schien in einem einzigen Chor miteinander zu verschmelzen. Es lag ein schwerer Geruch in der Luft. Nach Gras, Schweiß, Pferd und aufkommendem Sommerregen. Und nach Shanes After Shave.

»Jetzt ist *Old Boy* an der Reihe«, sagte Shane.

Der Schimmel stand, mit einem schlanken Jockey auf seinem Rücken, an der Startlinie. Obwohl sie ihn erwartet hatte, erschrak Giovanna trotzdem, als der Startschuss fiel.

Ganz automatisch passte sich Giovanna den restlichen Zuschauern an. Mit ihrem Wettschein in der einen Hand und einem Glas Sekt in der anderen feuerte sie das Pferd an, auf das sie gesetzt hatte.

Die Stimmung elektrisierte sie. *Old Boy* galoppierte schnell wie der Wind und hatte innerhalb kürzester Zeit die zweite Position inne.

»Da haben wir es wieder, *Old Boy the Second!*«, rief ein Mann hinter Giovanna.

Giovanna brüllte als Erwiderung: »*Old Boy,* hör nicht auf sie, du kannst den ersten Platz erreichen!«

Plötzlich verdunkelte sich der Himmel. Mit einem lauten Donner kündigte sich ein Gewitter an. Platzregen prasselte vom Himmel. Während viele Zuschauer Schutz suchten, wichen Giovanna und Shane keinen Zentimeter von der Rennbahn.

Ein Gong kündigte die zweite und letzte Runde an, und die Anfeuerungen der Zuschauer wurden immer lauter, je näher die Pferde an die Ziellinie kamen.

Old Boy und ein tiefschwarzer Hengst mit der Nummer 5 lieferten sich ein Kopf-an-Kopf-Rennen. Mittlerweile war die Rennbahn vom Regen ganz matschig geworden. Die Hufe ließen den Dreck aufspritzen. Giovanna hörte ihre angestrengte Atmung, während sie an ihr vorbeisausten.

»*Old Boy the First!*«, schrie sie aus voller Kehle, und auch andere Zuschauer stimmten mit ein.

Die Stimme des Moderators am Mikrofon überschlug sich fast vor lauter Emotionen, als *Old Boy* um eine Kopflänge die Ziellinie vor dem schwarzen Hengst passierte.

»Einfach unglaublich, er hat es tatsächlich geschafft!«, jubelte Giovanna und umarmte Shane. Er sah sie an und erwiderte die Umarmung.

Giovanna fuhr sich mit der Hand an die Stirn. Ihre Haare hingen klatschnass herunter und sie war nass bis auf die Unterhose, doch Shanes Blick nahm ihr jeden Zweifel und jede Verunsicherung.

Giovanna stellte sich auf die Zehenspitzen und küsste ihn innig. Shane erwiderte den Kuss mit Leidenschaft. Erst ein paar Minuten später lösten sich seine Lippen von ihren. Giovanna sah sich um: Sie waren die Einzigen, die noch vor der Rennbahn standen. Shane lächelte sie an, strich ihr sanft eine Locke aus dem Gesicht und sagte: »Du hast ein gebrochenes Herz. Ich habe ein gebrochenes Herz. Wir wissen beide, dass es für nichts eine Garantie gibt und wir haben keine Ahnung, was uns die Zukunft bringt. Aber was ich hier und jetzt weiß, ist, dass ich dich vermisse, wenn du nicht bei mir bist und dass ich aufblühe, wenn ich bei dir bin. Ich liebe dich, Giovanna. Möchten wir es miteinander versuchen?«

Giovannas Augen füllten sich mit Tränen der Freude. Unfähig, ein Wort zu erwidern, nickte sie heftig und schmiegte sich an Shanes warme Brust.

Er küsste ihren nassen Lockenkopf und flüsterte: »Ich lasse dich nie wieder los.«

Sie standen noch einige Minuten eng umschlungen und einander küssend vor der Tribüne, bis sie eine Durchsage hörten: »Ladys und Gentlemen, aufgrund des anhaltenden Starkregens werden wir für heute schließen. Alle geplanten Rennen finden innerhalb der nächsten Tage statt. Ihre Gewinne können Sie heute und in den folgenden Tagen abholen.«

»Ach stimmt ja«, schmunzelte Giovanna, »da war ja noch etwas mit meinem Gewinn.«

»Komm, du glückliche Lady«, neckte Shane, »lass uns schnell zu deiner Buchmacherin gehen und dann ab in den Bed & Breakfast. Du und ich sollten diese nassen Klamotten loswerden.«

Am nächsten Morgen erwachte Giovanna vom Geräusch des prasselnden Regens gegen die Fensterscheibe. Vorsichtig blinzelte sie zwischen ihren halbgeschlossenen Lidern hindurch und streckte sich im Bett aus, um mit Entzücken festzustellen, dass die Ereignisse vom gestrigen Abend doch kein Traum gewesen waren.

Auf dem Bauch liegend und mit dem Gesicht zu ihr

gedreht, schlief Shane tief und fest. Seine Gesichtszüge waren friedlich, fast schon wie die eines Kindes, wenn da nicht die Lachfältchen und Spuren des Bartwuchses gewesen wären. Die von grauen Fäden durchzogenen Locken waren ganz zerzaust, die vollen Lippen waren geschlossen. Wenn Giovanna an das dachte, was dieser Mund mit ihr angestellt hatte, wurde ihr ganz heiß. Ihr Blick wanderte weiter über seine Arme bis zu seinen feingliedrigen Händen. Mit wie viel Zärtlichkeit er sie doch gestreichelt und geliebt hatte.

In Giovannas Bauch tobte ein Schwarm Schmetterlinge. Obwohl die Scheidung von Henry eingereicht war und dieser nun eine neue Familie gegründet hatte, empfand sie das Geschehen der vergangenen Nacht als etwas Einschneidendes, Endgültiges. Henry war Giovannas erster und bislang einziger Mann gewesen.

In einen anderen Mann verliebt zu sein und mit ihm geschlafen zu haben, hatte das Kapitel Henry in ihrem Leben ein für alle Mal abgeschlossen.

»Beobachtest du mich etwa?«, fragte Shane mit geschlossenen Augen.

Giovanna antwortete, indem sie sich an seinen warmen Körper kuschelte. Shanes nackte Haut auf ihrer, elektrisierte sie.

Sie machten dort weiter, wo sie erst in den frühen Morgenstunden aufgehört hatten.

Erst am Nachmittag konnten sich Shane und Giovanna dazu überwinden, aus dem Bett zu klettern.

Sabrina bereitete ihnen trotz der späten Stunde ein Frühstück und zwinkerte Giovanna zu.

»Möchtest du heute noch einmal auf ein anderes Pferd wetten?«, fragte Shane auf dem Weg zur Rennbahn. »Du scheinst Glück zu bringen und für Sensationen zu sorgen!«

»Die letzten 24 Stunden waren reich genug an Emotionen

und Sensationen. Lass uns einfach den Tag genießen«, antwortete Giovanna.

Die Wolken hielten sich auch am zweiten Tag hartnäckig, doch wenigstens blieb es trocken. Eng aneinander umschlungen genossen sie es, die Pferde und die anderen Besucher zu beobachten.

»Möchtest du etwas trinken?«, fragte Shane.

»Ja gerne, ich komme mit zum Stand«, antwortete Giovanna und nahm ihn bei der Hand.

Während sie in der Schlange warteten, hörten sie plötzlich ein Gekreisch hinter sich: »Dass ich das noch erleben darf! Mein Bruder hat sich endlich getraut!«

Giovanna erkannte die Stimme sofort: »Jackie!«

Jackie umarmte Shane und Giovanna stürmisch: »Na, das wurde doch endlich Zeit! Jedes Mal, wenn wir uns gesehen haben, lag er mir deinetwegen in den Ohren! Wie lange seid ihr schon zusammen?«

Shane schaute auf die Uhr an seinem Handgelenk: »Seit 24 Stunden und drei Minuten, etwa.«

»Oh, das nenne ich mal taufrische Liebe! Lasst uns die Getränke besorgen und zu den anderen Mädels gehen.«

»Wer ist denn alles hier?«, wollte Giovanna wissen.

»Die gesamte Bagage«, lachte Jackie, »Erin, Tracy, einfach alle, die du an Silvester kennengelernt hast!«

Mit Getränken bepackt machten sich Shane, Giovanna und Jackie auf den Weg zu den Freundinnen aus Dublin.

»Sie sind dort hinten, ihr könnt sie schon schreien hören«, sagte Jackie.

Als Giovanna und Shane ankamen, wurden sie von unzähligen Umarmungen und Küssen begrüßt.

Als sie bei Erin angelangt war, sah sie ihren Ehering aufblitzen. Da fiel ihr etwas ein.

»Du schuldest mir noch die Legende zum Claddagh-Ring«, erinnerte sie die Freundin.

»Du hast recht, und es passt wie die Faust aufs Auge, denn man sagt, dass das Fischerdorf Claddagh, heute ein Stadtteil von Galway, die Geburtsstadt des Erschaffers des Claddagh-Rings ist!«

»Ausgerechnet dieses Galway, wo wir gerade sind? Jetzt wird es spannend!«, rief Giovanna aus.

»Spannend, romantisch, fast schon ein bisschen mystisch!«, flüsterte Erin geheimnisvoll. »Im 17. Jahrhundert lebte hier ein Fischer namens Richard Joyce. Tagein, tagaus fuhr er mit seinem Boot hinaus auf die unruhige, Irische See, um Fisch zu fangen, den seine Verlobte dann auf dem Markt verkaufte.«

»Wie hieß die Verlobte?«, wollte Giovanna wissen.

»Im Laufe der Jahre wurde die Erinnerung an diesen Namen leider ausgelöscht. Man spricht immer nur von der *Verlobten*. Jedenfalls ging Richard eines Tages, wie jeden anderen Tag auch, zum Fischen, doch an diesem Tag sollte er nicht zurückkehren, um seiner Verlobten Fisch für den Markt zu bringen.«

»Was ist passiert?«

»Algerische Piraten tummelten sich in den Gewässern rund um Irland und Großbritannien, um Handelsschiffe zu überfallen, die Schätze aus der Neuen Welt brachten. Die Legende besagt, dass Richard von ihnen entführt wurde, als sie den Heimweg antraten. Du kannst dir die schrecklichen Lebensbedingungen auf dem Schiff vorstellen. Wasser und Lebensmittel waren knapp, es mangelte an Hygiene. Viele Männer starben. Doch Richard überlebte, denn er war gesund und kräftig. Die Legende sagt weiter, dass der Gedanke an seine Verlobte, die am Strand auf ihn wartete, seinen Willen, am Leben zu bleiben, stärkte.

In Algerien wurde Richard auf dem Sklavenmarkt verkauft. Er hoffte, auch dort als Fischer arbeiten zu können, denn vielleicht konnte ihm dann die Flucht mit dem Boot gelingen. Doch aufgrund seines kräftigen Körperbaus kaufte ihn stattdessen ein Goldschmied. Unser unglücklicher Fischer war verzweifelt. Was, wenn seine Verlobte ihn für tot hielt und einen anderen Mann heiratete? Er erlernte das Schmieden schnell. Sein Gedanke war, dass er sich mit besonders gut gearbeiteten Meisterstücken irgendwann von seinem Meister freikaufen konnte.

Doch das Gegenteil trat ein. Der Goldschmied war mit Richards Arbeit so zufrieden, dass er schwor, ihn niemals gehen zu lassen. Nachts kettete er ihn an seinem Schlafplatz fest, damit er nicht entkommen konnte. In diesen Nächten, wenn Hammer und Amboss ruhten und Richard die Hitze des Feuers nicht spürte, sehnte er sich voller Verzweiflung nach seiner Geliebten. Er wurde fast wahnsinnig vor Kummer.

Eines Tages gab der Goldschmied Richard etwas Gold. Er sollte etwas Neues nach seinen eigenen Vorstellungen erschaffen.

In Gedanken an seine Verlobte und an die ferne Heimat schmiedete Richard den ersten Claddagh-Ring. Mit jedem Schlag seines Hammers floss alles, was ihm jemals wichtig gewesen war, in den Ring: die Liebe, dargestellt vom Herzen, die Freundschaft, dargestellt von den Händen und die Treue, dargestellt von der Krone.

Er stellte sich vor, wie er seiner Geliebten in der kleinen Kirche in Claddagh den Ring an den Finger steckte. Dieser Gedanke gab ihm Hoffnung. Der Goldschmied war begeistert von Richards Arbeit und brachte es nicht über das Herz ihm den Ring wegzunehmen. Einige Zeit später traf der neue König der Briten, William III, eine Vereinbarung mit allen Mauren. Alle gefangengehaltenen Briten sollten freigelassen werden. Richard war zwar ein Ire, doch wie du weißt, gehörte Irland damals zu Britannien, also musste auch sein Meister ihn gehen lassen. Er bekniete Richard nicht zu gehen, er bot ihm Gold im Überfluss, eine Beteiligung am Geschäft und sogar seine eigene Tochter an. Doch Richard lehnte ab. Er hatte nur den Claddagh Ring bei sich, als er das Schiff bestieg, das ihn in seine Heimat zurückbringen sollte. Wieder in Claddagh angekommen, ging er sofort ins Haus seiner Verlobten. Dort fand er sie unverheiratet vor, sie hatte gespürt, dass er am Leben war und die ganze Zeit auf ihn gewartet. So wurde Richards Traum endlich wahr: er konnte seiner Verlobten den Ring an den Finger stecken, und der Wunsch nach ewiger Liebe, Treue und Freundschaft ging in Erfüllung.«

»Was für eine wunderbare Geschichte!«, schwärmte Giovanna, »aber wie breitete sich der Claddagh-Ring dann in ganz Irland aus?«

»Man sagt, dass Richard nach seiner Rückkehr nicht mehr als Fischer, sondern als Goldschmied arbeitete und nur noch Claddagh-Ringe schmiedete. So konnte er sich und seiner Frau ein gutes Einkommen sichern und sie lebten glücklich und zufrieden bis ans Ende ihrer Tage.«

»Shane, du weißt, was das heißt?«, fragte Giovanna.

»Ehm … nein?«

»Morgen gehen wir nicht auf die Rennbahn, ich muss unbedingt nach Claddagh und Ringe für Monica, Violet, Ophelia, Jasmina und für mich selbst kaufen!«

»Auch für Jasmina, obwohl sie deinen Geburtstag offensichtlich vergessen hat?«

Giovanna überprüfte erneut das Display, das nur gähnende Leere zeigte: »Auch für Jasmina.«

Kapitel 28

Giovanna

Am Nachmittag des nächsten Tages fuhren sie wieder vor Monicas Haus vor. Shane schaltete in der Einfahrt den Motor aus und Giovanna streckte sich.

Kaum hatte sie die Beifahrertür geöffnet, sprang die Haustür vom *Haus aus Perlmutt* auf. Giovanna traute ihren Augen kaum, als zwei mit goldenen Locken gesegnete Mädchen fröhlich auf sie zurannten und begeistert:

»Tante Giovanna! Tante Giovanna!« riefen.

Jetzt erst sah Giovanna den großen Wohnwagen neben der Einfahrt. Giovanna ging in die Hocke und schloss die Mädchen in ihre Arme.

»Lasst euch mal ansehen! Wie sehr ihr gewachsen seid!«

Sie drückte ihr Gesicht in die blonde Haarpracht der Kleinen und atmete tief ihren Duft ein. Erst jetzt merkte Giovanna, wie sehr sie die Zwillinge vermisst hatte.

Jasmina und Till traten aus der Haustür und Giovanna freute sich riesig.

»Na, hast du auch auf das richtige Pferd gesetzt?«, fragte Till und zupfte an seinem Vollbart.

Bei Giovanna fiel der Groschen. »Das warst du, der mir am Ortsausgang zugewunken hat? Ich habe dich nicht erkannt!«

»Alles Gute nachträglich zum Geburtstag«, sagte Jasmina und überreichte Giovanna einen riesigen Blumenstrauß, »leider ist die Idee mit dem Überraschungsbesuch nach hinten losgegangen. Ich wollte hier auftauchen und dir persönlich gratulieren.«

»Ist nicht schlimm!«, antwortete Giovanna, »aber nun ist es Zeit, euch alle einander vorzustellen!«

»Nicht nötig«, sagte Jasmina und ging zu Shane. »Ich bin Jasmina, Giovannas beste Freundin. Der Typ mit dem fragwürdigen Band-T-Shirt ist mein Mann Till.«

»Hi Leute, freut mich, euch kennenzulernen. Ich bin Shane, Giovannas neuer Freund!«

Monica und Liam erschienen im Türrahmen: »Kommt doch alle hinein, ja? Es gibt Tee und Kuchen.«

Shane und Till gingen mit den Zwillingen vor. Jasmina sah Giovanna verwundert an.

»Neuer Freund?«

»Es kommt mir wie ein Traum vor, dass du hier bist. Lass uns später am Strand spazieren gehen, dann erzähle ich dir die ganzen Neuigkeiten!«

Wenige Minuten später saßen alle vor einer dampfenden Tasse Tee im Esszimmer, das noch ganz deutlich nach frischer Farbe roch.

»Es scheint mir, als hätte deine Idee mit dem Kurzurlaub Wunder bewirkt«, sagte Liam zu Shane, »auch euch herzlichen Glückwunsch! Ihr seid noch viel zu jung, um vor der Liebe Angst zu haben.«

»Jetzt lass die jungen Leute in Ruhe«, tadelte ihn Monica.

»Ihr habt ja auch ewig gebraucht, um euch einen Ruck zu geben«, antwortete Giovanna und streckte den beiden ihre Zunge heraus, was ihr die Zwillinge sofort nachmachten.

»Seid ihr hier in Irland, um Urlaub zu machen?«, wollte Shane von Jasmina und Till wissen.

»Giovanna, du kennst doch den kleinen Bach unweit von unserem Haus?«, fragte Jasmina.

»Ja?«

»Vor sechs Wochen hatten wir heftige Regenfälle. Aus dem Bach wurde ein Fluss. Schon bald stand unser Untergeschoss 30 Zentimeter unter Wasser. Wir waren gerade mit der Renovierung fertig geworden«, Jasmina lächelte verbittert, »die ganze Arbeit, alles umsonst. Wir hatten den Schaden noch gar nicht der Versicherung melden können, als uns ein Spekulant kontaktierte. Er hatte schon lange mit dem Haus und insbesondere mit dem Grundstück geliebäugelt. Da wurde uns endlich klar: Mit der Renovierung dieses alten Bauernhauses haben wir uns zu viel zugemutet. Sowohl unsere Beziehung, als auch die Kinder litten darunter. Ständig redeten wir nur von der Zukunft. Dies und das würden wir schon tun, aber erst, wenn das Haus fertig war. Durch die Renovierung vergaßen wir die Gegenwart vollkommen. Also verkauften wir sowohl das Haus, als auch die Schreinerei. Wir hatten eine Pause nötig, die Mädchen gehen noch nicht in die Schule, also entschieden wir uns für das Reisen. Von einem Teil des Geldes kauften wir uns den Wohnwagen und seitdem sind wir in ganz Europa unterwegs gewesen.«

»Aber wieso hast du mir nichts von alledem gesagt?«, wollte Giovanna wissen.

»Du hattest genug andere Sorgen mit Ophelia, die operiert wurde und der Renovierung vom Bed & Breakfast. Wir wollten es alleine schaffen. Außerdem war es unsere Absicht, dich zum Geburtstag zu überraschen. Ich konnte ja nicht ahnen, dass dieser charmante, junge Mann dich auf eine Rennbahn entführen würde«, antwortete Jasmina und zeigte auf Shane.

Monica schenkte allen noch eine Tasse Tee ein: »Wie lange habt ihr vor, zu bleiben?«

»So lange, wie wir Lust haben«, antwortete Till, »wobei es mich ehrlich gesagt schon wieder in den Händen juckt, zu arbeiten. Ich vermisse meine Schreinerei.«

»Das trifft sich gut, die Handwerker könnten ein zusätzliches Paar Hände gut gebrauchen. Auch gäbe es noch einige Möbel zu schreinern«, erklärte Liam. »Ich könnte dir die Arbeitsgeräte besorgen. Hand drauf?«

»Da bin ich dabei, Hand drauf!«

Plötzlich hatte Giovanna eine Idee: »Schon bald brauchen wir für das *Haus aus Perlmutt*. Fotos, Flyer, eine Homepage, Briefpapier und so weiter. Wenn ich nur wüsste, wer mir dabei helfen könnte …«

»Ja, wenn du das nur wüsstest«, schmunzelte Jasmina.

»Ich denke, die Zusammenführung solch guter Freunde schreit förmlich danach, eine gute Flasche irischen Whiskeys aufzumachen«, beschloss Monica.

Als die Gläser mit der bernsteinfarbenen Flüssigkeit gefüllt waren, stießen alle miteinander an.

Giovanna spürte eine besondere Atmosphäre Luft, die von der Vorfreude am gemeinsamen Arbeiten und Schaffen zeugte.

Kapitel 29

*Oktober
Monica*

Das Laub an den Bäumen leuchtete in allen Schattierungen von Rot und Orange, als die Renovierungsarbeiten am *Haus aus Perlmutt* fertiggestellt wurden. Monica inspizierte jeden Winkel des Hauses. Das gusseiserne Schild war dasselbe, doch die Außenfassade erstrahlte in neuem Glanz. Der Garten war frisch bepflanzt und im Wintergarten zog es dank der neuen Fenster nicht mehr, sodass ein Kamin und eine kleine Bibliothek eingebaut worden waren. Puma schlummerte auf einem der Schaukelstühle, während es sich Gaya vor dem knisternden Feuer gemütlich gemacht hatte.

Der Speisesaal war in hellen Holztönen gehalten. Vor ihrem inneren Auge konnte Monica zufriedene Gäste sehen und das Klirren von Geschirr hören. Giovanna und Jasmina hatten lange an einem zeitgemäßen Frühstückskonzept gearbeitet, das den Gästen mehr bieten sollte als das übliche irische Frühstück.

»Wir brauchen frische, saisonale Produkte aus der Region!«, hatte Jasmina gesagt und prompt Kontakt zu lokalen Bauern aufgenommen, die das *Haus aus Perlmutt* beliefern wollten.

Im Eingangsbereich herrschte eine heimelige Atmosphäre.

Einen Teil der Möbel hatte Till wieder in Schuss gebracht, der andere Teil war ersetzt worden.

Shabby Chic nannten die jungen Leute diesen Stil, der Monica sehr gut gefiel.

Sie freute sich bereits darauf, ihre ersten Gäste mit Tee und hausgemachtem Kuchen im neuen Wohnzimmer empfangen zu dürfen.

Die elegant geschwungenen Treppen, die zu den Zimmern führten, waren lediglich etwas abgeschliffen, lackiert und poliert worden, damit sie wieder in ihrem früheren Glanz erstrahlen konnten.

Doch Monicas größter Stolz galt den individuell gestalteten Gästezimmern.

Ein schlichtes Schild über der jeweiligen Tür machte darauf aufmerksam, wem das Zimmer einst gehört hatte. Alte Familienfotos ließen den Gast auf unaufdringliche Weise in die Vergangenheit blicken. Cremefarben und warme Holztöne wechselten sich in allen Zimmern ab. Auch hier herrschte eine Mischung aus altem und neuem Mobiliar, die perfekt aufeinander abgestimmt war. Die En-Suite-Bäder waren komplett saniert worden, sodass der jeweilige Gast seinen eigenen kleinen Wellnesstempel vorfand. Monica war von den Regenduschen schlichtweg begeistert und Jasmina hatte ein Unternehmen in Irland gefunden, das auch kleine Mengen individuelle Seifen und Shampoos für Hotels produzierte. Letztendlich entschied sich Monica für eine Duftkomposition, die die Frische des Meeres und die holzige Würze von Strandgut einfing. Alle Zimmer waren für die kältere Jahreszeit mit Kaminen versehen worden. Giovannas Idee mit den persönlichen Gegenständen in den Räumen wurde umgesetzt. Mamas Schminkkommode und Papas Rasierset schienen nur darauf zu warten, wieder benutzt zu werden. Im Zimmer, das einst ihren Großeltern gehört hatte, fand man in einer

263

beleuchteten Vitrine jene berühmte Perlmuttmuschel, die die beiden zusammengebracht und dem Haus den Namen gegeben hatte.

Am schmerzhaftesten hatte Monica die Einrichtung von Helens ehemaligem Zimmer empfunden.

Das sepiafarbenes Bild von 1964, auf dem Monica knapp 15 und Helen 19 war, schmückte dieses Zimmer. Beide lächelten glücklich in die Kamera. Wie seltsam. Monica erinnerte sich noch gut daran, dass sie sich zu dieser Zeit unattraktiv und pummelig gefühlt hatte, doch als sie das Foto aufhängte, sah sie nur zwei bildhübsche, junge Mädchen, die strahlten, weil sie das ganze Leben noch vor sich hatten.

Um ihrer Schwester eine kleine Ehre zu erweisen, hatte Monica Helens altes Hochzeitskleid behutsam reinigen lassen und in einer beleuchteten Vitrine in einer Ecke des Raumes auszustellen. Der Schleier war repariert und die Brautschuhe standen unterhalb des Kleides.

Zunächst dachte sie, es würde traurig und gruselig wirken, Helens altes Hochzeitskleid auszustellen.

Doch alle, die das fertiggestellte Zimmer betraten, bestätigten Monica, dass das Kleid die ganze Vorfreude und das Glück einer bevorstehenden Hochzeit symbolisierte.

In Toms ehemaligem Zimmer hatte Monica seine Schreibmaschine, die er bei seiner und Helens Rückkehr nach Amerika zurückgelassen hatte, ausgestellt. In einer Schublade in seinem Nachttisch hatte sie Papier mit Rohfassungen seines Buchs über Irland gefunden, die sie hatte einrahmen lassen.

Zufrieden und stolz blickte sich Monica in allen Räumen und Gängen um. Die neuen Fenster und das reparierte Dach würden für warme Herbst- und Wintertage im Bed & Breakfast sorgen. Es würde kein kalter Lufthauch mehr durch das Haus ziehen und die Türen zum Zuknallen bringen.

Doch nun war es Zeit, sich umzuziehen, denn Giovanna hatte für den Abend das ganze Dorf eingeladen, um die Neueröffnung des Bed & Breakfasts zu feiern. Dabei hatte sie alles selbst in die Hand genommen und Monica von den Vorbereitungen ausgeschlossen.

Sie hatte sich einige Stunden mit Violet im kleinen Büro im Erdgeschoss eingeschlossen, viele Telefonate gemacht und alles geplant.

Während Monica sich umzog, konnte sie hören, wie Teller, Gläser und Besteck bereitgestellt wurden und Giovanna Anweisungen gab, wo welche Speisen hingestellt werden sollten.

Monica ließ sie einfach machen. Giovanna hatte ihr Leben bislang so positiv verändert – wenn sie etwas anging, konnte nur Gutes dabei herauskommen.

Kaum hatte Monica ihr fliederfarbenes Twinset mitsamt passendem Rock angezogen, strichen ihr auch schon Puma und Gaya um die Beine. Noch so eine fantastische Veränderung, die sie Giovanna zu verdanken hatte. Die Liebe und die Loyalität dieser Katzen waren einfach grandios. Sie wusste, dass sie die richtige Entscheidung getroffen hatte, als sie diese zwei Tiere zu sich genommen hatte, die sonst keiner hatte haben wollen. Liebevoll streichelte sie beide und kraulte sie hinter den Ohren.

Ein sanftes Klopfen an Monicas Tür unterbrach ihre Gedanken.

»Monica, Liebes, kommst du nach unten?«, ertönte Liams Stimme. »Die ersten Gäste sind da!«

Liam war für Monica ein Wunder. Sie hatte nicht einmal im Traum daran gedacht, wieder mit einem Mann zusammen sein zu können, lieben und wieder geliebt zu werden.

Sie strich sich noch ein, zwei Mal mit der Bürste durch die Haare, dann öffnete sie die Tür und hakte sich bei Liam unter.

Zufrieden stiegen sie die Treppen herunter. Das ganze Haus duftete immer noch nach frischer Farbe.

Die ersten Gäste betraten das Haus etwas zaghaft, doch dann kamen immer mehr Dorfbewohner, die sich teils neugierig, teils erstaunt umsahen.

Monica blickte mit Bewunderung auf das liebevoll hergerichtete Buffet, das aus einer Vielzahl kleiner Häppchen bestand, die einem das Wasser im Munde zusammenlaufen ließen. Freudig und neugierig schaute sie sich ihre Gäste an.

Die allermeisten der Anwesenden waren ihr natürlich bekannt, es waren Einwohner aus dem Dorf. Dann war da noch eine lärmende Frauenbande mit eindeutigem Dubliner Akzent – das mussten Giovannas Freundinnen aus Dublin sein, darunter auch Shanes Schwester Jackie, sie war am lautesten von allen. Im hintersten Winkel des Speisesaals erblickte sie zwei Personen, die sie nicht auf Anhieb erkannte. Und doch hatte sie bei beiden das Gefühl, sie irgendwo vor sehr langer Zeit gesehen zu haben.

»Du solltest einen Toast aussprechen, ich glaube, jeder wartet nur darauf, sich auf dieses leckere Buffet stürzen zu können«, flüsterte ihr Liam ins Ohr.

Monica nahm sich ein mit Sekt gefülltes Glas und sagte: »Liebe Nachbarn, liebe Bewohner von Ballinesker, liebe Freunde und Gäste, herzlich willkommen zum neuen *Haus aus Perlmutt.* Vor über 50 Jahren zwang eine Familientragödie uns, zu schließen. Doch nun, dank wunderbarer Freunde, die Tag und Nacht dafür gearbeitet haben, ist dieses Haus komplett erneuert, aber gleichzeitig eine Erinnerung an die früheren Bewohner, meine Familie. Bitte bedient euch am Buffet und feiert mit mir! Seht euch ruhig alle Gästeräume an und macht euch von der Verwandlung dieses Haus ein eigenes Bild. Und wenn ihr zu Hause seid, erzählt euren Freunden und Verwandten von uns, helft dabei, diesen Ort wieder mit Leben zu füllen. Ich danke euch vielmals!«

Der schallende Applaus rührte Monica zu Tränen und sie prostete den Eröffnungsfeiergästen zu.

Die nächsten zwei Stunden unterhielt sie sich vorwiegend mit den Einwohnern Ballineskers, jeder beglückwünschte sie zum *Haus aus Perlmutt,* zur gelungenen Einweihungsfeier und fragte natürlich, wer Liam sei, denn nicht jeder im Dorf hatte bemerkt, dass Monica sich nach so vielen Jahren der Einsamkeit einer neuen Liebe geöffnet hatte.

»Monica«, rief auf einmal Giovanna aus der Küche, »kannst du einen Moment herkommen?«

Neben ihrer Schweizer Freundin stand eine Frau mit schlohweißem Haar.

Ihre Haut war runzelig und von Altersflecken übersät. Die Frau betrachtete Monica erwartungsvoll.

»Es tut mir leid, sollte ich Sie kennen?«, sagte Monica entschuldigend.

Die Lippen der Unbekannten begannen zu beben.

»Monica, weißt du wirklich nicht, wer ich bin?«

Monica musterte das Gesicht der Frau eingehend, schüttelte aber den Kopf.

»Ich bin es, Anna. Ich möchte dich um Vergebung bitten.«

Monica erstarrte zunächst, fand aber dann die Kraft zu sprechen: »Die Anna Smith mit dem Liebestrank und dem Fluch auf dem Friedhof?«

»Ja, die bin ich«, antwortete die Frau, »aber welcher Liebestrank? Welcher Fluch? Das war alles erstunken und erlogen, die Hirngespinste eines jungen Mädchens, die sich nur wichtigmachen wollte!«

Monica war fassungslos: »Aber du hast damals gesagt, dies seien geheime Rezepte von deiner Großmutter.«

»Ach, ich habe meine Großmutter doch nie kennengelernt«, unterbrach sie Anna, »sie ist noch vor meiner Geburt gestorben. Sie hätte sich im Grab umgedreht, wenn sie gewusst hätte, dass ich sie benutzt habe, um mein Geltungsbedürfnis zu befriedigen.«

Als Monica die Tragweite des Geständnisses endlich begriff, war es ihr, als habe man eine schwere Last von ihr genommen.

»Als Helen heiratete, warst du bereits in Dublin. Was ist geschehen?«

»Nach dieser Nacht auf dem Friedhof fühlte ich mich schlecht und mich plagte das schlechte Gewissen. Ich erzählte meinen Eltern alles. Diese schämten sich so sehr für mich, dass sie mich nach Dublin schickten. Ich fing eine Ausbildung zur Verkäuferin an und blieb. Als deine Schwester dann tatsächlich starb, brachen sie den Kontakt zu mir vollends ab. In ihren Augen hatte ich mich schwer versündigt. Ich versuchte, ihnen zu erklären, dass es sich nur um einen Mädchenstreich gehandelt hatte, doch sie blieben unnachgiebig. Einzig meine Schwester Milly hielt den Kontakt zu mir, bis sie starb.«

Monica erkannte, dass auch Anna auf ihre Weise gestraft worden war.

»Meine Großnichte Violet hat nach mir gesucht«, setzte Anna fort, »sie hat so lange innerhalb unserer Familie geforscht, bis eine Großcousine ihr meine Adresse gegeben hat. Ich möchte ehrlich zu dir sein, zunächst hatte ich nicht den Wunsch, dich wiederzusehen, denn was passiert ist, ist mir bis zum heutigen Tag unangenehm. Aber dann hat mir Violet erzählt, wie schuldig du dich nach all den Jahren fühlst und dass dich nach wie vor Albträume von deiner Schwester plagten. Da fühlte ich, dass es an der Zeit war, dich und mich von dieser Last zu befreien!«

Monica umarmte Anna: »Ich danke dir sehr, dass du hergekommen bist und mir das erzählt hast. Ich bin so froh! Nun weiß ich, dass ich meine Schwester damals nicht verflucht habe, es war nur ein dämlicher Mädchenstreich, der sich zufällig bewahrheitete.«

Eine Stunde später verabschiedete sich Anna. Monica trank gerade einen Schluck Whiskey, um sich zu beruhigen, als Giovanna und ein älterer Mann auf sie zukamen.

»Monica, es ist heute noch jemand für dich hergekommen«, sagte sie.

Die Zeit hatte auch ihn verändert, doch Monica erkannte den um 50 Jahren gealterten Tom Hatfield an seinen Augen.

»Tom!«, sagte Monica und senkte den Blick.

»Monica!«

Wie damals vor vielen Jahren hob Tom vorsichtig ihr Kinn an und veranlasste sie so, ihn anzuschauen. »Es war nicht deine Schuld. Das Schicksal hat es so bestimmt und Helen hätte sicherlich nicht gewollt, dass du dir fünfzig Jahre lang diese Bürde auflädst.«

»Es ist unglaublich, dass du hier bist!«

»Sagen wir es mal so, Ophelias Blinddarmentzündung und Operation in Boston war zu etwas gut!«, Giovanna strahlte über das ganze Gesicht. »In einem Buchladen hielt Tom genau zu jener Zeit eine Lesung. Ich habe ihm von dir erzählt und er hat sofort zugestimmt, herzukommen und mit dir zu reden. Wir mussten nur auf den perfekten Zeitpunkt warten.«

Monica konnte kaum fassen, welches Glück ihr an diesem Tag zuteilgeworden war.

»Das alles ist einfach unglaublich!«, rief Monica.

»Wir haben ein wenig mitgeholfen, doch die Wahrheit ist, du hast dich selbst aus dieser Lage herausgearbeitet. Sieh nur, wie das *Haus aus Perlmutt* jetzt aussieht und hör zu, was die Menschen, die hier sind, jetzt sagen.«

Monica lauschte. Sie schnappte Gesprächsfetzen auf: »Die Zimmer sehen fantastisch und so herrlich gemütlich aus«, sagte eine Frau, die sie vom Sehen kannte.

»Ich finde es wunderschön, dass die Zimmer nach den ehemaligen Besitzern benannt worden sind. Und die Einblicke in die alten Familienfotos sind so persönlich«, erklärte der Dorfpriester.

»Meine Schwester möchte uns im Frühjahr besuchen kommen und wir haben keinen Platz bei uns im Haus, endlich habe ich den perfekten Ort gefunden, wo ich sie unterbringen kann!«, meinte eine Nachbarin.

Heute beginne ich mein Leben noch einmal von vorne, dachte Monica voller Dankbarkeit.

Eine ältere Dame näherte sich.

Plötzlich räusperte sich Tom: »Monica, hier ist noch jemand, den ich dir vorstellen möchte. Das ist Heather, meine Frau.«

Monica stellte auch Liam vor, nachdem sie ihm einem Gespräch mit Till entreißen konnte.

Plötzlich fiel Monica etwas ein: »Tom komm mit, wir haben auch dir ein Zimmer gewidmet. Deine alte Schreibmaschine hat einen Ehrenplatz erhalten.«

Einige Stunden später waren alle Gäste wieder nach Hause gegangen. Jasmina, Till und die Zwillinge hatten sich in den Wohnwagen zurückgezogen, um zu schlafen. Shane und Liam bauten die Dekorationen in den einzelnen Räumen ab. Monica, Giovanna und Violet waren dabei, herumstehende Gläser und Teller einzusammeln und abzuspülen.

»Man merkt, dass es Herbst ist«, sagte Violet zu Monica und Giovanna, während sie das Geschirr in die Spülmaschine räumte.

Aus dem Fenster konnte man sehen, wie der Sturm die Baumkronen ungestüm beugte, die abgefallenen Blätter wirbelten wie in einem Tanz umher.

»Irre ich mich oder hat es eben an der Tür geklopft?«, sagte Giovanna.

Sekunden später fand Monica eine verfrorene, vierköpfige Familie vor der Haustür. Eines der Kinder schlief in den Armen des Vaters, während ein kleines Mädchen am Rockzipfel der Mutter zog und quengelnd nach einem Bett fragte.

Die Augen des Vaters waren gerötet und er wirkte beinahe schon verzweifelt, als er fragte: »Haben Sie noch ein Zimmer frei?«

Ohne zu zögern, nahm Monica den Eltern ihre zwei Reisetaschen ab und zeigte ihnen den Weg nach drinnen.

Im Vorbeigehen flüsterte sie der überraschten Giovanna zu: »Gerade betreten unsere ersten Gäste das *Haus aus Perlmutt!*«

Kapitel 30

November
Giovanna

Als Giovanna die Tür des Murphy's hinter sich schloss, pustete der Wind einige Blätter mit hinein. Sie sah sich um.

»Hi Giovanna, ganz schön stürmische Nacht heute, nicht wahr?«, sagte Violet, während sie ein Guinness ausschenkte. »Wenn du die Anderen suchst, sie sitzen dort hinten, beim Kamin.«

Giovanna nickte und bahnte sich ihren Weg an den übrigen Gästen vorbei.

»Puh, ganz schön voll heute Abend, zum Glück habt ihr mir einen Platz freigehalten!«

Sie ließ sich auf ihren Stuhl plumpsen.

»Na, wie war dein Gälischkurs in der Hauptstadt?«, fragte Monica.

»Ganz gut, ich mache langsam Fortschritte. Glaube ich zumindest. Sind diese Woche neue Reservierungen hereingekommen?«

»Ja, insgesamt 15 neue. Für nächstes Jahr im Frühling ist das *Haus aus Perlmutt* somit fast ausgebucht«, antwortete Jasmina.

»Wo bleibt eigentlich Shane?«, wollte Liam wissen.

»Der sucht noch einen Parkplatz«, erklärte Giovanna,

»also beginnt die nächste Saison so, wie die letzte aufgehört hat. Das klingt doch sehr erfreulich!«

»Zum Glück!«, sagte Monica. »Mir fehlt das Kommen und Gehen der Menschen. Diese arbeitsreichen Tage, wenn ich abends todmüde, aber glücklich ins Bett falle. Die Gäste, die zufrieden vom Frühstücksbuffet schlemmen ...«

»Und die dann tolle Rezensionen über uns schreiben«, setzte Jasmina den Satz fort.

»Wenn du dich so sehr langweilst, würde dir vielleicht ein kleiner Urlaub guttun?«, schlug Shane vor, der mittlerweile dazugekommen war.

»Ein Urlaub? Nach meinem Umzug ist das vielleicht gar keine schlechte Idee«, sagte Liam.

»Umzug? Wo willst du denn hin?«, fragte Giovanna.

»Wir haben es vor drei Tagen beschlossen!«, antwortete Monica, »Liam wird zu mir ziehen!«

»Das sind aber tolle Neuigkeiten! Und was passiert mit deinem Haus, Liam?«

Jasmina und Till lächelten sich an.

Giovanna ahnte etwas: »Was grinst ihr so? Was heckt ihr beiden da aus?«

»Wir werden das Haus kaufen und einziehen«, erklärte Till. »Aus der Garage wird meine neue Schreinerei.«

»Und seit gestern steht auch meine neue Homepage: Jasmina, die Hochzeitsfotografin für Irland!«

Giovanna staunte: »Ihr zieht ganz hierher? Für immer? Das sind ja fantastische Neuigkeiten!«

»Macht bitte kurz Platz! Essen ist fertig!«, rief Violet und stellte riesige Portionen von Fish & Chips auf den Tisch.

»Giovanna, heute hast du übrigens eine ganz tolle Szene verpasst«, schwärmte Liam und konnte sich das Lachen nicht verkneifen.

»Jetzt bin ich aber neugierig!»

»Ich war gerade dabei, die Pflanzen im Wintergarten zu

gießen, als ich einen giftgrünen Sportwagen auf den Hof vorfahren sah. Ich sah genauer hin: Dubliner Kennzeichen. Da stieg doch tatsächlich so ein junger Schnösel im Anzug aus diesem tiefergelegten Auto. Selbstbewusst knöpfte er seinen Cashmere-Mantel zu, der Ausdruck auf seinem Gesicht siegessicher, das lederne Aktentäschchen in seiner Hand von erlesenster Qualität. Als er bemerkte, dass das *Haus aus Perlmutt* renoviert und wieder zum Leben erwacht war, entgleisten seine Gesichtszüge, ihr hättet das sehen müssen! Ein Bild für die Götter!«

»Was ist dann passiert?«, fragte Giovanna.

»Nun, er strich etwas von seiner Liste und verschwand, so schnell er konnte!«

»Na, hoffentlich handelte es sich um das *Haus aus Perlmutt,* was er da gestrichen hat«, sagte Giovanna.

»Und hoffentlich spricht sich bald in Dublin innerhalb der Maklerkreise herum, dass es hier in Ballinesker keine Spekulationsobjekte mehr gibt!«, fügte Monica hinzu.

Als sie beim Dessert angelangt waren, räusperte sich Giovanna und klimperte mit ihrer Gabel gegen ihr Glas: »Wenn das heute schon der Abend der Ankündigungen ist, ich hätte auch etwas zu sagen.«

»Hört! Hört!«, neckte sie Liam.

»Ich habe mich erneut verliebt«, fuhr Giovanna unbeeindruckt fort.

»Das ist ja nichts Neues«, unterbrach sie Jasmina.

»In ein Haus«, erläuterte Giovanna.

»Auch nichts Neues«, murmelte Monica und nippte an ihrem Milchshake.

»In mein Haus! Ich habe mir ein Cottage gekauft. Zwei Straßen vom *Haus aus Perlmutt* entfernt!«

»Aber warum denn?«, fragte Monica. »Du hast so viel Geld und Arbeit in die Pension investiert, du kannst doch bei mir wohnen bleiben!«

»Das *Haus aus Perlmutt* ist einen Monat nach seiner Wiedereröffnung aus allen Nähten geplatzt. Ein freigewordenes Zimmer mehr bedeutet ein weiteres Zimmer für zahlende Gäste. Ich unterstütze dich weiterhin, aber ab Mitte Januar ziehe ich in das Cottage. Außerdem ist es zu spät, einen Rückzieher zu machen. Die Tinte vom Kaufvertrag ist schon längst trocken. Meine ganzen Zürcher Habseligkeiten werden wahrscheinlich gerade in den Seefrachtcontainer gepackt und machen sich bald auf dem Weg zu mir.«

»Wenn das so ist, freue ich mich für dich«, entgegnete Monica, »aber du weißt, im *Haus aus Perlmutt* ist jederzeit Platz für dich!«

»Danke, Monica und Liam. Ich weiß das sehr zu schätzen!«

»Was habt ihr eigentlich heute im Gälischkurs gelernt?«, fragte Shane.

»Violet«, rief Giovanna, »kannst du uns bitte sechs Gläser Whiskey bringen?«

»Kommen sofort!«

Alle am Tisch schauten Giovanna erstaunt an.

Giovanna hob ihr Glas: »Sláinte, zum Wohl. Das habe ich heute gelernt!«

»Sláinte«, antworteten alle Menschen, die Giovanna wichtig waren. Fast alle, denn der Mensch, der Giovanna immer am Wichtigsten gewesen war, war gar nicht anwesend.

Plötzlich schien Jasmina etwas einzufallen: »Wann kommen Ophelia und Jake eigentlich aus den Staaten zu Besuch?«

Kapitel 31

Giovanna
22. Dezember

Shane zeigte auf den Bildschirm: »Siehst du, Ophelias Flugzeug ist gerade gelandet!«

»Gerade noch rechtzeitig, um das Willkommensschild zu beschriften!«

»Welcome back, Ophelia. Welcome Jake. Gefällt dir das so?«, fragte Shane.

Giovanna lächelte: »Ja, das sieht prima aus.«

»Du wirkst so abwesend, ist alles gut mit dir?«

»Ja es ist nur … es ist nur seltsam. Als ich das letzte Mal Ophelia an den Flughafen gebracht habe, hat Henry kurz darauf das Inferno losgetreten. In den letzten 365 Tagen hat sich so viel geändert. Alles ist anders.«

Shane umarmte Giovanna von hinten und drückte ihr einen Kuss auf die Stirn: »Ich hoffe, das bedeutet, alles hat sich zum Positiven gewendet?«

»Natürlich, nur zum Positiven. Und dafür bin ich dankbar«, antwortete Giovanna.

Sie verscheuchte ihre trüben Gedanken und schmiegte ihren Hinterkopf an Shanes Brust. Sie fühlte sich so geborgen bei ihm.

Endlich öffnete sich das Tor der Ankunftshalle. Passagiere strömten hinaus.

»Da sind sie!«, rief Shane und hielt das Willkommensschild hoch.

Giovanna sah Ophelias und Jakes suchende Mienen. Als sie das Willkommensschild entdeckten erhellten sich ihre Gesichter.

Innerhalb weniger Sekunden lagen sich Mutter und Tochter in den Armen.

»Ich habe dich so vermisst, Mama!«

»Ich dich auch, mein Mädchen! Du siehst so erwachsen aus«, sagte Giovanna und wischte sich die Tränen mit dem Handrücken fort.

»Ich möchte Ophelia auch einmal in den Arm nehmen, es gibt ja noch Jake«, sagte Shane und schob Giovanna sanft beiseite.

»Wie versprochen habe ich mich um Ophelia gekümmert«, sagte Jake, während er Giovanna begrüßte.

»Ophelia schaut blendend aus! Danke, Jake!«

»Keine Ursache, das habe ich gerne für meine Zuk… für Ophelia getan.«

Giovannas Herz setzte für einen Moment aus: »Was hast du da eben gesagt?«

Jakes Gesicht wurde puterrot: »Ich wollte sagen, keine Ursache, das habe ich gerne für meine zuckersüße Ophelia getan.«

»Genau, zuckersüß«, wiederholte Ophelia nervös und drückte ihrem Jake einen Kuss auf die Wange.

»Wenn wir nicht gleich losfahren, bleiben wir im Feierabendverkehr stecken«, stellte Shane fest.

»Gut, dann lasst uns fahren. Wir haben euch das schönste Zimmer im *Haus aus Perlmutt* gerichtet!«, verkündete Giovanna.

»Wir freuen uns schon seit Wochen darauf, Monica und das Bed & Breakfast mit eigenen Augen zu sehen«, erklärte Jake.

»Monica freut sich euch so sehr auf euch, fast schon wie eine Großmutter auf ihre Enkelkinder!«, sagte Giovanna.

Ein seltsames Gefühl überkam sie, als Jake und Ophelia intensive miteinander Blicke tauschten.

Heiligabend
Giovanna

Giovanna sog den Duft der Tanne ein, die Jake und Shane gerade fertig dekorierten, während Liam noch einen letzten Knoten an der Lichterkette löste.

Gaya und Puma rollten herumliegende Weihnachtskugeln durch den Raum.

»Passt auf, dass sie keine kaputt machen und sich dann daran schneiden«, warnte Giovanna.

»Alles gut, die Kugeln sind aus hartem Plastik«, erwiderte Shane und ließ zu Demonstrationszwecken eine Kugel auf den Boden fallen. Die Katzen stürzten sofort hinterher: »Siehst du, es passiert nichts.«

»Oh, das hätte ich nicht gedacht. Wie gut! Könnt ihr noch Hilfe gebrauchen?«, fragte Giovanna.

»Nein Schatz, wir sind gleich fertig«, antwortete Shane und krönte die Spitze der Tanne mit einem Stern. Giovanna lächelte, am Wort *Schatz* konnte sie sich einfach nicht satthören.

Shane stieg von der Leiter herunter und küsste sie.

»Womit habe ich denn diesen Kuss verdient?«

»Hast du nicht. Du standest lediglich unter dem Mistelzweig. Ich bin ein traditionsbewusster Mensch«, antwortete Shane trocken.

Giovanna sah nach oben und sah den Zweig: »Tatsächlich!«

Plötzlich polterte es an der Tür.

»Das wird Till sein, er hat noch Torf für die Kamine geholt«, erklärte Jasmina, die zusammen mit den Zwillingen Servietten für die Festtafel faltete.

»Singt ihr mal eure Version von *Last Christmas* weiter, ich mache ihm schon auf«, sagte Giovanna.

Till hatte den Torf bis zu seinem Kinn hochgestapelt und balancierte den Korb ins Haus.

»Danke fürs Öffnen. Hmmm, das riecht ja köstlich hier! Da läuft einem das Wasser im Munde zusammen!«

»Kein Wunder, Monica hantiert schon den ganzen Tag in der Küche herum. Sie kocht so viel Essen, dass es für eine ganze Garnison reichen würde! Ich sehe kurz nach ihr.«

»Halt, die Tür nicht schließen, hier kommt der Getränkelieferdienst!«, rief Violet, beladen mit Tüten voller Spezialitäten aus dem Pub.

»Das ist aber ganz schön viel Alkohol«, bemerkte Giovanna mit hochgezogener Augenbraue.

»Es gibt heute ja auch einiges zu feiern und zum Anstoßen!«

»Na dann, hereinspaziert. Du kannst die Getränke im Vorratsraum kühl stellen!«

In der Küche war jeder Zentimeter der Arbeitsfläche mit Schüsseln, Tellern, Platten und Tabletts belegt. Auf jeder Herdplatte kochte, blubberte, simmerte oder briet etwas vor sich hin, selbst der Ofen und der Toaster waren in Betrieb. Der Duft der Speisen ließ Giovannas Magen knurren.

»Da scheint jemand hungrig zu sein«, sagte Monica.

»Du scheust heute wirklich keine Kosten und Mühen«, stellte Giovanna fest.

»Von wegen, das macht mir doch nichts aus! Das letzte Mal, als ich zu Weihnachten so viele Gäste hatte, daran kann ich mich gar nicht erinnern! Es macht mir einfach

Freude, euch alle hier zu haben, denn ihr seid jetzt meine Familie!«

Giovanna schielte auf die Wand neben dem Kühlschrank: »Und wenn ich mir so deinen Kalender ansehe, kann ich kein einziges rotes Kreuz mehr erkennen.«

Monica blätterte um einige Wochen zurück: »Siehst du, im Dezember keine Albträume mehr, im November auch nicht. Im Oktober kaum. Nach dem Gespräch mit Anna haben sie komplett aufgehört. Ich habe das Gefühl, dass Helen nun in Frieden ruhen kann. Gesegnet sei der Tag, an dem du in mein Leben kamst!«

Monica wischte sich verstohlen ein paar Tränen aus den Augen. Giovanna hatte es trotzdem gesehen.

»Dasselbe kann ich über dich sagen! Dir zu helfen, dieses Gebäude wieder zum Leben zu erwecken und deinen Kummer zu überwinden, hat auch mir geholfen. Ich bin über Henry hinweggekommen und konnte mich für eine neue Liebe zu öffnen!«

Die beiden Frauen umarmten einander.

»Ich fürchte, ich muss jetzt mein Stew umrühren, sonst brennt es uns noch an!« Monica widmete sich eilig wieder ihrer Kochkunst.

»Kann ich dir hier in der Küche noch irgendwie zur Hand gehen?«, fragte Giovanna.

»Nein, nein. Ich bin die Herrin des Herdes und habe alles unter Kontrolle. In einer halben Stunde steht das Essen auf dem Tisch. Ist schon fertig eingedeckt?«

»Ich sehe mal, wie weit Ophelia ist«, antwortete Giovanna und ging ins Esszimmer.

Hier bewunderte sie die lange festliche Tafel, die Ophelia hingebungsvoll und zentimetergenau richtete.

»Ophi, du hast den Tisch sehr schön eingedeckt, aber da ist ein Gedeck zu viel. Wir sind nur zu elft, nicht zu zwölft.«

»Bist du dir sicher?«, fragte Ophelia.

»Absolut sicher. Du und Jake, Monica und Liam, Jasmina, Till und die Mädchen, Violet, Shane und ich. Meine ganze Familie auf einen Haufen. Wer sollte die zwölfte Person sein?«

»Bist du dir ganz sicher, dass unsere Familie *so* komplett ist?«, fragte Ophelia.

»Ich verstehe nicht ...«

Plötzlich klingelte es an der Tür.

»Wer kann das denn noch sein, wir sind doch vollständig?«, wunderte sich Giovanna.

»Ich gehe schon aufmachen«, rief Shane.

Giovanna lauschte. Konnte die Stimme den geheimnisvollen Besucher verraten?

»Eh ... Giovanna?! Kannst du bitte kurz zur Türe kommen? Ich glaube, da ist jemand für dich.«

Vernahm Giovanna da einen Anflug von Panik in Shanes Stimme?

»Ophelia, hast du etwas damit zu tun?«

»Ich weiß von nichts«, antwortete Ophelia und errötete verräterisch.

Giovanna lief zur Tür: »Komm Shane, nicht so geheimnisvoll. Ist es Jackie? Die Heiligen Drei Könige? Der Weihnachtsmann höchstpersönlich?«

Sie traf fast der Schlag, als sie erkannte, wer im Türrahmen stand. Er wirkte stark erschlankt und mit tiefen Augenringen, aber gleichzeitig auch in sich ruhend und glücklich.

»Frohe Weihnachten!«

Giovanna erwartete von Wut oder Hass übermannt zu werden, doch sie empfand eine gesunde Gleichgültigkeit.

»Henry! Was machst denn du hier?«

Er zeigte auf den Säugling, der im Kinderwagen schlief: »Ach, weißt du, ich war zufällig in der Nähe und ich dachte, ich könnte hier schnell Leons Windel wechseln und etwas warmes Wasser für seine Milch bekommen ... nein,

Scherz. Darf ich hineinkommen? Dann möchte ich dir das gerne erklären.«

»Ja sicher, aber ... wo ist Elaine?«

»Das ist eine längere Geschichte. Um ehrlich zu sein, ist sie zu lang, um sie hier vor der Tür zu besprechen«, antwortete Henry und rieb sich fröstelnd die Arme.

»Ist gut, tritt ein, du kommst gerade rechtzeitig zum Essen.«

Henry schob den Kinderwagen in die Diele und Giovanna sah Leon an. Sie hörte tief in ihr Herz hinein. Sie empfand keinen Groll für das fleischgewordene Ende ihrer Ehe.

»Er ist bildhübsch und so friedlich«, sagte Giovanna.

»Ja, solange er schläft. Wenn er wach wird, ist er genauso aufbrausend und temperamentvoll wie seine Mutter! – Und wenn das dort nicht mein Mädchen ist?«, rief Henry begeistert aus, als er Ophelia entdeckte.

Vater und Tochter umarmten sich innig.

»Papa! Du bist tatsächlich gekommen!«

Da begriff Giovanna endlich: für sie war Henry nicht mehr Teil der Familie, aber für Ophelia war Henry natürlich ihr Vater geblieben.

»Ophi, du siehst einfach wunderschön aus!«

Ophelia drehte sich um die eigene Achse wie eine Ballerina. Dann widmete sie sich sofort ihrem Geschwister.

»Hallo, kleiner Mann«, flüsterte sie und strich ihm sanft über die geröteten Wangen.

Shane legte seinen Arm um Giovanna, als er Henry begrüßte.

»Ich bin Shane, Giovannas Lebensgefährte«, stellte er sich vor. Sein Tonfall war fest und entschlossen.

»Freut mich sehr, dich kennenzulernen. Ich bin Henry. Und jetzt bitte keine netten Floskeln. Ich weiß, du hast viel von mir gehört, aber bestimmt nicht nur Gutes!«, sagte Henry. Die beiden Männer schüttelten einander die Hand.

»Henry, ich merke, du hast Sinn für Humor!«

»Und was führt dich hierher, du treuloser Judas?«, erkundigte sich Jasmina. Sie spähte durch die Esszimmertür in die Diele.

Till knuffte sie warnend.

»Wollt ihr jetzt alle im Gang stehen bleiben? Das Essen ist serviert!«, rief Monica.

Henry entledigte sich seines Mantels und schnupperte: »Es riecht wunderbar hier!«

»Ja, das Essen riecht fantastisch. Aber ich vernehme noch einen anderen Geruch. Einen richtigen Gestank. Den des Verrates und des Ehebruchs!«, gittete Jasmina und wich Tills erneutem Knuff aus.

»Also, ich muss zugeben, ich bin dankbar dafür, sonst hätte ich jetzt nicht die beste Partnerin, die man sich wünschen kann!«, scherzte Shane.

»Kommt, lasst uns am Tisch weitersprechen. Wir können Leon in ein ruhiges Zimmer bringen, dann kann er weiterschlafen«, schlug Giovanna vor und warf ihrer besten Freundin einen bösen Blick zu.

Falls Jasmina den gesehen hatte, so ignorierte sie ihn jedenfalls gekonnt.

Als sie alle um den Esstisch saßen, erhob Liam sein Glas: »Auf ein ganz besonderes Weihnachtsfest, das für uns alle außergewöhnlich ist! Sláinte!«

»Sláinte!«, antworteten alle am Tisch außer Henry.

»Eluu ... ja ... zum Wohl!«

Alle stießen miteinander an, nur Jasmina mied Henry.

»Henry, wir wissen immer noch nicht, was du hier machst und wo die Mutter deines Kindes ist!«, stichelte sie, während sie sich Essen auf ihren Teller schaufelte.

»Meine Tochter ist in Europa, ich wollte es mir nicht entgehen lassen, sie nach über einem Jahr wiederzusehen«, antwortete Henry.

»Wieso warst du nicht für sie da, als sie in Boston im Krankenhaus lag? Du bist wohl nur ein Schönwettervater, der nur da ist, wenn es etwas zu feiern gibt?«, provozierte Jasmina.

Giovanna platzte der Kragen: »Jasmina, jetzt beruhige dich endlich! Die Einzigen, die einen Grund hätten, auf Henry böse zu sein, sind Ophelia und ich!«

»Ist ja gut, ich bin ja schon still. Aber ich habe nicht vergessen, was für ein Häufchen Elend du letztes Jahr zu dieser Zeit warst!«

»Ich weiß deine Sorge um mich zu schätzen, aber diese Zeiten sind vorbei«, beschwichtigte Giovanna und legte ihre Hand über Jasminas.

Henry nahm einen Schluck Wein. Er schaute sie ernst an. »Ist schon gut, ihr habt allen Grund, zu erfahren, was passiert ist. Nach Leons Geburt war Elaine total ausgebrannt. Sie weinte immerzu und war mit allem überfordert. Zunächst dachte ich, das sei normal, die Geburt eines Kindes ist etwas Wunderschönes, aber auch sehr Anstrengendes. Ich schob es auf die Hormonumstellung, auf die kurzen Nächte, auf die körperlichen Anstrengungen. Nach einigen Wochen Urlaub ging ich wieder arbeiten und Elaine war mit Leon alleine zu Hause.

Aber abends und am Wochenende fiel mir auf, dass sich ihre Stimmung nicht besserte. Ich bemerkte auch, dass sie keine Nähe zu Leon zuließ, ihn ungern wickelte oder fütterte. Immerzu ließ sie ihn schreien, ohne zu versuchen, ihn zu beruhigen. Bei einer Kontrolle nahm mich der Kinderarzt zur Seite und sagte mir, dass Leon nicht genug gewachsen war. Da schrillten bei mir alle Alarmglocken und ich suchte uns professionelle Hilfe. Es zeigte sich: Elaine litt an sehr heftigen Depressionen. Sie hatte eine wirklich schwierige Kindheit gehabt, sie wurde von den wichtigsten Vertrauenspersonen in ihrem Leben missbraucht. Durch die Geburt kam alles wieder hoch. Aus diesem Grund, liebe Ophelia, konnte ich nicht kommen, als du im Krankenhaus lagst. Wäre es Leon und Elaine gut gegangen, wäre ich selbstverständlich bei dir gewesen, aber unter diesen Umständen konnte ich meinen Sohn nicht alleinlassen.«

Giovanna empfand trotz allem Mitleid mit Elaine.

»Wie geht es Elaine jetzt und wo ist sie eigentlich?«, fragte sie.

»Als Elaines postpartale Depression festgestellt wurde, habe ich mich auf unbestimmte Zeit von der Arbeit beurlauben lassen, um Leon zu versorgen. Elaine macht gerade eine Kur, wird aber nächste Woche entlassen. Ihr geht es jetzt schon viel besser. Ich möchte gar nicht daran denken wieder zur Arbeit zurückzukehren, denn wenn Leon lächelt, fühle ich mich wie der erfüllteste Mensch der Welt.«

Giovanna staunte nicht schlecht. Für Henry war die Arbeit immer an erster Stelle gekommen. Hätte er sich damals auch für sie und Ophelia beurlauben lassen? Sie war nicht sicher. Andererseits machte es auch keinen Unterschied mehr für sie. Zeiten änderten sich und mit ihnen die Menschen.

»Und woher wusstest du, wo du mich finden konntest?«, fragte Giovanna.

Als Ophelia auflachte, hatte sich die Frage für sie beantwortet.

»Ich weiß, ich hätte dich vielleicht warnen sollen, Mama«, gab Ophelia zu. »Ich wollte Papa so gerne sehen und wir wollten diese Gelegenheit nutzen. Ich hatte Angst, dass du nein sagen würdest, also habe ich dich gar nicht erst gefragt.«

»Ich hätte dir deinen Vater niemals vorenthalten«, antwortete Giovanna.

»Danke, Mama. Es war mir auch deshalb wichtig, Papa

zu sehen, denn das nächste Mal, wenn ich ihn treffe, soll er mich zum Altar führen.«

Giovannas Herz machte einen Satz: »Ihr ... ihr heiratet?«

Jake nahm Ophelias Hand und streifte ihr einen funkelnden Verlobungsring über den Finger. Da verstand Giovanna, dass sie diesen vor allen versteckt gehalten hatten.

»Ich habe Ophelia schon vor einigen Wochen gefragt, aber ich wollte es mir auch nicht nehmen lassen, euch persönlich um die Hand eurer Tochter zu bitten«, sagte Jake.

»Wenn du meine Tochter glücklich machst, hast du meinen Segen«, antwortete Henry und klopfte Jake auf die Schulter. »Aber wehe, du tust das, was ich getan habe, dann bekommst du es mit mir zu tun.«

»Ich weiß, dass du Ophelia liebst und dich um sie kümmern wirst, aber ihr seid doch noch so jung, wollt ihr nicht erst fertig studieren und arbeiten, bevor ihr euch so festlegt?«, fragte Giovanna.

»Das war der eigentliche Plan«, antwortete Ophelia, »aber das kleine Wesen in mir hat dies herzlich wenig interessiert!«

Giovanna sprang auf. Fast hätte sie geschrien vor Freude. »Du bist ... du bist schwanger?«

Ophelia nickte und hob ihren Pullover an, unter dem sich ein kleines Bäuchlein abzeichnete: »Der dritte Monat ist gerade um!«

Ein großes Umarmen und Gratulieren setzte ein, das junge Paar stand mit rosigen Wangen im Mittelpunkt. Als alle mit ihren Glückwünschen fertig waren, sagte Giovanna: »Also gut, auch ihr habt meinen Segen. Aber ich erwarte von euch, dass ihr trotz meines Enkelkindes studiert und euch Karrieren aufbaut!«

»Keine Sorge, Mama, du hast es mir vorgemacht. Sei niemals von einem Mann abhängig!«

»Und dein Vater und ich sind jederzeit für euch da, auch wenn wir auf der anderen Seite des Atlantiks wohnen.«

»Dem kann ich nur beipflichten«, erklärte Henry.

»Wir erwarten von euch, dass ihr uns regelmäßig besucht, wir wollen doch nicht, dass ihr zu viel von eurem Enkelkind verpasst«, sagte Jake.

Plötzlich hallte Babygeschrei durch das *Haus aus Perlmutt*.

»Ah, mein Leon«, rief Henry und bewaffnete sich mit einer frischen Windel und dem Fläschchen. »Giovanna, kommst du bitte kurz mit?«

Giovanna folgte ihm ins Nebenzimmer.

»Ja, mein Kleiner, bist du wach geworden?«, sang Henry, während er Leon auf ein Bett legte und ihm den Strampler auszog.

Der Kleine strampelte kräftig mit seinen Beinchen.

»Giovanna, es gibt noch eine Sache, die ich mit dir besprechen wollte.«

»Du meinst bestimmt die Scheidung?«

»Wie immer ist dein Verstand messerscharf«, sagte Henry und wechselte Leon gekonnt die Windel, jeder Handgriff saß.

»Da gibt es für mich nichts zu besprechen, ich habe die Scheidung bereits im Dezember letzten Jahres eingereicht«, entgegnete Giovanna.

»Gut, dann werde ich die Papiere auch unterschreiben. Wenn Elaine entlassen wird, möchte ich mich mit ihr verloben.«

Giovanna wartete auf den Schmerz in ihrem Herzen, doch sie empfand nichts.

»Das wird sie bestimmt freuen. Darf ich ihn mal auf den Arm nehmen?«

»Natürlich!«

Das kleine Bündel fühlte sich so warm an und verströmte diesen wunderbaren Babyduft.

Giovanna gab ihm einen Kuss.

Henry betrachtete sie liebevoll: »Ich möchte dir danken, Giovanna.«

»Wofür?«

»Für alles. Jede andere Frau hätte mir das Leben zur Hölle gemacht und das zurecht. Aber nicht du. Wie konntest du alles vergessen, was ich dir angetan habe?«

»Ich habe es nicht vergessen, ich habe dir verziehen. Wollen wir zu den anderen zurückkehren?«

Henry nickte.

Als Giovanna mit Leon im Arm im Esszimmer zurückkehrte, sah sie sich in der Runde ihrer geliebten Menschen um.

Moira und Orphea spielten mit Violet und den Katzen am Boden, Liam strich seiner Monica liebevoll über den Rücken, Jasmina und Till küssten sich, während Jakes Hand auf Ophelias Bauch ruhte. Als Giovanna an ihren Platz neben Shane zurückkehrte, flüsterte er ihr ins Ohr: »Ich habe mir schon Sorgen gemacht, du kehrst zu ihm zurück?!«

»Oh nein, keine Sorge. Ich weiß, zu wem ich gehöre. Es ging um die Scheidungspapiere. Es steht wohl die nächste Hochzeit bevor.«

Shane lächelte: »Wenn unsere beiden Scheidungen durch sind, könnten wir vielleicht auch …? Was denkst du?«

Giovanna bekam eine Gänsehaut. Sie lächelte und flüsterte zurück: »Ja, wieso eigentlich nicht? Aber lass uns dieses kleine Geheimnis für uns behalten, es wären sonst zu viele Hochzeiten für dieses Weihnachtsfest!«

»Ich werde schweigen, wenn du meine Lippen mit einem Kuss versiegelst«, lockte Shane.

Giovanna ließ sich nicht zweimal bitten.

»Jetzt hört auf, so geheimnisvoll zu tun, außerdem möchte ich meinen kleinen Bruder endlich halten!«, protestierte Ophelia und nahm Leon von Giovannas Arm.

Monica klimperte mit ihrer Gabel gegen ein Sektglas.

»Ich möchte einen Toast auf Giovanna aussprechen. Angestellte im *Haus aus Perlmutt*, zukünftige Großmutter, Cottagebesitzerin, Abenteurerin, mutige Frau und beste Freundin, die man sich vorstellen kann. Alle Gläser hoch, auf Giovanna!«

»Auf Giovanna! Auf Giovanna! Auf Giovanna!«, riefen alle im Raum.

Giovanna rieb sich die Tränen der Rührung aus den Augen.

Wer hätte vor einem Jahr gedacht, dass ich heute sagen würde: ich bin der glücklichste Mensch der Welt.

Nachdem sie ihr Glas geleert hatte, schien Jasmina etwas einzufallen:

»Sag mal, Giovanna, was ist eigentlich mit dieser Obdachlosen passiert, der du deinen Ehering überlassen hast?«

Epilog
Heiligabend
Marlene
Zürich

Marlenes Hände fühlten sich nass von Schweiß an. Nervös wischte sie sie an den Hosenbeinen ihres Kostüms ab. Ihre Beine schlotterten leicht.

Sie versuchte, sich selbst Mut zuzusprechen: *Jetzt reiß dich zusammen, es ist doch nur ein kurzer Augenblick. Die Ausbilderin ruft deinen Namen auf, sie gibt dir das Zertifikat, du bedankst dich und schüttelst ihr die Hand, lächelst und gehst wieder von der Bühne herunter. So schwierig wird das schon nicht sein.*

Sie wusste genau, warum sie so nervös war. Sie hatte lange am Rande der Gesellschaft gelebt, es fiel ihr schwer, im Mittelpunkt zu stehen.

Doch wenn sie mit ihrem kleinen Kosmetikladen selbständig Geld verdienen wollte, musste sie diese Angst für immer ablegen.

In ihrem Lampenfieber malte sie sich aus, wie sie über herumliegende Kabel oder ihre eigenen Füße stolperte, das Zertifikat fallen ließ oder wie einer der Knöpfe ihrer Bluse aufsprang.

»Marlene Weiß, kommen Sie bitte nach vorne!«

Marlene ging auf die Bühne, sie war genauso zielstrebig wie die anderen Kursteilnehmer.

Wenn meine Eltern mich jetzt sehen könnten, sie wären sehr stolz auf mich. Dieser Gedanke beruhigte sie.

Die Ausbilderin Isabelle lächelte sie an, während sie ihr das Zertifikat aushändigte: »Herzlichen Glückwunsch zur abgeschlossenen Ausbildung, Frau Weiß, Sie sind jetzt diplomierte medizinische Kosmetikerin. Ich bin unheimlich stolz auf Sie!«

Und ich bin stolz auf mich selbst, dachte Marlene glücklich. Marlene nahm das Zertifikat entgegen: »Dankeschön!«

»Danken Sie nicht mir, danken Sie sich selbst! Sie haben alles sich selbst zu verdanken!«

»Das ist nicht die ganze Wahrheit«, murmelte Marlene, während sie sich zu den anderen Kursteilnehmern gesellte.

Die Feier bestand in gemeinsamen Fotos der Kursteilnehmer und einem kleinen Umtrunk. Bevor sich die Gruppe auflöste, fragte sie eine andere Teilnehmerin: »Feierst du jetzt auch mit deiner Familie?«

»Nein, auf mich wartet Pablo zu Hause, mein Hund. Der liegt in seinem Körbchen neben dem Weihnachtsbaum und schnarcht sehr wahrscheinlich gerade vor sich hin.«

Marlenes Herz zog sich zusammen. An Weihnachten vermisste sie ihre Lieben am meisten.

Sie zog gerade ihren Mantel an, als neben ihr eine Stimme »Hi!« sagte. Es war Marc. Er lächelte Marlene mit einem schiefen Lächeln an und strich sich eine widerspenstige Strähne aus dem Gesicht. Mit seiner Hornbrille und der Fliege sah er wie ein verrückter Professor aus. Obwohl er sich gerade als Kosmetiker hatte ausbilden lassen, zweifelte niemand an seiner Heterosexualität. Nicht wenige der Teilnehmerinnen hatten für Marc geschwärmt oder sich nur allzu bereitwillig für ihn als Probandin zum Üben der Massagegriffe bereitgestellt.

»Hi Marc!«

»Ein paar von unserem Kurs gehen noch etwas trinken,

bevor wir uns in alle Winde zerstreuen. Hast du Lust, mitzukommen?«

»Das geht leider nicht, mein Hund wartet zu Hause auf mich.«

Marc wirkte ein wenig enttäuscht: »Verstehe. Vielleicht magst du ja nach den Feiertagen mit mir alleine etwas trinken gehen? Oder gar ein ganzes Abendessen mit mir durchstehen?«

Marlenes Kopf fühlte sich plötzlich ganz warm an.

»Hier ist meine Telefonnummer, lass uns doch Silvester zusammen feiern«, schlug sie vor.

Marc schien sich ehrlich zu freuen: »Cool, hier ist meine Nummer. Und bring deinen Hund doch einfach mit!«

»Das werde ich!«

Auf dem Heimweg summte Marlene ein Lied vor sich hin. Sie ging wie auf Wolken. Ihr Diplom in der Tasche, das kleine Geschäft würde im neuen Jahr eröffnet werden, ein Date.

Marlene stellte sich vor, wie Raoul und Sophia ihr vom Himmel aus zusahen und stolz auf sie waren.

Als sie aus der Straßenbahn ausstieg, sah sie zu ihrem Schrecken das Licht in ihrem kleinen Apartment leuchten.

Ihr Herz blieb fast stehen. Sie hatte nur den Weihnachtsbaum angelassen, aber dafür war es im Fenster viel zu hell. Anscheinend brannten alle Lampen!

Zwei Schatten waren am Küchenfenster zu sehen.

»Oh nein, bitte nicht! Ich habe doch gar nichts, was es sich zu stehlen lohnt!«, klagte Marlene.

Sie spielte mit dem Gedanken, die Polizei zu rufen und draußen zu warten, bis die Beamten kamen, doch die Sorge um Pablo war einfach zu groß.

Hektisch zog Marlene den Wohnungsschlüssel aus der Tasche, rannte die Stufen zu ihrem kleinen Apartment hoch und blieb an der Tür stehen.

Sie klingelte Sturm an der Tür, in der Hoffnung, die Einbrecher zu erschrecken. Von drinnen hörte sie Pablo laut bellen.

Die Tür öffnete sich. Es waren keine Einbrecher – sondern Marlenes Vater und Mutter.

Marlene hatte so viele Fragen im Kopf, doch sie fiel den beiden einfach nur in die Arme, und sie weinten gemeinsam die glücklichsten und bitterlichsten Tränen ihres Lebens.

Pablo umkreiste sie heftig schwanzwedelnd.

»Wie ... wie habt ihr mich gefunden?«, fragte Marlene in einer ruhigen Minute.

»Du hast uns nie gesehen, aber wir sind die ganze Zeit über in deiner Nähe gewesen. Aus der Ferne haben wir dich beobachtet, aber wir wussten, dass du es von allein schaffen musstest«, erklärte Marlenes Mutter.

»Und wie seid ihr in die Wohnung gekommen?«

»Der Hausmeister hat uns aufgeschlossen«, antwortete Marlenes Vater und führte sie ins Wohnzimmer.

Die Eltern hatten den kleinen Esstisch in eine weihnachtliche Tafel verwandelt, an schönen Dekorationen und feinem Porzellan hatten sie nicht gespart.

Der Duft der Weihnachtsgans, das Heiligabendessen aus Marlenes Kinderzeit, zog sich durch die ganze Wohnung und ließ wunderschöne Erinnerungen wachwerden.

Marlene empfand tiefes Glück. In ihrem Leben war endlich ein neues Kapitel aufgeschlagen worden. Im Stillen dankte sie dieser verrückten fremden Frau, die ihr damals ihren Ehering gegeben hatte.

Danksagungen

Für die Fertigstellung dieses Buches möchte ich einen ganz besonderen Dank an meine Lektorin und Korrektorin Anke Höhl-Kayser aussprechen. Ohne ihr Coaching und ihre Unterstützung würde *Das Haus aus Perlmutt* in der jetzigen Form nicht existieren.

In diesem Zusammenhang möchte ich auch Susanne Pavlovic für die goldrichtige Vermittlung der passenden »Textehexe« herzlich danken. Weiter danke ich Casandra Krammer für die Erstellung des – wie ich finde – zauberhaften Covers und ihrer Engelsgeduld bei der Suche des *richtigen* Hauses, sowie Ira Wundram für das Layouten und das wundervolle Innenleben dieses Buches.

Ich bin meinem Mann, Daniel, zu großem Dank verbunden. Er hat immer an das Projekt *Das Haus aus Perlmutt* geglaubt und hat mir regelmäßig den manchmal benötigten Tritt in den Allerwertesten verpasst, um weiter zu machen. Ich liebe dich.

Ich danke Jasmin Baldermann für die Freundschaft, den seelischen Support und die durchgelachten Nächte. Ein ganz großes Dankeschön geht auch an Sabrina Suter. Für ihre schonungslos ehrliche Analyse und der Unterstützung mit manchen kniffligen Passagen. Sie hat dabei geholfen ihnen den perfekten Schliff zu verpassen. Danke an meinen Bruder Riccardo Destratis für den Support im Background. Ich glaube genauso sehr an dich, wie du an mich.

Ich möchte meinem ehemaligen Mathematiklehrer danken. Danke, dass Sie so überzeugt davon waren aufgrund meiner nicht gerade berauschenden Mathematikkenntnisse würde nichts aus mir werden. Dies hat mich darin bestärkt Ihnen das Gegenteil zu beweisen, quod erat demonstrandum.

Auch wenn ich es nicht mehr auf persönlichem Wege tun kann, so danke ich meiner Großmutter Giovanna Ricca und meiner Schwiegermutter Monika Bluher, denen ich dieses Buch gewidmet habe. Ihr habt mich mit eurer Güte sehr geprägt und es gibt keinen Tag, an dem ich euch nicht vermisse.

Gaya und Puma, lasst es euch jenseits der Regenbogenbrücke gut gehen. Ihr seid für immer in unseren Herzen.

Zu Guter Letzt möchte ich dir, liebe Leserin, lieber Leser, danken, dass du meinem Buch einige Stunden deines Lebens geschenkt hast.

Ich freue mich sehr über Bewertungen, Rezensionen und, wenn dir das Buch gefallen hat, Weiterempfehlungen.

Möchtest du mir persönlich Lob, Kritik, Anregung zukommen lassen? So freue ich mich über deine E-Mail: Kontakt.Esther.Destratis@outlook.com.

Printed in Germany
by Amazon Distribution
GmbH, Leipzig